神的后花园

王族 著

南方日报出版社
NANFANG DAILY PRESS
中国·广州

图书在版编目（CIP）数据

神的后花园 / 王族著. — 广州 ：南方日报出版社，2014.12
ISBN 978-7-5491-0994-4

Ⅰ. ①神… Ⅱ. ①王… Ⅲ. ①散文集－中国－当代Ⅳ. ①I267

中国版本图书馆 CIP 数据核字(2013)第 276629 号

神的后花园

著　　者：王　族
出版发行：南方日报出版社
地　　址：广州市广州大道中 289 号
电　　话：(020) 87373998-8502
责任编辑：刘志一
责任技编：王兰
责任校对：阮昌汉
经　　销：全国新华书店
印　　刷：广州市怡升印刷有限公司
开　　本：889mm×1194mm　1/16
印　　张：18
字　　数：320 千字
版　　次：2014 年 12 月第 1 版
印　　次：2014 年 12 月第 1 次印刷
定　　价：36.00 元

投稿热线：(020) 87373998-8503　读者热线：(020) 87373998-8502

网址：http://www.nanfangdaily.com.cn/press　http://www.southcn.com/ebook

目录

Contents

卷一　栅栏内外

卷二　烟尘腾起

卷三　传奇六种

卷四　明亮的器具

卷五　坡上舞者

卷六　游牧者的身姿

卷七　大雪飘飘

卷一　栅栏内外

村庄上空的鹰

一只鹰在白哈巴村上空飞翔。刚来白哈巴村的时候，我便发现有一只鹰盘旋在白哈巴村上空，正午的天空没有一朵云彩，因而这只鹰便颇为显眼，当它从松林里突然飞出时，真像松林向天空刺出了一把刀子。鹰在飞，然双翅却凝住不动，阳光照在上面，使双翅变得更像两把明亮的刀剑。鹰的速度很快，且直线型飞翔；对它而言，天空中似乎有无数个无形的圣殿，它飞到一个后领受了光荣，然后又向下一个飞去。

“鹰——”孩子们看见了鹰，便大叫起来。大人们却不动声色，抬头望一眼天空中的鹰，又低下头干活。孩子们跟着鹰跑，双手展开做飞翔状，跑着跑着发现跟不上鹰的速度，只好停下抬头向天空张望，但天空中却已经没有了鹰的影子。鹰早已停下，蹲踞在山头上向下张望着他们。大人们也像鹰一样在看着孩子们。孩子们想学鹰。其实每个人都想当天空中自由飞翔的鹰，但谁也不知道就在他学飞翔或者飞翔的时候，是什么正躲在高处静静地看着他。

我曾在西藏阿里听过一件人与鹰的故事。一只鹰栖身于一户藏民的石头屋顶数载，他却未曾发现。后来他去神山朝拜，那只鹰便整日在他头顶飞翔，他走到哪里它飞到哪里。寺里的一位喇嘛看见了这一幕，对他说：“你带着肉身上路后，你的灵魂在天上飞。”他不解。喇嘛便对他说：“你看，有一只鹰在跟着你。”他抬头一望，果然有一只鹰。后来的几天，他便时时刻刻能感觉到一只鹰在自己头顶飞翔。到了神山底下，看到圣洁的雪峰的一瞬，他内心一阵冲动，向着神山跪下了。这时候，那只鹰振翅向神山飞去，绕着神山旋转了一圈。他顿时泪流满面，觉得在这一刻自己也飞升了，在向着神山飞翔过去，围绕着圣洁的峰顶在旋转。朝圣完毕回到家乡后，他从此内心安宁，神情肃穆——一只鹰，在一个不为人知的地方飞翔，带着神灵的启示，带着一份祈祷，同时，也带着一份祝福。

由鹰想到这个村庄的历史。居住在白哈巴村的是目前已经为数不多的图瓦人，他们的历史颇为神奇。成吉思汗西征欧亚，大军如潮水一般从蒙古高原一泻而下，让欧洲惊呼：上帝之鞭出现了。返回时，他的儿子左车在当时的图瓦征一部分图瓦人，让他们前往马尔罕湖边驻守。路过现在的白哈巴村时，见该地山清水秀，土地肥沃，有一个很大的湖（现在的喀纳斯湖），流动着像乳汁一般的湖水，便让那一部分图瓦人驻守，并授他们科克盟科克。“科克盟科克”的意思是蓝领带。从此，这一部分图瓦人佩戴蓝领带，在这里巡逻执勤。在成吉思汗的军队中，上等士兵戴盔，戴领带者仅次于他们。后来，大汗创造的神话帝国如一轮夕阳陨落，大汗的子孙们从中原返回西

居住在“神的后花园”里的图瓦人

域，各自为部，分割地盘，这一部分图瓦人便被遗忘了。他们将蓝领带从脖子上取下，将士兵服装收起，变成了老百姓。

平静的时间恍若一个巨大的容器，装下了这个村庄的历史，这多么像湛蓝透彻、没有一丝云彩的天空只有一只漫不经心飞翔的鹰，让人感觉到一种平静的力量。

平时，天空是鹰的舞台，它们可以在天空中尽情舞蹈。天空是高远的，舞蹈者的舞姿必受其影响，渐渐变得刚烈勇猛；天空又是空旷博大的，舞者在天空起浮，身姿必被影响着变得飘逸沉迷。鹰是鸟群中的血性男儿，总是向着辽远的天空飞翔。飞得越高，它便越是执着。看鹰，一般可选在高原，天地开阔，见它们越飞越远，慢慢变成天穹之中的一个黑点，几乎快要消失，快要被云朵淹没，但却始终向前移动，一直飞向天边。最后，你的眼睛望得发酸了、发疼了，只好低下头歇息。这时候，你知道那只鹰还在天上，你已经无法再用凝望的方式追随它，但你的心里充满祝福与向往。你祝福它飞得更高，实际上，你相信它会飞到一个任何人都想象不到的地方。因而，你又对它充满向往。起风的时候，是鹰飞到高潮之际。鹰总是逆风飞扬，猛烈吹过来的大风如同一把把利刃欲把它削割，也如同一双大手要将它扼制、揉捏、粉碎。这时候，你细细看看天空中的鹰吧，它会突然加快速度掠上天空。它像是对大风等待已久，在这一刻将体内的全部力量爆发而出，使自己的身体变成一把刀子，向大风的身体深处刺去，直抵要害部位。这时候，天空就变成了一个战场，鹰变成了一个战斗者，一场生与死的厮杀由生命的表演、美的上升和力量的分娩来完成。

这样的鹰之飞翔，在西藏和新疆随处可见。这是一种文字，是一种地域的符号。

白哈巴村的这只鹰稍显平和一些。它只是在林子上空盘旋，久久不肯离去。按说，村子上空的范围实际上很小，它要是展开双翅飞翔，很快就会飞出村子。但它似乎很有耐心，冷静地把握着自己的速度，绕着村子缓缓飞动。有几只乌鸦发现了它，似乎要挑逗它，往它身上扑，它巧妙地躲开它们，仍坚持着刚才的姿势和方向。乌鸦们兴起，便去追它，它稍微加快速度，便把乌鸦们甩在了身后。乌鸦们欲再追，但因自己的姿势实在太笨拙，无法贴近它，便只好作罢。天空重新又变得辽远而宁静起来，一只鹰从村东飞到村西，又从村西飞到村东，再没有什么能够阻止它。

下午的时候，它飞到村西的一块石头上空，缓缓落下。我以为它飞累了，要在那块石头上歇息，但它却丝毫没有疲惫的样子，蹲踞在石头上，像一个沉思的人一样望着白哈巴村。

下午的村庄是静悄悄的，男人们都已经出去打马草了，女人们坐在家里做酸奶，村中不见一个走动的人。蹲在石头上的这只鹰似乎要和村庄的寂静保持一致，不再起飞。这一时刻的白哈巴村更显古老和质朴，像是已深深地陷入了一个长梦之中。而从远处看，沉静的木板屋、被阳光照亮的松树、静静流淌的小河，以及一动不动蹲在石头上的鹰，组成了一幅非常典雅宁静的图画。

偶尔，有几个小孩从家中跑出，鹰便扭头望着他们。孩子们玩了一会儿，便一个个都回家了。它把头抬了抬，又望着村庄，久久不再动一下。黄昏终于降临了，每家每户都升起了炊烟，牛羊们嚎叫着向各自的圈走去。打马草的男人们驾着拉马草的马车也回来了，马车走得很慢，越过那条小河，向各自的家里返回。最后，那些去放羊和放马的人独自回来了，正是水草旺盛的时节，它们将羊和马放在外面，让他们在晚上接着吃草。而他们则快马加鞭，向村子里疾驶而来。村子里现在虽然处处可见骑马的人，但能长途骑马者却不多见。所以，这些外出放牧的人就是某种意义上的骑手，来来回回总是把马打得飞快，似乎自己是村子里的骑手代表。

就在这些骑手出现在山坡上的一瞬，那只鹰突然一跃而起，向着他们的方向飞了过去。飞到他们头顶，一转身便与他们一起向村子方向迅驰。马跑得很快，它亦快速向前飞翔。一时间，奔驰的马群，矫健的骑手，飞翔的鹰构成了天地之间一幅极具动感的图画。它们身边不断闪过山脉和树木，不断地又有新的景物映衬着它们，使它们变幻出极其美丽的景致。噢，鹰在等待着奔跑的马回来时，才又开始飞翔。马跑得越快，它飞得越快。

第二天，我发现那只鹰又在村庄上空盘旋。村子里有一群牛羊在吃草，它们吃到哪里，它便飞到哪里。如果打个比方，白哈巴村像一只饱含深情的眼眸，那么这只鹰就是它时时转动的眼神。

整整一天，一只鹰始终跟着村子里的牛羊在飞翔。

127道栅栏

鱼在水里，鸟儿在天空中，人在栅栏内。

白哈巴村有127道栅栏。

这是我坐在村子对面的山坡上用了一个多小时才数清的。每家图瓦人的房前都有栅栏，大门就在栅栏的中间；房后也有栅栏，大多用于围住牛羊圈。在房后栅栏的外面还有栅栏，用于围住菜地。一般人家有这么三道栅栏就够了，将院子、牛羊圈、菜地圈在一起，使之成为一个被统一起来的世界。但有的人家却有好几道栅栏，横横竖竖布于房前屋后，似是有许多东西需要圈住。赛尔江家就有7个栅栏，家用的4个，小商店2个，为了使家和小商店隔开，中间又竖了1个。图瓦人对栅栏很重视，无论在哪里安家，都必须要修栅栏。白哈巴村背后的山坡上有一家人，离村子很远，平时甚至和村子里的人很少来往。我想，他们家就没有必要用栅栏了吧。然而等我爬上去一看，整整齐齐的四道栅栏分布于房前屋后，丝毫没有散乱随便之意。村子里的房子比较拥挤，因而栅栏也不够整齐，横七竖八的，只是从房子与房子的空隙间穿过。但这户人家的栅栏则因为四周皆为空地，而显得很是漂亮。房子是新盖的，木板还保持着明亮的颜色，房子的四周用四道栅栏围住，既与空旷的山坡无脱离之感，又使自身显得紧凑。主人将一匹马拴于屋后，远远地看上去，马犹如守护着房屋的士兵。敲开房门，与主人聊起栅栏，原来，图瓦人盖房子之前先要修栅栏，没有栅栏就不能修房子，栅栏的基本功能是起保护作用，但在图瓦人心目中，它的分量显然是重而又重的。

每家图瓦人的房前屋后都有栅栏

其实，图瓦人修栅栏并不难，村子后面就是成片的松林，一棵棵松树长得笔直挺拔，是做栅栏的好材料。图瓦人从山上选好木料，拉到门前一根一根打好连接口，往上一卡就行了。一般情况下，盖一座房子得两三个月，但栅栏用两三天时间就可以完成。栅栏修好了，就接着修大门。图瓦人的大门一般有两种：一种是活动门，人出出进进推动即可；另一种是横杆门，栅栏的连接处别着三四根细木头，要出门了，将这几根木头取下，人出来了再别进去。这也是一种门，简单之极。但这种门却有很高的地位，不像那种活动门，你要去谁家里了，一推门即可进入。这种门是不能随便动的，你走到这种门的栅栏外要先向主人喊叫一声，报上自己的姓名，说明来意，主人才会出来给你开门。这种门须主人亲自开才行，谁也不能擅自动手。我想，这种门肯定是图瓦人继承的某种古老的传统。古老的东西都有深深的根源，都包含着民族尊严和严厉的生存规则。由于时间的原因，这些东西慢慢地就不能再存在了，被另一些东西替代和浓缩，但哪怕它再浓缩，也不失其基本的原则。

房子后面的栅栏一般都很长，一根木头接一根木头，颇具流线美。人们要去山上打柴了，顺着房子后面的栅栏出去，晚上再顺着那条路回来。时间长了，每道栅栏旁边都有一条路。每家都有栅栏，所以，每家人都走自己栅栏下的那条路，绝不轻易走到别人家栅栏下。就连牛羊也认得自家的栅栏，早出晚归走到村口了，就自觉散开，顺着自家的栅栏返回。在白哈巴村，人和家畜在许多事情上都坚持着共同的原则。这里是遥远而又古老的，是西北以西的边缘部落，家畜们似乎早已懂得了人的心思，时不时地就表现出和人相通的东西。

奇迹就在我注视着栅栏时在我面前出现了。础鲁今年要结婚，眼下正忙着盖房子，当然，房子前后左右的栅栏是早已修好了的。他将刨下的木屑和废木板从房中扔出，在栅栏外堆成了几座小山。这时候，就有两头牛和一匹马走了过来，用嘴哄那些杂物。它们是础鲁家的牲畜，见础鲁在这里盖房子，就不去山坡上吃草了，成天在这里打转。我感到奇怪，问础鲁这是怎么回事。础鲁笑着说，马和牛也在给自己弄家呢！他用手一指牛的方向说："以后那个地方就是牛圈。"又用手一指马说，"它的家在这个地方。马和牛聪明得很，自从我在这里修栅栏，就知道它们的家在哪个位置。"

我望着牛和马，顿觉它们用一种无声的语言正轻轻向我诉说着什么。

在村里，索伦格的栅栏最具规模，房前屋后的两道栅栏修得笔直而整齐，尤其是房前的一道显得尤为漂亮，远远地看上去，使整个院落显得庄严肃穆。我去他家喝奶茶，走到栅栏前喊他三遍都没有反应，正要离去，却见一个人从屋内出来招手示意我进屋。进了屋，才知道索伦格一大早去套兔子了，盛夏时节山林里有很多兔子，索伦格将铁丝做成套子布在林子里，一夜之间就可以套不少。每天早晨和下午，正是去林子里收兔子的时候。坐等索伦格，我便与他的这位朋友聊天。我们说起栅栏，他给我讲了一个有关栅栏的故事。以前，人们修栅栏时要做好几天的准备，这些准备包括宰一只羊吃，喝一场酒，但却要注意很多事项，比如不能在野外点火，不能和女人同房，不能骂人等等，否则，修栅栏的时候就会出事，有人就因为不注意这些，修到中间栅栏突然就倒了。有一个人在栅栏倒了后，冲进屋里给了妻子一记耳光，大骂，都是你昨天晚上干的好事，我不管了，你去把栅栏修好。妻子挨了打十分恼火，坐着不动。他骂得急了，她便反驳一句，事情少了你昨天晚上能干成吗，还不是你先骑到我身上的？此事传到村子里，大家都笑话他，觉得他真是好笑，栅栏没修好在妻子身上出气，也不含蓄一些，像他这样的人可能一辈子也未必能修一道好栅栏。

由这件事，又说到索伦格修栅栏的事情。正式修栅栏的那天早上，索伦格一打开门就看见一个人向他家走来，他心中一动，想，有喜，贵人来了。他庄重地迎住那人，邀他到屋内喝奶茶。喝毕，索伦格请他为自己劈开第一根木头。那个人本来是找索伦格借盐的，一看人家有喜事便张不开口了，反之，觉得索伦格修栅栏是大事，就留下来帮他干了一天活。晚上回到家，老婆怒气冲天，他这才想起借盐的事情。他向老婆解释："人家修栅栏嘛，我怎么能好意思开口呢？"

老婆更是生气："你知不知道没盐做饭，我饿了一整天。"

"知道。"

"那你说，现在怎么办？"

"我也不知道怎么办，天都黑了。"

妻子不再理他，独自去睡了。

索伦格听说了这件事，手里提着一公斤盐去他家安慰他，两个人漫无目的地聊着一些闲话，一个多小时后索伦格起身告辞，他一激动拉住索伦格的手说："走，到你的栅栏跟前去，那天给你帮忙，我心里不高兴，有两个地方偷工了，你的栅栏本来可以立20年，我那么一弄可能只能立15年。"索伦格先是惊讶，后又变得激动，一把拉住他的手向自家的栅栏走去。两个人很快把栅栏修好了。索伦格对他说："那一公斤盐不用还了，送给你了。"因为栅栏，一个人可以改变一天中最重要的事情，也可以使自己为以前干过的错事幡然醒悟。栅栏，虽然围护着每户人家的院落，但它以另一种形式维护着图瓦人的心灵，谁也无法背叛它，就像它从来不会从人们的生活中消失一样。

后来又听说了两只狼和栅栏的事情。

一天，两只狼从山坡上走进了村子里。当时是早晨，草上铺满露珠，两只狼也许是被露珠迷住了，一副沉醉的样子，直到走到村子中间才有了反应，但它们却回不去了，人们早已悄悄形成了一个包围圈，将它们围在了一个栅栏前。人们对狼恨之入骨，现在它们自己送上门来，岂有不打之理。人们举着木棒和刀，一步步向它们逼近，它们发出惊恐的嗥叫，退到栅栏跟前便再也无法后退了。人们一拥而上，手中的刀棒纷纷击出，它们哀号着左右冲突，慌乱中，那只公狼被击倒在地，而那只母狼则冲出人群跑上了山顶。整整一天，那只母狼在向村里张望，在村里，人们把公狼的身体剁成碎块，每家每户分了一份，那张皮子被剥下后搭在栅栏上，一下子比它的身体大了好几倍。狼皮都很值钱，人们要把这张皮子卖个好价钱。

下午，那只母狼悄悄进入村庄，贴着一家人的栅栏慢慢前行，不一会儿就走到了那张公狼的皮子跟前，它猛跑几步一头撞向那道栅栏，在栅栏歪倒下的一瞬，它伏在那张皮子底下，让那张皮子落在了自己身上。它驮着皮子往回走，不料却被一只狗看见了，狗汪汪一叫，村里人马上便赶了过来，它只好把那张皮子从身上抖落掉，跑回山顶去。

夕阳快要落山时，它又潜进了村子，但在快要接近那张皮子时，又被人们发现了。这次人们将它围得严严实实，它数次冲击都无法突围出去，人们手里的刀棒越来越近，它已没有了退路，它扭头看了一眼那张皮子，嘶鸣一声一头撞向栅栏中最粗的一根木头，一声闷响，它被撞得头破血流，倒在了那张皮子底下。人们很是惊讶，一只狼自己把自己撞死了。

村里人很惊讶，不知该如何处理这只母狼。如果是人们把它围住，用乱棒乱刀将它打死或砍死，谁也不会感到意外。但它却自己选择了死亡，这就让人有些不解了，而且它在选择死亡的时候，倒在了那张公狼的皮子底下，让人觉得它就是死，也要死在曾经与自己朝夕相处的公狼身边。

那个栅栏经它撞击后不久就倒了，村子里很少有倒栅栏的事情，人们一边收拾倒下的栅栏，一边气愤地骂狼。后来，人们发现村里的牛羊走近那道栅栏时，会很惊恐地转身跑开。为什么会是这样，谁也说不清原因。

有了栅栏，就有了家。所以，图瓦人不论走多远，只要心里有家里的栅栏，只要在出门时将栅栏门关上了，就了无牵挂。前年，村子里的男人们去那仁牧场放牧。大家在白哈巴村时都是熟人，牛羊和马在村子里时也都很熟悉，到了牧场后，大家相处得很愉快，将牛羊和马赶到山坡上，他们就一起喝酒、唱歌、跳舞，日子过得无比舒服。这时候，从喀纳斯湖方向来了一男一女两个年轻人，没有帐篷，也没有牛羊。原来，他们自由恋爱，但却遭到家人的反对，不得已只好逃了出来。大家一商量，每人给他们一只小羊羔，让他们在那仁牧场扎根。当晚，大家给他俩举行了婚礼。空旷的牧场上歌声飞扬，酒香弥漫，每个人都觉得如同在给自己的弟妹举行婚礼一样兴奋。第二天，大家上山砍了十几棵松树，给他们修了栅栏。虽然离白哈巴村有近百里，但图瓦人将他们视为村里的人，互相来往，从不间断。

一对小夫妻对大家自然感激不尽，每当人们进入牧场时，就是他们迎接亲人的日子。他俩养了一条狗，跟着主人对人们很快就熟悉了，远远地见山梁上出现了人和牛羊，就会有一两声兴奋的吠叫从栅栏内飘出，紧接着，就有一条黑影奔出栅栏快速扑向人们。它咬大家的袖口或裤角，进行一次热烈的欢迎。一对小夫妻已站在栅栏前，一脸笑容在等候。

后来人们在牧场安顿下来，那只狗整日卧在栅栏前，看着人们在牧场上骑马，牛羊在草场上吃草，如果有人来做客，必先向主人报上几声吠叫，然后蹿出去欢迎。一只狗，一道栅栏，把遥远山野里的一个家的气氛烘托得十分浓烈。那对小夫妻的家人知道了他们的行踪后找了过来，想带他们回去，但一看见漂亮的栅栏和一只温顺的狗，什么也没说便转身走了。

栅栏就是一个什么也改变不了的事实中的家。

前几天，他们回到村子里向大家致谢。他们的谢礼是给每家还一只羊。小伙子的媳妇已经挺起了大肚子，赛尔江开玩笑说，再过几年，我们要一大群小伙子，你们送不送。他们俩笑而不答，众人便都笑了。他们给每家送的羊都被赶进了栅栏里，“咩咩”地叫个不停，别的羊也跟着叫了起来，白哈巴村顿时热闹起来了。下午，他们返回。他们带来的羊见主人要走，一起叫了起来，顿时，每家每户的栅栏内发出了羊的大合唱。他们强忍着不回头，向山坡走去。

在坡顶，那只狗用一声吠叫将他们迎住，向那仁牧场走去。

水与火

雪从高处落下来，在高山上变成了冰。太阳升起来，把冰化成水。水向低处流，慢慢的便汇成河流。

村子中间有一条河，水流不大，但清澈见底。夏天时，因雪水流下来汇入小河，流得略大一些；到了冬天，河面上结一层冰，这时便看不到河水，只听得冰层下面“哗哗”的流水声。小河边长有很多棵松树，也许是水分多的缘故，它们都长得高大笔直，为村子里的松树之最。远远地看上去，顺着小河的走向，两排松树也顺势而下，实为一景。

游牧民族特别注重水，他们选择居住地时，水是首选。《水经注》是一部介绍大陆腹地山水的书，但仔细一读就可以发现凡是重点介绍的河水之地，必有人居住。有水就有人，这似乎是一种超自然的生存组合。也许，图瓦人最初选择这个地方时，就是因为看中了这条河——从一条不大不小汩汩流淌的河中，他们一眼就看到了自己的一生和几代人的生存。图瓦人与这条小河相依为命是幸福的，我亲眼所见村里人骑马走到河边时，便突然把马打一鞭子，马“唰”的一下从河中越过，四蹄踩起一片水花，在阳光中一闪后复又变得平静。下午，拉马草的马车回来时，也是快速从河中穿过。马车的两个轮子把水带起，像两条丝带落入岸上。这阳刚和雄浑的过河之举，一方面显示的是图瓦男人的秉性，另一方面显示的是他们戏水的习惯。在他们的生活中，似乎水永远充满欢乐。

牛羊和马总是要到河边来喝水。它们用一天的时间在村子周围吃草，

村子中间的小河

吃到下午，眼见得肚子都鼓胀了起来。这时候的饮水是不可少的，它们把头伸入水中一饮就是十几分钟。这畅快的长饮，是它们殷实的一天的尾声，它们总是不慌不忙，直到喝饱了才抬起头向自己的圈走去。村子里的大群牛羊在夏季都去牧场放牧，零星部分留在村子里，由一些小孩放牧。此时，他们看见自家的牛羊喝足了水，吆喝一声，它们回家的步子就迈得更快了。我估摸着算了一下，小河从村子里流过的长度大概有1公里，在村上头的水中放一片树叶，大概一小时就流出了村子。这么短的距离和这么快的流速，实际上并不能给小村留下什么。但在精神意义里，一条小河的存在显然要比现实意义大得多。我和索伦格要过小河去村子对面的山坡上，因前一天阿尔泰下了雨，河水猛涨，搭在河上的独木桥被河水冲走了。我脱掉鞋子准备趟水过去，他立刻脸色大变，用手制止了我。后来我才知道图瓦人因为敬水，从不把脚踩入河中。

小河曾经在村子里起到非常重要的作用。1963年图瓦人搬迁到哈巴河县旁边后，在那里一住19年。在这期间，齐巴尔乡的哈萨克族人迁到了白哈巴村。图瓦人1982年迁回村子，从此这个小村落便由他们组合而成。由于各自的信仰、风俗和生活习惯不同，他们自觉分开，图瓦人住村东，哈萨克人住村西。这条小河自村东和村西之间流过，从此便成了他们的分界线。一条小河把一个村子一分为二，因为他们都是游牧民族，都对水很尊重，所以，都不轻易涉水而过，都像尊重水一样尊重对方。这是一条小河的福气。

细读史书，在古代游牧民族中，有许多平凡的事物被人们赋予了非凡的意义，经历岁月，这些事物便也变得不平凡了。蒙古族每年都要祭敖包，敖包现在已经成了人们心目中最神圣的东西。但敖包的由来却很简单——起初，人们在草原上走过一段路，只要这条路畅通可行，就在路边放一块石头，以示此路可通行。后来走的人多了，石头便一块一块地垒起来，垒成了敖包。信萨满教的民族均以自然物为象征，比如河流、石头、大树等。萨满是很古老的宗教，产生在遥远的古代。那时候，人们生于旷野，长于旷野，新石器时代尚未到来，他们的生活便也变得与之息息相关起来。像河流、石头和大树这样具有顽强生命力的东西，自然而然就变成了他们的崇拜物。那是一个让人心仪的时代，赤野千里的大旷野，耽于原始而显得真诚和质朴的生命，以及人与大自然在本能中的一种相融，实际上是人类最为本真的生命景象。后来，人类一步步向前走去，新的牧场被开发出来了，牛羊群逐渐壮大了，但一些东西却也在不知不觉间丧失了。游牧民族骑着马进入城市，慢慢地，他们改变着生活，生活也在改变着他们。

白哈巴村的这条小河也在短短的时间里经受着改变。慢慢地，图瓦人和哈萨克族人有了来往。他们在小河上搭一个独木桥，小河的作用马上就丧失了。桥也是路的一种，路通了，什么事情都可以发生。图瓦人和哈萨克族人之间的距离首先被爱情打通了。本来，他们风俗不一，是不能通婚的，但爱情往往是最能够摧毁一切禁锢的，而且一旦产生，其燃烧的火焰是什么也不可阻挡的。图瓦人中谁家的姑娘长得漂亮，哈萨克族的小伙子自然喜欢；哈萨克族谁家的小伙子聪明英俊，图瓦姑娘自然难捺心思。终于，有图瓦姑娘和哈萨克族小伙子溺入爱河，结合在了一起。爱是一条无形的河，但它淹没了代表着村庄东西之分，图瓦和哈萨克之分的这条界河。两个年轻人结合了，但却受到了族人的强烈反对，他们只好在一个黑夜逃出白哈巴村，跑到200多公里外的地方盖房子，养牛羊，过起了属于他们的小日子。有人迈出第一步，后面的人也就随之效仿。于是，凡是结合在一起的图瓦和哈萨克情侣，皆纷纷出逃。村里人对离去的他们无可奈何，便只好作罢。几年后，他们携带儿女，赶着牛羊又返回村子，没有人再去指责他们。他们心安理得地变成了村子里的一员。

爱情就应该如此，无可厚非，最重要的是，他们对生存的改变和对禁锢着村子的传统的打破，更让人钦佩。

这是一种只属于白哈巴村的生存。

我去山坡上的一户图瓦人家里去看一个老奶奶作画。

据说这家的老奶奶在牛羊皮上作画很见功底，作出的画栩栩如生，而且包含深刻的寓意。敲开门，见她正用一把小刀在牛皮上刻画，细一看，是一对男女交媾画。与她聊画，我给她说起在陕西甘肃一带流传的一个故事。那个故事很有意思，但却没有答案。故事说的是如果这世界上有一天只剩下一男一女，而且他们是亲兄妹，这两个人该怎么办？她淡淡一笑说，他们肯定会结为夫妻。我顿悟，当人类突然只剩下亲兄妹两个人时，他们就应该将一切道德理念打破，让其服从于生存。老太太接着说，真有这样的事情发生了，兄妹二人可能会犹豫着不知该如何。这时候，天穹中就会传来一个声音，说，如果你们害羞，不敢结婚，就听从天意吧。你们化作两块石头，从山坡上滚下去，到了山下如果合在一起，就可以成为夫妻，如果分开，就是上天让人类灭亡。他们于是化作两块石头，向山下滚去，居然在山脚结合在了一起。于是，人类又开始繁衍，爱情的火焰又重新照亮了茫茫黑夜。老太太讲着这些时一直望着远处，她的眼睛里泛起一层沉迷和冷峻的色彩，使她变得像一个女巫。望着她眼睛里的这些东西，我也相信她讲的是真的。但更真实的是，人类的一切，虽然是用理性思考和道德规则煞费苦心建立起来的，但都不如爱情，只有爱情，才能够用最基本的方式使人类繁衍。

走下山坡，到了小河边，恍恍惚惚觉得河中也有那么一块石头。它是从老太太的那幅画中滚出的。老太太的那幅画已经完成，画上的一对男女在一个永久的姿势中已彻底燃烧，进入了生命激扬的飞翔之中。那两块石头就从他们的身体里滚出，滚到小河里时，合成了一块石头。当几年后那些从外面返回白哈巴村的逃婚者走到河边时，河里的石头就会说话了。也许，只有他们能听懂石头说的话。

虽然小河的作用丧失了，但白哈巴村却仍然坚持着许多古老的信仰。这些信仰多来自多年来生存的沉积和生命的寄托，它们是图瓦人精神的栖息地，是灵魂的寄托和心灵的向往。由于图瓦人在生活方式上仍然较好地保持了传统，所以，这些信仰在他们心中已根深蒂固，不光起到了精神上的作用，而且使生活也发生着深刻的变化。

图瓦人对火崇敬不已，不随便在山野里点火，不在火中烧烤吃的东西，不从火上跨过双脚。图瓦人认为，火是神灵在大地上的一部分，要敬它在上，不可冒犯。细问之下，才知道图瓦人如果在放牧过程中生火，必要使其燃烧到天亮，不能在半夜熄掉。在茫茫的夜色里，有火光处必是放牧者栖息之地。巴也塔为了让我能够看到图瓦人点火时的虔诚，将我带到距铁列克提5公里的一个小牧场过夜。一位长者在傍晚将一堆木柴堆好，等着夕阳落尽才划亮了火柴。第一次木柴未着，他嘴里喃喃念了几句什么，复又去点。但第二次还是未着。他脸上的神情马上变得严肃起来，又喃喃念了几句，第三次将火柴划亮。木柴终于被点燃了，一簇火苗由小及大，慢慢在夜色中明亮起来。巴也塔告诉我，他口中喃喃念的是一种古老的祷语，意思是：

黑夜的虫子都要回家
给它们一条路吧
让它们回去见妈妈

明天早上
它们将把草原唤醒
给你带来一个新的家

整整一夜，那位长者几乎未睡，出出进进几次，适时将木柴添进火堆中。我和巴也塔歇息在他的帐篷里，想着他对火如此虔诚，虽然远离火堆，便也感到身体被烘烤得灼热无比。后半夜，牧场上起风，那堆火被风吹得焰火飘忽，火星乱溅，似是要熄灭。长者抱一些易燃的柴火，一边添入使火继续燃烧，一边坐在迎风的一面，用自己的身体将风挡住。风一直呼啸着在刮，但他迎风而坐纹丝不动，身后的火也终于像一个挺起腰杆的人一般慢慢燃起火焰。后来风停，他不动声色地又返回帐篷。这是不会轻易引人注目的行为，稍一疏忽，你还以为他是在烤背呢，但这种行为里面却包含着很深刻的对火的维护精神。在整个白哈巴村的日子，长者护火是我看到的最古老、最生动的游牧者生命的一幕。

除了这样对火热爱和敬仰外，人们对火还坚持了严格的禁忌。比如，不能往火中添快腐朽和断裂的木头。他们认为这样的木头没有生命力，不会带来好的兆头。要将火熄灭时，不能撒尿，这样被视为不洁。火就这样变成了人们心目中至高的一种象征，人们在内心积极维护它的时候，也实现了自己行为至纯和至美的追求。阿尔泰的景物多以灵秀和粗野见多。比如喀纳斯湖、松林等，就属于灵秀一类；而大山、河流和岩石等，则属于粗野一类。人们从这些景物的属性中寻找到了暗合自己心灵需求的东西，人与山水融为一体，山的高远吸引了人的目光，水的清纯洗涤了人的心灵……

除火之外，还有水仍为图瓦人的崇拜之物。至今，图瓦人不在河中洗澡。他们认为水养育了万物，有那么多的树和土地在下游还等着水，不能把水弄脏了。我和村子里的几个小伙子开玩笑，说水走了很远的路才找到这个村子，它们到了这里就分出一部分，从沙土中潜入地下，默默地潜到每家每户的菜地里和每一棵树的根部，担当起养活村子的使命。所以，你们要始终如一地敬仰水，不管在什么地方，都要坚持一致的态度，否则，你们想想，地底下到处都是水，你稍有不慎的动作，那里的水看不见，这里的不就看见了。水互相一传话，所有的水都认为你这个人不行，就会让那些养活着你家的水跑到别处去。巴也塔接着我的话题说，其实我们的一切都靠水呢！我们种地时把地翻耕，种上种子，就无能为力了，这时候，水就开始在地下走动，看谁种地时出的力气多就往谁的田里多流入一些，谁出的力气少就少流一些。去年我翻地的时候，因为身体不舒服，少翻了一遍，结果洋芋就长得不如前年好。大家就这样调侃着，轻松的话语使生活的原则相应地释然了一些，但从中却更隐约地贴近了生活中的某些快乐。人，不可与万物彻底相融，生活就是人与世界在隐隐约约之中的一种关联。

图瓦人也从不在河中洗东西，总是把水舀出在岸上洗，洗完之后将脏水泼到别处，不让它流到河中。一天，我看见村子里最穷的龙达在河边洗一个马鞍子，马鞍子也许已经用了多年，可能是从她丈夫的父亲手里传下来的。她洗得很认真，先将上面的脏物去掉，再用一把小刀刮去油渍。十几分钟后，一个马鞍子变得像新的一样。穷人不能有更多的东西，那些她没有的东西，有可能是她的一个久远的梦，也有可能是一个长期折磨着她内心的怪物，但她可以经常把旧东西洗新，拥有干净实际上也是一种财富。看着在龙达手下焕然一新的马鞍子，我真想对她说，其实你不穷，比如现在，你就是一个富人。我见过村子里的许多富人，都把马鞍子骑得黑乎乎的，从不洗一次。

龙达洗完之后，照例将脏水泼到赛尔江的洋芋地里。赛尔江这家伙就是聪明，把菜地选在河边，人们洗完东西后都将水泼到他的菜地里，让他省了很多力气。洗过东西的水里面含有许多对洋芋生长有用的东西，所以，他的洋芋总是比别人的好。

我以为她倒完水后就回去了，没想到她又舀水洗起了岸上的石头。刚才她从村子里走来时，脚上带有泥土，在岸边的石头上留下了脚印。现在，她要把它洗去。她洗得很认真，一直到把石头上所有的污垢都洗掉后才收拾好东西走了。我远远地看着，内心似是被什么灼痛。什么才是真正的财富呢？物质的拥有最终仍然是精神的一种安慰，如果直接体现出了精神，是不是就是一种更为难能可贵的财富呢？

龙达已经走远，小河依然悄悄在流淌。偶有阳光从翻动的河水中反射出明亮的光芒，似是对我内心感悟的一句回答，但却倏忽间又消失了，让我愣怔不已。

这无声的坚持啊，就是世界多少年来永生的伟大精神。

甘甜的泉水

河流有自己的道路，从村中流过，走向自己更遥远的家。

河水虽然从村中流过，但图瓦人却不饮河水，他们饮用的是村中的泉水。那眼泉在村子中央，站在村西的山坡上一眼就可以看见它。泉水从地底下汩汩渗出，形成一圈圈小涟漪，扩散开，又聚拢来，泉中便始终有一些好看的波纹。巴也塔顺着前几天关于水在地底下潜行的话题说，有一部分水潜到这里时突然想起除了养活菜地和树木外，更重要的是养活人。于是，水便抱成一团从地底下往上顶，水用了很长时间，顶了很久，终于把大地顶出一个口子，水从里面一泻而出，重新又看见了太阳和天空。由于水在地底下待得久了，被地气养得甘甜爽口，所以人们都喜欢饮用泉水。

来白哈巴村的第一天，我就发现了这眼泉。一个遥远得不能再遥远的村庄，一眼小小的泉，共同构成了某种质朴和古老的生命景象。

泉边热闹的时辰在早晨和黄昏，这时候，总有许多人来泉中挑水。而挑水者大多为村中少女，苗条婀娜的身躯挑一担水，似有些不堪重负，但却走得十分稳健，她们身上由此便有了一种平时不能轻易见到的美。也有长者来挑水，等把水舀满了，便坐在泉边小憩片刻，才挑着水桶离去。人们对这眼泉厚爱有加，在它的周围摆上一些小石头，这样，它就不会被弄脏。天长日久，有几丛野草从石缝里钻出，不光长高了身躯，而且开出几朵小花。人们也爱惜它们，挑水时总是小心翼翼，不把它们弄坏。

村里人都有一个习惯，走到这眼泉边时要趴下身子喝一口泉水。我学着他们的样子喝了一口，果然甘甜凉爽。以后，我每天路过时都要像图瓦人一样趴下身子喝上一口。泉一直是那眼泉，而趴在泉边喝水的人神情各有不同，少者一脸严肃，长者一脸怡然自得。我猜想，图瓦少者是知道一些生活中的事情的，心中便生发向往，神情自然严肃，而长者的一切都已了然，生活中只剩下了从容和自得，自然就轻松一些。

一天下午，我从村子里走出，正要返回边防连，就见一个小男孩肩扛一个尼龙丝袋子，颇为吃力地从村中走出。袋子中装着酒瓶。他的个头实际上和袋子同高，而身子与装满了酒瓶的袋子相比则显得很是单薄，但他却用劲将袋子扛了起来。他的力气不够，扛着袋子摇摇晃晃走不稳，但他仍坚持着向前走去。我猜他的年龄不会超过10岁。这么小的一个孩子，何以要扛起这

村子里的泉水

样的重负？他的肩膀还太柔嫩，随时都有可能被压趴下。他走到泉边时，让袋子顺着脊背落到地上，然后趴下身子去喝泉水。他喝了很长时间，似乎随着甘甜凉爽的泉水入腹，顷刻间他像获取了许多力量一般。爬起来后，他用手抹抹嘴，朝我一笑，又扛起袋子走了。他的步子比刚才迈得更结实了，走了几步后居然跑了起来。我很诧异，他肩扛如此重的东西，为什么要跑呢，我更不明白的是，他何以有突然能够让自己跑起来的惊人力量呢？他跑得很快，进了村子后很快就没有了身影。

我站在泉边，因为心中疑问丛丛，久久不忍离去。

与“2”有关的事情

“来，再喝一碗。一碗嘛不好，喝两碗才好嘛。”主人很热情，一边说着，一边又给我递过来一碗奶茶。天气很热，刚才的一碗我几乎是一饮而尽，现在主人又给我一碗，我自然高兴，双手接住咕咚咕咚喝下。主人很高兴，用手拍一下我的背，高兴地说：“喝两碗就对了么，‘2’是好数字，看来你不知道嘛！”

“2”是好数字？我并不知道其中的缘由呀！

后来，索伦格告诉我，白哈巴村的好多事情都和“2”有关系。随便进入一户人家，主人都会热情款待你。他们家里有很多好东西，像是早已准备好了，就等着招待远方来的客人。你刚坐下，就端上了酸奶、奶酒、奶茶、奶疙瘩、酥油、油饼、油筛子等。吃的食品你可以随便挑，但奶茶却是必须要喝的。主人把茶给你倒好，你可以根据自己的口味加入适量的酥油和奶皮子。酥油入茶很快就化开，飘起几朵金黄色的油花。酥油这东西神奇，盛在碗里时凝成一块，呈白色，一入奶茶，便变了颜色，奶皮子在茶中也很快会被浸开，软软地飘在茶水的表面。你喝一口，顺势将奶皮子吸入嘴里，一嚼，马上有一股酸味弥开。奶茶就这样有了好几种味道，但只有当你将奶茶咽入肚内后，才能够体会到这些味道混杂在一起的美妙感觉。一般人喝奶茶，第一碗都是边尝边喝，不知不觉就喝完了，主人早已等在旁边，马上就会给你添上，你要是不喝，他就会劝你，陪你来的人深谙图瓦人的民俗，更会神情严肃地劝你喝下，你从人们的神情中隐隐约约便感觉到了什么，只好

随便进入一户人家，主人都会端上酸奶、奶酒、奶茶、奶疙瘩、酥油、油饼、油筛子等

把第二碗也喝了。

喝完了，人们才会告诉你，在图瓦人家里喝奶茶，必须得喝两碗，因为你是用两条腿走进来的，喝完两碗奶茶，你再用两条腿走出去，吉祥平安。喝一次奶茶后，你就会明白图瓦人的好多事情都跟“2”有关系。你想，这是不是图瓦人对生存的一种严格意义上的要求呢？

图瓦人打架，也跟“2”有关系。两个人打得鼻青脸肿，甚至要出人命了，旁观者在一旁只是看，没有任何反应。最后，其中的一个必将另一个打翻在地，直到他再也无力爬起才肯住手。曾有人不懂图瓦人打架的规矩上去拉架，结果那两个人马上不打了，一起过来打他，挨了一顿打，他才知道了其中的缘由。原来，两个图瓦人打架是要争英雄的，你去拉他们，他们就会认为你看不起他们两个人，所以会一起来打你。

图瓦人一辈子大概骑两匹马。20岁时，家里人给他备一匹马。他骑着这匹马在阿尔泰大山里来回奔波。20岁是男人的象征，有了自己的马，就必须要去干男人该干的事情。到了40岁，第一匹马已经被骑老了，男人们就开始骑一生中的第二匹马，一直骑到老。一个人一生中骑两匹马，去了很多地方，走了很多路。2匹马的8条腿再加上人的2条腿，他一辈子走过的路和做过的事情，是那些一辈子没有马，或者一辈子只骑过一匹马的人望尘莫及的。从20岁到40岁，一个人骑着他生命中的第一匹马，要干很多事情。他先要去寻找一个姑娘做自己的妻子。在通常情况下，我们把小伙子喜欢姑娘都叫追，实际上，追姑娘在图瓦人中倒是体现得淋漓尽致。一个小伙子看上一个姑娘了，就不干别的事情了，成天骑马围着她转，她走到哪里他就追到哪里。有时候，小伙子过人的骑术也能打动姑娘。图瓦小伙子追姑娘，也只能追两个。第一个不行，他就去追第二个。追第二个姑娘必须得成功，否则，他就可能成为光棍。人们会对那些追过两个姑娘还没有媳妇的人说，再瘦弱的山羊走过两座山峰，也就壮实了；再没有雄心的鹰飞过两座山峰，也就上蓝天了；再笨的人第一次不会干事情，第二次也就会了。好在白哈巴村截至目前只有两个小伙子没追上姑娘，现在这两个人一个38岁，另一个46岁，成了光棍。村里上年纪的人说，咱们图瓦人干啥事情都跟“2”有关系，这两个人可能是成吉思汗看不上的，把第一个打发到这里，过了些年又把第二个打发过来了，不过大家放心，这两个人已经把“2”占住了，以后村子里不会再有光棍了。一个人在20岁到40岁之间，还得去盖两座木板房，一个用于夏天居住，一个用于冬天居住。夏天的房子可稍微简单一些，兼用厨房；冬天的房子则要建得结实一些，开两个窗户，垒两个炉子，设一大一小两个床。大床用于全家人睡，小床则备于待客，有尊贵客人来了，请他睡小床。至于房子里的摆设，也多坚持“2”的原则。比如桌子上一般放两只喝奶茶的碗，桌边放两只茶壶。

图瓦人喜欢喝酒，但人们对年轻人却要求极严，不到20岁不让他们沾杯。20岁至40岁的这个年龄段，是图瓦男人一生中最幸福的时期，所有该男人们享受的欢乐都汇聚而来。这时候，他们的身体成熟了，感情变得丰富了，所以，这个年龄段的男人看上去总是神采奕奕。到了40岁，男人们就该为下一代张罗了，为儿子备一匹马，为女儿准备两个装嫁妆的箱子。两个20岁，已经使一个男人拥有了该拥有的一切。

“2”就这样统一着村子里的一切，让人们去追求，去坚守。因为是双数，时时便能看到人们对自己严格的要求。甚至就人而言，似乎有另外一个自己在冥冥之中呼唤着什么，他必须去找到另外一个自己，使自己圆满。如此这般，“1”就变成了现实，“2”就变成了意义。

我沉迷于对与“2”有关的事情的寻找。毫不费力气，便在萨朗别克的商店里看到了一幕。一个小伙子拿了一些鸡蛋来换酒，萨朗别克一数，只有19个，两个人的脸色顿时都变得有些不悦。小伙子喃喃自语，怎么会呢，出门的时候数过了，明明是两个“10”嘛！难道被别人偷了？他要偷，肯定会偷两个，不会偷一个的。他将19个鸡蛋放在柜台上，便回去寻找。

我与萨朗别克聊起少一个鸡蛋的事情。他说，村子里现在有外面人开的商店，要是他们遇上这样的事情，肯定不当回事，会把酒换给这个小伙子的，但自己是图瓦人，不干那样的事情。我问他，那样的话，这个小伙子会接受吗？萨朗别克肯定，他不会接受，因为他也是一个图瓦人。

这时候，听见那个小伙子在外面喊叫着什么，声音里充满喜悦和兴奋。我从门里望出去，见他手捧一个鸡蛋，正向小商店走来……

小路蠕动

早晨，村子上空升起了炊烟。人们起得早，先把牛羊圈打开，让牛羊到山坡上去吃草，然后将炉子点燃，开始做早饭。图瓦人的早饭多以奶为主，所以，炊烟在村子上空飘起时，一股股奶香便也在村子里弥漫开了。早饭较简单，不一会儿人们便吃毕，三三两两出门，开始一天的劳作。

这时候，便发现有一些小牛和小马在村中随意走动，似乎是在散步。大牛和大马都已爬上了山坡，但小牛和小马却并不跟去，只是吃房前屋后的草。它们所需不多，所以房前屋后的草总是啃不完。早晨，一层明亮的露珠使草地显得更有诱惑力，这些小家伙低着头慢慢吃，显得怡然自得。我仔细观察了一下，发现每户人家的房前屋后都有一块草地。我想，这恐怕不是专门为小牛小马留出来的。从这些大小不一，但总是像胎记一样的草地上就可以看出，人们对某些久远的东西似乎总在留恋。阿尔泰夏天的气候好，草木总是长得喜人，连房前屋后的这一小块草地，也总是绿油油的。要是在别的地方，要整出这么一块草地，不知要费多大的功夫。这样的草地和黄色的木板房映衬在一起，实在是难得的景象。再加上有一头小牛在这里散步，一切便诗意化了。

太阳慢慢升起，小牛和小马已经停止了吃草，在村子里乱转。小家伙们太多，往往就把人们的路挡住了。人们急着要去干活，朝它们吆喝一声，它们闪在一边让人过去。再过一会儿，村里的人都出去了，村子变成了它们的世界，这时候，你再看看它们散步的样子，真是感人之极。它们晃晃悠悠地在村中走着，哪个地方有细微的动静，它们便扭过头去看，或者停下来长久注视。有时候它们三五成群地聚在一起，用头互相碰对方，或用小蹄子踢对方，但总是被对方灵巧地躲开。它们也成群地聚在一起，乱叫着，似乎在商量什么大事。但更多的小牛小马仍喜欢单独走动，像是要用一天的时间做一次散步。它们从村子的这头走到那头，再从那头走到这头，或者走到一个十字路口了，随随便便地进去，东看看，西望望，显得无所事事，又怡然自得。

好多天了，我在村子里总是被这些散步的小牛小马感动。村子是静止不动的，而它们悠闲和从容的步伐，隐隐约约地便给了村子一种动感。它们是白哈巴村流动的血液。

后来看见许多图瓦人也喜欢散步。如果忙起来便顾不上，一旦闲下来就在村子里这样散步，而且往往就是一天，似乎要把平时落下的散步补上。我不知道是人影响了牛马，还是牛马影响了人，反正散步在村子里已经成了一种最为随意，但又最为持久的事情。70多岁的老汉阿尔耶律说，他从小就开始在村子里走动，走了几十年了，还没有把村子里所有的地方都走遍。一辈子的路是走不完的，有时候要骑马跑，有时候要慢慢走。在村子里，有很多

边吃草边散步的马

人从自己家里走到别人家里，仅仅几百米也要骑马，马跑起来后，“唰”的一下就到了。也许，在这些骑马的人看来，再短的路也要快速行走。

我问萨朗别克，他走过的最长的路是哪一条。他说：“一天一天地在村子里走来走去，加起来，最长的路恐怕还是在村子里。”旁边的人不理解萨朗别克的这种感觉，说：“不对，最长的路在阿尔泰山上。”

不管最长的路在哪里，总得一步步去走，走得轻松了，再长的路也就感觉不出长了；走得再久，也感觉是在散步。

用散步的方法走路，再小的世界，在心灵里也会变得很大。

除了牛在村子里散步外，偶尔有汽车从村子里开过。村里现在也有好几个人有汽车，是从布尔津县倒手买来的二手车。喀纳斯湖的旅游业这几年很发达，他们开着车拉人，很少回到村子里。偶尔从村子里开过的车，是游完喀纳斯后，漫无目的的游人开来的。

汽车开过来，牛羊便闪到一边，像是怕它撞着自己。有的牛羊听不惯汽车的叫声，一见那个铁家伙驶近便撒开四蹄跑开，直到跑远了才回过头张望。骑马的人见了汽车便勒住马让汽车过去。有一头小牛颇有意思，拼命地要跑到汽车前头去，司机见它好玩，便不停地按喇叭。于是，在村子里便出现了牛和汽车赛跑的一幕。小牛跑到无法再跑的地方，不得不站住。汽车从它身边呼啸而过，它愣愣地看着汽车，有几许愣怔和惶恐。

村里的老人说，村子里第一次开进汽车时，全村的人都过去围观，人们以为它是一个大铁牛，走了那么远的路一定很饿了，便抱来马草要给它喂。他们围着汽车转来转去，不知道它的嘴在哪里。下午，有几个人坐在一起，商量如何用它——它那么大的一个东西，是用来耕地呢，还是拉车？商量到最后，他们都被“大铁牛会不会听人话”这个问题给难住了。下午，司机发动车时，人们都惊讶不已，原来这个大铁牛是边叫边走路，屁股上还冒烟呢！后来，他们才知道那个家伙叫汽车。多年后，想起那天给它喂草的事情，他们忍不住“嘿嘿”笑个不停。

前几天看到一位诗人写的文章，回忆他十几岁第一次到县城时，在电影院旁边看到汽车，觉得它是那么庞大，一下子就把他吓住了，事隔多年后他已长大成人，足迹遍及全国各地，忽一日，他想起在电影院门前看到汽车的一瞬的感觉，突然意识到诗歌存在的一种可能，他觉得诗歌就是世界在瞬间的变幻和神性展示。他由此修正了自己几十年的诗歌观念，作品从此彻底改变了模样。我想，这位诗人的反应与图瓦人的反应是一样的，人在突然遭遇自己意料之外的事物时，由于心理和意识受到了刺激，会觉得这些事物有着比本体更为超然的力量。对诗人而言，那一刻的世界在他内心起到了巨大的震撼和摧毁，他由此感知到诗歌在那一刻是一种真实的呈现，并显得意味十足。而对于不写诗的图瓦人来说，他们则会有一些本能的反应，会马上觉得“那个大铁牛饿了”，要给它喂草。

图瓦人跟汽车之间还有一件有意思的事情。有一年县上派一辆汽车来村里拉羊和松子，在半路上车抛锚了，司机费尽周折都无法把车修好。司机准备去买零件，但却苦于一车的羊和松子无法处理，同车的一位牧民想了想，对他说，我有办法，他把松子分开，装入一个个小尼龙丝袋子里，往羊身上一搭，赶着羊就上路了，下午，羊到了县上，松子也运到了。那位司机感慨万千，说，在阿尔泰山里，再先进的东西也比不上牧民的土办法管用。

现在，图瓦人已经能够心平气和地对待汽车了。他们觉得汽车和自己没有什么关系，不管它跑得多快，也不如骑在马背上舒服；阿尔泰有那么高的山，那么长的路，骑着马可以去，但汽车却去不了。汽车跟城里人一样，没路的地方，它没勇气去。

现在，仍时时有汽车开进村子，但由于车少，辙印很快就被牛羊的蹄印淹没了。

旧房子、新房子

村子里有很多旧房子。

一个人在很早的时候就盖下一座房子，住进去，把房子住旧，他也就老了。一个人一辈子的时间抵不上一座房子的耐久性，他老了，死了，房子还完好无损。于是，他的房子就由儿子接着住，儿子死了，再传给孙子。几代人持续住一个房子，房子虽然越来越老旧，但却是人丁兴旺的象征。这期间总还会盖一些房子，但老房子却不会被拆掉，它和先祖们一样，变成了一种资格。

最早的时候，图瓦人不会盖木头房子，只是用白桦树皮一片片地贴，围成一个个极其简单的房子。1928年，有一批反对列宁的俄罗斯资本家被驱逐出境，辗转几番后到了白哈巴村。俄罗斯是一个崇尚建筑的民族，很快，他们就用木头在村子里盖起了尖顶的木板屋，分热房子和冷房子，分夏冬居住。图瓦人效仿他们的做法，也纷纷盖起了木板屋。现在村子里的这些房子，大多都是从那时候开始建造的。

萨尔满家现在住的还是苏联人盖的房子。房子已经很旧了，但却很结实。在他家的旁边有两个七八年前盖的房子，虽然很新，但因木头的接口不牢，再加上木板刨得不平，整个房子显得歪歪扭扭，没有老房子好看。萨尔满的爷爷和房子的原主人是朋友，他要返回苏联时，萨尔满的爷爷把家里最好的马给他，对他说，我不能去送你了，就让我的马把你驮回去吧，它可以翻几百个山冈，过几百条河。主人非常感激萨尔满的爷爷，把房门的钥匙塞到他手里，眼里闪着泪花走了。

房子也会经常出现一些意外。在平时，人们老是担心老房子会倒塌，会经不住一场大风的吹刮或者一场大雪的积压，但担心的人已经老了，或者死了，老房子却还好好的，倒是一些新盖的房子在某一天早晨却突然倒塌了。那天晚上没有刮风，也没有下雪，但它却倒了，而且倒得无声无息，谁也没有听见它倒塌时发出的声响。村里人开始议论这件事，大家一致认为，是盖房子的主人手艺不行，或者说盖房子时在哪个环节上偷了工。大家说，他那么一个人嘛，只能盖一座倒掉的房子。对于那些老房子，人们从不议论它。该倒的房子不倒，不该倒的说倒就倒了。谁知道自己的房子能撑多久呢？房子其实和人一样，一辈子要遭受多少罪，在什么时候遭，都是上天注定了的。有的人一辈子总是没有什么大福大贵，靠吃苦活着，但他一辈子却不会遭什么大罪；有的人一辈子身体不好，柔弱无力，但却不会得大病；有的人一辈子身体很好，无祸无灾，但说病就病倒，从此再也起不来了；还有的人，平时活得意气风发，但在顷刻间就会遭灭顶之灾，像一簇火焰一般在大

帐篷，即游牧民族所说的穹庐

风来临之际说灭就灭了。村子里上年纪的人已经学会了从庞杂的事物中观照生老病死的规律。这时候，人们的内心是充满恐惧的，他们知道，不管是什么东西，不管你有多么巨大，在死亡面前都是微弱的。因此，老年人都喜欢住老房子，他们大概从老房子的坚韧牢固中看到了什么，想借此给自己一些寄托吧。

萨尔满有三个儿子、两个女儿，都住在新房子里，唯独他独守老屋。儿女们数次让他搬过去，他都不从，后来逼急了，他才说，他在等苏联的那个老朋友回来，他觉得老朋友会回来看自己的。儿女们便不再劝他，人老了，就又变成了孩子，让他有个念想也好。

当然，村子里因为新房子多，关于新房子的故事还是多一些。前面提过，龙达是村子里最穷的人，没有一牛一羊，家徒四壁。穷人的命运总是不好，龙达生了一个儿子，从三岁起就变得又傻又痴，长大后全然不知周围的一切。龙达每天要干很多活，他便跟在她身后寸步不离。龙达为贫穷所困，但傻儿子这个长长的影子更让她无可奈何。如今，傻儿子已经三十出头，没有哪个姑娘看上他，龙达为此在心里长长叹息。去年夏天，阿尔泰一带的气候变得比往年更好，傻儿子开始在村子里慢慢走动开了。龙达在他每天出去玩的时候，便抓紧时间干家务。她想，傻儿子要是能玩一辈子，倒也给自己省心。后来，她的傻儿子转遍了村子，慢慢地喜欢上了一些东西，但他说话不清楚，嘴里“呜呜呜”的，谁也不知道他在说什么。有一天，他突然跑回家对龙达说：“房子、房子。”龙达惊讶不已，不知儿子为什么突然会说话了，她试探着问他：“什么房子？”但他却再也不会说了。她又重复着问了一句，儿子一急便又恢复了傻样。第二天，他突然又清醒过来了，说了一句“房子”。原来，他在村子里看了一家人盖房子的全过程，听别人老是说房子房子，便也会说了。人们问他为什么突然之间会说房子，他一急便又变傻了。他这一傻就是一年多，直到今年夏天，他看见村子里一对青年男女结婚，突然又清醒过来了，他跑回家对龙达说：“老婆。”龙达对他这样的反应已经能够听一知三，听他这么一说，便知道他要媳妇呢！她叹了一口气说：“咱们这么穷，你又是这样，谁家的姑娘能看上你呢！”他一听又变傻了。龙达抱着他哭，邻居们为她的哭声感叹不已。

我在村子里见到了龙达的傻儿子，他朝我一笑，便翻过赛尔江家的栅栏进入了院子。赛尔江不在家，门口的狗对着他汪汪大叫，但他却毫无惧色，径直走进门去。

村里人已经习惯他了，在路上碰到他，说几句逗他的话，便不再理他。大家估计，他一年才能清醒一次，而且还必须得等到夏天。但人们都不明白，为什么他在看见美好的东西时，会突然清醒过来！

抢羊皮：结婚之一幕

图瓦人说，让鸟儿高兴的地方在天空中，让牛和羊高兴的地方在长满绿草的山坡上，让人高兴的地方在结婚的房子里。

图瓦人结婚的时候，羊皮是最重要的一种东西。

我曾在村子里见过一位妇女卖羊皮的情景。收羊皮的人骑摩托车在村子里走过，她将他喊住，进屋去拿了羊皮出来。那张羊皮不知有多大，被她折成几叠，方方正正地挟在腋下。她不出院门，走到栅栏边"唰"的一声将羊皮抖开，对收羊皮的人说："好皮子，50块。"收羊皮的人与她讨价："40块，今年阿勒泰的皮子多，不好卖。"她二话不说，拿起皮子就走。收皮子的人忙把她叫住，递过来50块钱，收走了那张皮子。后来才知道，图瓦人视羊为上天之赐，从不将羊皮从大门里拿出去，有人来买，也是从栅栏上递出，这样，就好像羊仍在家里一样。

到了一对青年男女结婚的时候，双方的家长都要早早地备一张羊皮。迎亲的那天，男方到了女方家，女方便拿出一张羊皮让男方来迎亲的人争抢，众人各抓羊皮的一角奋力往自己的怀里扯，羊皮的韧性好，所以众人只是放心地扯，不担心羊皮会被扯破。慢慢地，便有人因力气不支或意志不够坚定，手腕一酸就脱了手。只要手一离开羊皮，就不能再去抢了。抢羊皮只是为了点缀婚庆的气氛，抢得者并不将羊皮拿回家，而是献给在场的长者。将新娘迎回男方家后，男方也要拿出一张羊皮让女方送亲的人抢，同样，得羊皮的人也要将羊皮送给长者。

纺羊毛线

要是选择在冬天结婚，抢羊皮便有好看的一幕，两个人扯着羊皮抢来抢去，有时候会摔倒在雪地里，雪把两个人弄得面目全非，但谁也不会松手。最后，两个人变成了雪人，手中的皮子变成了白色，围观的人发出的笑声一浪高过一浪，但他们就是不松手。到了最后，两个人拼的就是狠劲，其中的一个人迅猛用劲，皮子就到手了。围观的人对胜利者报以热烈的掌声，他既赢了对方，又得到了人们的赞赏，他是双重胜利者。待婚礼散去，总有两位长者腋夹羊皮兴高采烈地回家去。村里人很快都会将羊皮卖出去，不在家里长时间存放。若不卖，便挂在门前，但还有一种情况，就是参加婚礼的长者们为了喜庆，要将得来的羊皮在门前挂更多的日子。这是长者对年轻人的一种祝福。

有一年，有一对年轻夫妇杀了两只羊，因为没有人来收羊皮，羊皮便在门前挂了很长时间。有一天，夫妻二人外出时锁上了门。那天村里有人杀羊，羊肉煮好后，便按村里的规矩给每户端一碗羊肉，端到他们家后，见门前挂了两张羊皮，以为他们家有两位老人参加别人的婚礼了，便回去又端来一碗放在门口。晚上，夫妻二人回来，见门口有两碗羊肉，乐不可支地倒进锅里一热，美美地吃了一顿。

我在村子里也遇到了一场婚礼。那天，人们经过了男女双方争抢羊皮后，将新娘迎进新房。男方为婚庆杀了十几只羊，羊肉已经煮好，院子里飘满羊肉的香味。新娘刚进院子，便要举行一个仪式，新郎将宰杀的第一只羊的耳朵从锅中捞出递给新娘，新娘用双手接住认认真真地吃下。图瓦人和哈萨克族人一样，对吃羊耳朵颇为讲究。家里来客人了，将羊耳朵递给客人中年龄最小的一位，意即你年龄最小，要听话。我想起自己的一次经历，我已经到了这年龄，几年前居然有幸在一群客人中当过一回年龄最小的客人，吃了两个羊耳朵。羊耳朵吃起来细脆，非常香。新娘刚入家门，让她吃羊耳朵，也有让她听话，好好做媳妇的意思。

那天，我被人们热情挽留参加晚上的闹洞房。图瓦人闹洞房和汉族人大相径庭，天刚黑，有人吆喝一声，闹洞房便开始了。昏黄的油灯不够亮，有人便点起了“松亮子”。松亮子是火把的一种，是从有油的松树上直接劈下来的，绑在一起，点着便可燃起熊熊火焰。屋内灯光绰约，人们因为已经喝了一天的酒，此时都嗷着酒气。而正因为饮了酒，人们便都很兴奋，一声声高喊着什么把新郎新娘推来搡去，颇为热闹。有人还备了树枝，“啪啪”地直抽新郎新娘，每抽一下便有一声痛叫响起。我刚挤进人群，想看一眼漂亮的新娘，只见一个人像是飞似的撞了过来，我双手一挡，这个人才没有倒下。待我仔细一看，是新娘，她尽管因为出嫁好好打扮了一番，但此时却满脸痛苦状。我看见她穿了很厚的衣服，大概是为了防枝条抽打，但怎么能防得住呢？此时的抽打已经变成了喜庆不可少的东西，所以，即使再疼，她也得忍着。

我一扭头看见了新郎的父亲，此时他才有时间吃饭。锅内的羊肉已经所剩无几，他用勺子捞了半天才捞了半碗，一个人蹲在那儿急急地吃了起来。一个图瓦男人到了这时候，才像所有的父亲一样闲了下来。从结婚生子，到养子成人，再到为儿子张罗着娶媳妇，一忙就是几十年，而在闲下来的这一刻，却只有半碗羊肉等着他，不知他能否填饱饥饿了一天的肚子。

洞房仍热热闹闹地在闹。我与他聊天，他说，哪怕自己吃不上一口羊肉，也要让村里人热闹起来，如果人们不闹，不把羊肉吃光，反而是一件没面子的事情。

后来，我又听说了村里的一件事。有一年一家人娶媳妇，先是羊皮显得小，没有人去抢，后又因为羊肉太少，大家没吃饱，喜庆的气氛一下子便冷了下来。到了晚上，人们不约而同地散去，没有谁去闹洞房。新郎新娘虽然没有挨打，但却比挨了打还难受。新娘觉得是男方小气，慢待了村里人，一气之下跑回娘家去了，娘家人见女儿回来，便向男方提出了退婚。

一张羊皮，一顿羊肉，就这样把一对夫妻给拆散了。

两个学校

9岁的努尔曼问我：“你会不会作诗，作诗是一件了不得的事情。”

我说：“作诗为什么是一件了不得的事情？”

她说：“作出的诗里，可以让冬天的草场长马草，可以让人在天上飞。”

努尔曼是村里哈萨克语学校的小学生。村子里有两所学校，一所教蒙古语，一所教哈萨克语。蒙古语学校在村子的西边，哈萨克语学校在村子的东边。村子里的孩子按照自己的族别去上学。哈萨克语学校只有小学，蒙古语学校有初中，两所学校的教师均为年轻人，按国家制定的少数民族学校教学大纲教课。以前，蒙古语学校也只有小学，索伦格1972年回到村子后，因数理化比较好，就在原小学的基础上建立了初中。

每天早上，就有两群孩子背着书包向两所学校走去，不一会儿，两所学校便传出两种语言的朗读声。下午，孩子们走出校门，在村子中央汇在一起玩。孩子们玩的花样很多，慢慢地，他们便玩成了一团。这一段时间是孩子们的快乐时光，吃晚饭的时候还没有到，而学习了一天的脑子也需要放松。其实，孩子们的这种玩耍与他们日后的生活有很大的关系。图瓦人依靠传统生存，许多对生活暗暗起着作用的东西，就潜藏在一些已经持之已久，但又轻松自如的方式中。比如这些孩子们的玩，其中就包容了对一些悠久的东西的继承。孩子们大多都上不了几天学。从学校出来，将书本束之高阁，就去山上放牧或打猎。由于多方面的原因，读书是一条极其艰难的道路，倒是别的事情天生就会。问起村子里的年轻人，大多都读过几年书，后来到了能放羊的年龄便都去放牧。读书，似乎只是属于童年的一些快乐而已。

也有人家让孩子坚持上学。村子里已有一个小伙子考上了内蒙古大学，布尔津县政协也有了图瓦人任委员。但这个上学的过程极其艰难，在村子里上完了小学和初中，则要到县上去上高中，然后才能考大学。阿勒泰市的教学质量较好，为了以后考大学时顺利些，还要走更远的路去阿勒泰市。村子里的加依娜尔在阿勒泰上完中学后，考取了一所卫生学校，当她拿着入学通知书回家时，却得知弟弟不上学了。她的心情一下子变得复杂起来。弟弟是家里的男子汉，她多么希望他能够出去上学，给家族带来荣耀。她还想，如果能换，她可以让弟弟去，自己宁愿留在家里做奶酪，但这样的事情只能想一想，没有办法去做。

我到蒙古语学校去，一个小学生主动给我带路。学校里有几间教室，一个操场，但操场却像村子里的任何一个地方一样长满了草。草不长，整整齐齐，似是被专门修剪过。老师们大多穿得都像牧民，教着课时，骑来的马就拴在教室后面。后来才知道，他们家里都养有牛羊。村里人说，这些当老师的人真是不划算，一边教书一边还要放牧，一年下来忙得不行不说，牛羊也放不好。为此，老师们在村里的地位并不是很高。学生们在听课的时候，只要听见教室外面有牛羊叫，就忍不住扭过头去看。有时候，牛羊吃着草就吃到了教室的窗户下，一个牛头或几个羊头印在窗户上，似是在听课，又似是在望着坐成几排的孩子们。在村子里，这些牛羊和孩子们互相认识，也经常在一起玩。但现在孩子们都端端正正地坐在一间房子里，嘴里念念有词，让牛羊们似乎很不理解。

哈萨克语学校的孩子要更淳朴一些。课堂间隙，老师教他们唱民歌，是有关哈萨克族牧羊的老歌。他们唱得很认真。有一个小男孩后来跳起了舞，边舞边唱，我觉得教他们唱歌的这个老师真是好，他一面给他们传授知识，一面用让民族悠久的歌声熏陶他们。与他闲聊，他说，一个哈萨克人怎么能不会唱歌呢？

下午放学了，孩子们都涌出了教室，老师最后一个离开。马就在教室后面，他跨上马背，“得得得”驰回家去。偌大的一个学校突然变得寂静下来。白哈巴村因为地处中国鸡尾版图的最边缘，所以，被誉为“西北第一村”，因此，这两个学校也就是最边缘的学校了。就像教育是一个国家的体制一样，一个村庄里的两所学校，也只能为村庄的某些需求而存在。村子已经形成了几十年的传统，学校也只能按部就班，给村子里培养出一批又一批长大的图瓦人。多么美啊，孩子们一边朗读着课文，一边听着教室外牛羊的叫声，慢慢地，他们的朗读声便也变得像风。

后来认识了这个哈萨克语学校的老师，他就住在村头，与村里人显得有些不同的是，他有一辆摩托车，每天来上课时一路“突突”声，人未到声音先到，学生们听到摩托声后马上安静地坐好。进了教室，他便用哈萨克语给学生们讲课，教学生们朗读，学生们读得好了，他便说一句哈萨克语：“佳克斯。”我在新疆10余年，懂哈语不多，但这句还是可以听得懂的，意思是：好。在讲课的过程中，他有时会放下手中的书，给学生们讲一些什么，讲着讲着他便变得眉飞色舞，而学生们也会不时地被他逗乐，发出哄堂大笑。这时候他总是很高兴。笑过一阵，他又拿起书，神情恢复严肃，又念起课文来。

白桦树从村子边一直长到了山冈上

再次见到他时是在一个雨天，我从松林里走出，经过一片有一米多高的草丛，却见一个人趴在草丛中，用头顶了衣服在避雨。听到我的脚步，他抬起头，我马上看到一张吃惊的脸，他大概没有想到一个外人会看到他这个样子。而我也没有想到一个老师会这样避雨，我的表情肯定也很吃惊。他站起来，不安地搓着双手，想说什么又说不出来。我一拉他手，说："走，雨太大了。"他嘿嘿一笑，与我一起连跑带跃窜回了村里。晚上，他请我到他家，同时被邀请的还有索伦格。他宰了一只羊，备了两瓶酒，一个劲地劝我们喝酒吃肉，他不懂汉语，我又不懂哈语，他只好与索伦格对饮。喝到最后，他和索伦格都喝醉了，我只好把索伦格背回去。刚要躺下，门外有人用力"咚咚咚"地敲门，开门一看是他，肩上扛着一张狼皮。门已开，但他却并不进屋，只是把狼皮往我怀里一塞，然后转身就走了。我不知他这是何意，忙喊他，但他歪歪扭扭的身影已淹入雨雾，怎么也喊不回。

第二天才知道，他看见我没有喝醉，便送我一张狼皮以表歉意。那张狼皮好，色泽光亮，质地柔软，想必是他费了不少工夫才捕到的。我去小学校找他，想给他100块钱，他正在给学生们上体育课，我远远地向他招手，他却像不认识我似的并不理睬我，我有些诧异，他何以把我忘得如此之快呢，好像我们原本就不认识似的。我不好再喊他，只好怏怏而回。我向索伦格请教此事原因何在，他说，这个老师怪得很，我们也不知道他为何这样。

再次见到他的时候，他正为一个学生家里的不幸遭遇而伤心，一颗硕大的泪珠从眼中流出，明晃晃地挂在脸上。学生的父亲摔断了腿，从此变成了一匹再也不能奔驰的马。那个学生也在哭，但一看到老师的这颗泪珠后，却马上不哭了。因他脸上的这颗泪珠，我突然理解了他——一个人在生活中总是有被感动的时候，一经感动就会变得无比真实。在这样的时候，一张狼皮和一滴泪是一样的，都是经由内心的浪花涌动，向心岸的一次靠拢。

多少天之后，我想，我有几张可以这样送出去的"狼皮"，又有多少可以在情不自禁的时候涌出的泪水？

我在一个下雨天去了村西的蒙古语学校。领我去的那个小家伙径直把我带到那个长满了草的操场上，不说什么，转身就跑了。偌大的一个学校突然变得寂静起来，我于恍惚之中仍觉得孩子们在朗读着课文，朗读声隐隐约约，飞出这个小学校，布满整个山坡。

我慢慢在学校里走动，雨水流过前额，使我的神志顿感清凉。渐渐地，我便觉得有许多思绪飞出了身心，化作雨水洒向大地。这些雨水就是上苍对大地的朗读，天籁之音按照大自然的分配，为每一个人都一一律动。孩子们在这里上课，听着窗外的牛羊叫声，朗读便也有了新的声音。我站在雨中，感到雨水和我内心的朗读是一致的。

一个小学校在大雨中寂静无声，我站在雨中，倾听着内心的声音。我是一个学生。

卷二　烟尘腾起

一匹马在望着远处

这匹马是在一个早晨第一个走出村子的。它走出村子后，站在一块石头上望着远处，时间久了，便变得像一座雕塑。这场大雨下起来之后，村里人很少出来，阿尔泰的雨下起来会持续很长时间，往往从春下到秋，占三四个月时间。在下雨天很少见人走动，偶尔有人出现，也是在村子里走走，很少有走出村子的。一场大雨，似乎已将白哈巴村包裹在了一个酣睡的梦中。因此，这匹走出村庄的马就显得有些特别，它打破了村里人在大雨天不出村子的常规，不知有什么明确的意图。一阵风吹过，地上的水汽飞起，弥漫出一团一团的雾。那匹马在雾中变得恍惚起来，但它却仍一动不动，等待着雾在风停后散尽。它的头始终高扬着，望着远处一动不动。

它在望着远处的什么？

索伦格去那眼泉中挑水，回来走过我身边时，我把他叫住。我对他说：“你看，那匹马。”

“怎么啦？”他问。

“它一直在望着远处。”

“对呀。”

“它一大早就走出了村子。它在望着什么呢？”

索伦格没有回答我，仔细看了一会儿那匹马后，才对我说：“下午你到我房子里来，我们喝茶，到时候我告诉你一匹马为什么望着远处。”

我往回走，感到眼睛有些不舍，心里有些牵挂，一匹马仍站在那里望着远处，它如此执着的站姿，似乎在强调着内心的某种渴求。大雨已将一切都裹在寂静中，唯独它的执着，像从寂静雨中燃起的一把火，向四周传递着一丝丝灼热。

下午，我急急去找索伦格。我发现那匹马不知什么时候已经不见了。太阳钻进了云层，天便阴了下来，地上的雾在寂静中似乎又厚了几分。它离开后，那个地方留有一处空白，我看一眼，心便急切起来，想尽快让索伦格告诉我一匹马为什么望着远处。到了索伦格家，发现他早已为我准备好了最好的奶茶，喝一口，便觉得那个答案也会像这茶一样滋滋有味。索伦格见我神情急切，便不再等我催，告诉了我那匹马望着远处的答案。原来，马在奔跑时都是高扬着头的，越是在开阔的地方，它的头越是扬得高，而且速度也越快。牧民们的心与马的心是相通的，很快他们就发现，它高扬着头，实际上是在望着远处的一座山。那座山必然是高过众山的。马有望山的习惯，所以就像这匹马一样，在不能奔跑或下雨的时候，望着远处的一座山。

原来如此。单从事情本身而言，似乎是一个神奇的故事，但在事件内部涌动着的，是怎样的一种生命热情啊！这时，我想起一句哈萨克谚语：

好马一鞭
驽马千鞭

这是多么好的谚语啊！是从游牧生活和草原直接得来的，是人和马之间至深的一种关系。刚才的那匹马，也许只需一鞭就可以奔驰出很远。

从索伦格家出来时，天已暗了下来。我走到他那根插在院中间的长矛前，静静地站了一会儿。矛穗迎风飞起，簌簌作响，似是谁发出了一阵耳语。

大雨又哗哗而落。

烟尘腾起

烟尘腾起的地方，必有人家。

从布尔津县和哈巴河县两个方向往喀纳斯湖行进，沿途均能见到大小不一的村庄。但在路上，你首先看到的不是村庄，而是飘荡在村庄上空的烟尘。村子大了，烟尘便成团冲起，在村子上空凝住不动；若村子小，烟尘便也只有薄薄的几缕，被风一刮就没有了踪影。图瓦人凭烟尘可判断出村庄的大小，还可判断出村里人的生活水平。比如，他们看见连绵不断上升的烟尘时，就知道这家人今天宰羊了，正在用文火煮羊肉呢！再比如，他们发现谁家屋顶上只升了一会儿烟尘，就会知道，这家人刚才煮了一壶奶茶，煮好后马上把火熄灭了。

烟尘腾起，也就是村里人生活景象的腾起，这些景象，唯图瓦人可观可感其中奥妙。烟尘之下，则是具体生活着的人们，这时候的生活，皆显得生动和深刻。索伦格家的经济条件好一点，自费安了发电机和电视卫星接收器，每天可以看到新闻和电视剧。一天，他收完马草回来，生了火煮羊肉。这时候，从那仁牧场方向来了一个乞丐，不知他怎样从索伦格家屋顶上的炊烟中判断出索伦格正在煮羊肉，便迈着颤巍巍的步子，一手托碗，一手呈行乞状走到了索伦格家门口。索伦格给他一碗羊肉，他边吃边伸长耳朵睁大眼睛，专注地看着电视里的新闻。第二天，村子里便传开了克林顿和莱温斯基的风流韵事，好多图瓦人说克林顿真是傻，和女人好一下也不知道避开众人的眼睛。我们村子里68岁的巴哈吉克，不费什么工夫又娶了一个20多岁的媳妇，从此他略显苍老的面容容光焕发，好像变了一个人似的。后来那个乞丐又来过几次索伦格家门口，不再乞讨，只是躲在门外看电视。索伦格喜欢吃羊肉，经常要煮一大锅，吃上好几天，凡是那个乞丐过来了，索伦格总要给他一碗。后来，他便拒绝索伦格的施舍，索伦格询问他拒绝的原因，他说，“老天爷注定不让我吃整只羊，生了我这么个命，我只能吃一只羊身上的一块肉或啃一块骨头，怎么能老吃你们家的羊肉呢，吃上几次，加在一起不就吃了一只羊了吗？那样，我会受到惩罚的。”索伦格觉得，从一个乞丐的角度来说，他的这番话不无道理，便从了他的意愿。过了数日，他问索伦格，“听说咱们住的这个地球在9月份要爆炸，你知不知道？”索伦格问他从何处听说的。他说，“好多人都这么说着呢！”他指了指索伦格家的电视机说，“那里面说话的人在远远的地方，可能知道呢！他天天都对着你说话，你问问他们吧。”索伦格告诉他，“那里面的人就是专门报道消息的，凡是他们不说的事情，都不可靠。”

自此之后，那个乞丐便消失了。索伦格每每在煮羊肉的时候总是想起他，索伦格知道他能从炊烟上判断出自己正在煮羊肉，如果他想吃羊肉，一定会到自己家门口来的，但已经煮了好多次羊肉了，他却始终没有出现。

烟尘有时候也因一些古老的祭事和仪式腾起。人们在举行仪式之前，先燃起一把火，激烈升腾的烟尘立即就使气氛严肃了许多。这样的时刻举行的仪式颇多——父亲60岁生日那天，要将儿子领到山顶上，在鲜花盛开的草丛中向着麻扰祈祷，似是要让虔诚的心音传入地下，让先祖们听到。此仪式的意思是，父亲已年届六十，骑不动马，放不成羊了，也不能到山上去打猎了，把儿子领到这里来，让先人们知道，咱家以后的顶梁柱就换成这个人了。祈祷完毕，捡一些木柴添入火堆，大火熊熊燃起，似是表明了儿子的决心和信念。

小孩出生的当晚，父亲在屋后也要燃起一堆火，等火完全烧起来后，抱孩子绕火三圈。我没有打听到村里人这样做的用意，但我隐隐约约能感觉到人们对待生存的一种严肃。

在白哈巴村，唯以生存为第一要旨。当烟尘升起的时候，烟尘底下的故事已像大火一样燃烧了起来。每一户都有一个锅灶，都有一个火坑，当火点

人们从草垛中间挖了一个洞出入

燃的时候，人们沿袭了多少年的传统生活就被注入了火焰，人的心里就有了温暖。烟尘升入天空，天空就变成了烟尘表演的舞台，也变成了图瓦人生活的映衬。

缕缕烟尘，悠悠万事。有一天，村子后面升起一道烟尘。人们知道那是放牧者点燃的。正是放牧的好时节，人们把自家的牛羊赶到山上，各自寻找一块草地让牛羊慢慢去吃。一般情况下，每个人选定的草场都可以让牛羊吃一个夏天。每个人把自家的牛羊看好，不让它们去吃别人草场中的草。那天点起火的是村子里的艾尔肯，他是因为心烦才点起一堆火的。附近放牧的人都感到很奇怪，好好的天气，正是牛羊吃草的时候，他为何要突然点一堆火呢？这几天艾尔肯老是不顺利，先是因为争草场被别人打肿了嘴，昨天又丢了一只羊，今天早上起来，发现又丢了一只。他的心情烦透了，就点起了一堆火。火噼噼啪啪地燃起，升腾起灼热而又好看的火焰，但他的心情却好不起来，一股莫名的烦忧漫上心头时，他控制不住自己拿起一根木棍把火打灭了。人们赶过来时，他还在打已经熄了的火。打火是不吉利的事情，但人们一想到他这几天的遭遇，又看他非常懊恼的样子，便不再说什么。

听说了这件事的几天后，我想起了在一部电影里看到的一组镜头，洋人用先进的大炮打中国人，清兵无奈欲撤之际，一群海盗划着平时比赛用的龙舟向洋人的船冲去，中途，有许多人中了洋人枪弹纷纷落水身亡，剩下的人奋力划船，无奈速度太慢，加之洋人火力太猛，无法靠近。领头的一位侠士一气之下用桨将舟上的龙头击入水中。电影后来还是转入了中国人用漂亮的武功将洋人全歼的故事。但那位侠士在悲愤之际将舟上的龙头击入水中的一幕，给我留下了深刻的印象。我觉得，那一幕和艾尔肯打火的情景都是真实的，是人在痛苦深处的一种挣扎和反抗。

更真实的东西也从烟尘中显示了出来。如果有一天，谁要问，图瓦人的一切生存景象和生命秩序是不是都和升腾起的烟尘有关系呢？恐怕图瓦人自己也难以回答这个问题，生命存在着多种可能，生命反应因而也就是多样性的。人们给予事物准确定论时，往往依据以往积累的经验，但有些时候，事情在发生过程中却又是多变的。好在人基本上是依照感情需求在这个世界上生存着的，故人总会在事情的发生过程中得到乐趣。下面的故事就是例证。

巴鲁别克只有10岁，正是玩耍的好年龄。一天，他和村子里的一个也是10岁的小姑娘在山坡上玩，玩着玩着，两个小家伙决定点一堆火。于是，他们捡来一堆柴火将其点燃了，离他们不远，是一公一母两头牛在吃草，它们吃着吃着便缠绵在一起了。巴鲁别克和小姑娘看见了两头牛的反应，便不玩了，一起朝他们喊叫，爬上去，爬上去。那头公牛似是受到了鼓励似的，对着那头母牛的后背一跃而上，开始了生命激扬的运动。巴鲁别克和小姑娘看着看着，忽然转过脸来，盯着对方呆呆地看。在这一刻，他们感到有什么突然在心里燃烧了起来，他们盯着对方的眼睛，呼吸也变得急促起来。少顷，他们扑向对方，紧紧地拥抱在一起，开始接吻。那两头牛已彻底燃烧。两个小家伙已被一股眩晕淹没。

火很快就熄灭了。村子里的许多人都看见了那股烟尘。他们从烟尘上断定，那堆火是孩子们闹着玩时点起的。但他们不明白，那道烟尘怎么那么快就消失了。

数羊

数羊是图瓦人的一种游戏。

游戏很简单，从一只羊开始往上数，数到300只羊就赢了。这只是一种数字游戏，并不用赶300只羊到场。一个人碰到另一个人了，想和他赌一赌，就说，咱们数羊吧。两个人中可以有一个人任意选择数羊或监督。选择数羊的人开始“一只羊，两只羊，三只羊，四只羊……”往上数，监督的人则标出赌注，你若数到300只羊，我就给你1只羊，你要是数不到，就给我1只。一般人都数不到300，因为在每个数字后面都带有“羊”字，人的思维很容易被分散。也有人数到了300，从别人手里赢得了1只羊。有一段时间，村里人认为数300太多，把数字降到了200，但后来受到那些数到过300的人的痛斥，便又恢复到了300。

数羊也是人的尊严的表现。走在村子里，有一个人突然把你拦住要和你数羊，这时候你不能躲避，如果躲避的话，别人就会笑话你，男人嘛，在阿尔泰大山里就是养羊的嘛，连一只羊都玩不起，你以后不可能有更大的羊群。被别人这么一激，谁都会马上去数。好多人都是因为被激起了数兴输了羊的。输了之后，心里后悔，却又无法发作。有一段时间，有人专以数羊为生，把这种古老的游戏演变成了一种赌博，他们掌握了数300只羊的什么方法，总是战无不胜，村里人都害怕他们，看见他们便远远地躲开。

村里的小孩子也玩这种游戏。他们没有羊，输了之后就用铅笔或作业本抵，但他们把一支铅笔或一个作业本说成是一只羊，输了就给，绝不反悔。

冬天的牛羊靠这些草过冬

有一个小孩子的父亲得知自己的儿子赢得了别人的一只羊后只拿回了一支铅笔，感到不公平，便去找那个孩子的父亲，提出按多少年的传统规矩办事，必须得给他一只羊。那个孩子的父亲二话不说，牵出一只羊给了他。他说，我的儿子虽然输了，但输羊不输人，我儿子长大还要成为男子汉呢，一只羊算什么。要羊的那个人说，我儿子今天赢了，已经就是男子汉。两个人一个不服一个，于是便又赌起来，结果，来要羊的那个人输了，那只刚刚到他手里的羊又回到了原主人的圈里。他气不过，向对方说，明天我牵10只羊来，有本事咱们好好数一数。不料当晚下了一场大雪，他的羊被冻死了好几只，到第二天早上不够10只了。男子汉大丈夫一言既出，驷马难追，他把自己的马牵来，说，用马抵两只羊，我不怕吃亏。两个人站在寒冷的风雪中开始数，你一轮，我一轮，一直数到下午，结果，他把8只羊加1匹马全输了，正懊恼之际，不料他的儿子却欢叫着跑过来告诉他，刚才他和那个人数羊时，自己和他的儿子也在数，结果自己赢了他们8只羊和自己的马，他转忧为喜，从对方手中牵过8只羊和自己的马，领着儿子兴高采烈地回家去了。走在路上，他想，战斗了两天，到头来自己不输不赢，这样也挺好。

村子里数羊输得最多的人是孟多。那几年他运气不好，老是输，越输他越不服气，越不服越输，输到最后，他连一只羊都没有了。别人都不愿和他再玩。有一个人对他说，我们现在有这么多的羊，但你却没有一只，等你有一大群羊了再来和我们数吧。孟多痛下决心，开始养羊。他的羊群到了几百只的时候，他已从年轻人变成了中年人；羊群到了1000多只的时候，他又由中年人变成了老年人，但他却还不去和人数，一直等羊群上了2000只。这时候，他再去找那几个曾经赢过他的羊的人，但他们却早已死了。细细一问，才知道他们自从有了从别人手里赢来的羊以后，就不再去干活了，过一段时间宰一只羊，吃完了便又去宰，最后，坐吃山空，到老年的时候，日子过得极其贫穷。

孟多感慨万千，这世上从来没见过谁靠数羊能拥有一大群羊，而真正拥有羊群的人，都是像自己这样勤勤恳恳靠劳动所得的。

之后不久，孟多突然记起了一件事，在年轻的时候，他曾欠过一个人一只羊，当时自己曾许下诺言，等以后自己有羊群了，一定还上，这么多年过去，人家从来都没提过此事，他感到很愧疚。他从自己的羊群中挑出10只最肥的羊赶过去找那个人，但那个人却早已搬到别处去了，谁也不知道他的具体地址。孟多后悔至极，没想到自己活人到老，却无法偿还欠别人的一只羊。如果能找到他，孟多一定要把这10只羊给他。想想现在自己拥有了这么大的羊群，却一直欠着别人的一只羊，这件事也类似数羊一般，自己一口气从1数到了300，但最后自己还是输了，因为欠别人的一只羊再也无法还了。

走在村子里，孟多又见到了一对对数羊的人。他从他们身上看到了自己当年的影子。人们一天天过着日子，数羊这种传统的游戏，仍将被人们视为生活中的一种秩序，一种竞争，一种显示着人的尊严和信用的独特的方式；人们自觉遵守这个游戏的规则，这个游戏也相应地激活了人们的生活。那一刻，孟多才知道数羊这种游戏是多么有意思的一件事。

一只羊被数来数去，一会儿是你的，一会儿是我的，羊没有变，人也没有变，只有一场游戏在变。

应了那句老话，人生就是一场游戏。

三个汉族人

村子里有三个汉族人。

江苏木匠老李已经在村子里生活了20多年，他和开商店的甘肃老王、办养鹿场的新疆老张，是村子里的三个汉族人。以前也有几个汉族人来白哈巴村落户，后又因种种原因都离去了，只有他们三个人留了下来，时间长了，人们都觉得他们已经是图瓦人了，只是称呼上仍把他们叫江苏老李、甘肃老王和新疆老张。三个人中数老李最为年长，有时候有什么事了，老王和老张都喜欢找他商量。

老李独住一屋，虽然现在木工活不是很多，但因他这门手艺在村子里是独行，所以仍有一定的收入。图瓦人这几年盖房子也讲究起来了，木板需光滑和平直才行。老李安上电锯和电推刨，做出的木板非常漂亮，深受村里人的青睐。老李一年不用干更多的活，只要有一家人盖房子，他就可以挣来一年够花的钱。平时闲着，他不着急，他知道一家人要盖一座房子，要用好几年的时间来攒钱，他们在为一座房子攒钱的时候，其实也在攒一份木匠钱；还有那些正在成长的小孩，他们将来也要盖房子，他们身上也有一份正在成长的木匠钱。老李为此从不焦虑，他觉得他的钱都是可以看见的，哪一家有多少，哪一家什么时候给自己付，他都心里有数。

第一次见老李，他正在栅栏内的小院子里劈柴。作为木匠，他的栅栏却极其简单，木头选得不好不说，就连几个连接口也做得不牢。我不知道老李在这个人人以栅栏为重的村子里生活着时，是怎样看待栅栏的。他的院子里堆了很多木头，他拿着一把木工用的短斧，劈下一片一片的木块来。村里人劈木柴也颇为讲究，要先把木头锯成一尺长的一截一截，然后用斧子劈成方方正正的柴火，码在院子的一角。这种劈柴的方法有点像俄罗斯人的习惯。老李劈柴的动作干净利落，一点都不像70多岁的人。我与他打招呼，他停下手中的活儿与我说话，这时候我才发现他的脸膛由于长时间被紫外线照射，已变得和图瓦人没什么两样。他很热情地招呼我落座，从屋里拿出西瓜招待我。闲聊中，我才知道了老李的经历，20多年前，他40多岁，从江苏一个人来了新疆，在许多地方都干过木工活，但都收获甚微，最后辗转到白哈巴村，一眼便发现像前面所说的“自己的一份木匠钱在很多人身上攒着哩”，就留了下来。干了几年，他把两个儿子接到了新疆，原打算是让他们挣够了娶媳妇的钱后回江苏去成家立业，不料这么些年过去，两个儿子都留在了新疆，他因而也不得不留下来。老李在中间曾回过一次江苏，回去之后便不想再出来了，但大儿子在新疆做生意赔了，他只好又出来帮他，等帮大儿子还上了欠别人的钱，二儿子却在铁列克提乡找了一个蒙古族姑娘结婚了，一年后，孙子出生了，他不得不留下。这一留下，他估计这辈子恐怕回不去了。他屋内的生活设施极其简单，也颇为零乱，但那套工具却收拾得整整齐齐，似是准备随时外出。

村子里的几个小女孩在林子里捡了蘑菇，给老李送了过来，老李说值两毛钱，从厚厚的一叠钱中专捡新的给她们，小女孩们拿着钱高高兴兴地走了。老李已经收购了很多蘑菇，晒在房顶上，以备冬天食用。

闲聊中说起他的身体，老李说：“虽然现在已经70多岁，但身体依然很好，经常干一些力气活，也不困乏。”眼看着孙子一天天长大，他常想，把孙子当成汉族人呢，还是当成蒙古族人？近几年，他倒是考虑自己不多，经常考虑着孙子以后的生活。前些天，他终于想明白了，就像自己自从进入新疆以后一切都无可预估一样，孙子以后的路只能由他自己去走。虽然他能看到村子里许多正在成长的孩子身上有一份属于他的正在成长的木匠钱，但他却无法看到孙子身上有什么东西决定着以后的人生。

几天后，我去村后的一块草地上散步，见到了老李的锯场。刨好的木板都早已被拉走，场子中央堆着一大堆锯末，比房子还高。

望着那一大堆锯末，我突然觉得看见了老李内心的一个梦。

开商店的甘肃老王比老李小，今年56岁。他是40岁那年从甘肃平凉来新疆的。我是甘肃天水人，与他先拉上老乡关系，谈话就轻松自如多了。老王40岁那年在村里打了人，人家天天上门找他的麻烦，他忍无可忍，便离家而去。甘肃人都喜欢新疆，只要出门，用他们的话说，都是“上新疆”。他到了新疆，在哈巴河县的一个建筑工地上打工，连他自己也没有想到，在老家时当光棍已成定局的他，居然在新疆命运突变，撞上了好运，县城的一个20多岁的姑娘看上了他，姑娘家也愿意接纳他，他高高兴兴地结婚了。之后不久，岳父拿出一笔钱让他开了个小商店，时间不长就赚了钱。后来，他听说白哈巴村还没有一家商店，便进了一批货，在村子里租了一间房子开起了商店。十几年过去了，他稳扎稳打，商店的规模越开越大，利润也越来越好。去年，他花1.9万元买了一个大木头房子，一半用于售货，一半用于居住。村里人都说，甘肃老王那个人日子过得好，把东西往那儿一摆，就等着我们的钱呢！我们辛辛苦苦去挣钱，其实那些钱都是他的。不过话又说回来，自

套马鞍子

从老王在村子里开了商店后，人们的生活也相应地改变了不少。

老王的两个孩子都十分可爱，女儿已经15岁了，儿子也已经13岁。老王的富裕在两个孩子身上体现得淋漓尽致，他们均穿得很时髦，一看就知道是城里的孩子，而老王依然很朴素，从穿着到言谈举止，一看就知道是农民。刚来村子的第一天，我陪南京的一位朋友在村子里乱转，转到老王商店里，聊着聊着，说起了村子里的人打架的事情，因不知老王早年因打架离家，谈论打架这个话题时，他的脸色有一些不悦。后来朋友问他，在村子里这么多年，打过架没有。他沉默片刻说："打过，人生在世，谁没有打过架，有些事情，不打一架就根本解决不了。"几天后，我向他提起那天谈论的话题，略表歉意。他笑笑说："没事，事情做都做了，还怕别人说吗？"

有几年，村里人挣不上钱，老王的家人要他搬出白哈巴村，他也动心了，但想到自己若是就这么搬走，村里人的生活可能就会受到很大的影响，他们生活中所需的那些货物，到哪里才能购得上呢？正在忐忑焦虑之间，一大一小两匹马改变了他的想法。那匹大马走到一个陡坡前，不费什么力气就爬了上去，但小马却爬得很吃力，以至于用了很大的劲才爬上去。看到这一幕，他突然顿悟，决定不走了。后来他告诉家里人为什么要留下的原因。他说，没有长大的马走路时肯定会遇到困难的，但它总会长大，它长大后，以前经历的所有困苦都不算什么。老王留在了白哈巴村，在那一段困难时期，他欠账把东西给了村里人。至今，村里人只要提起那一段往事，都对老王感激不尽。说起这些，老王只是不好意思地一笑，不说什么。这也便像那些马一样，平时我们对它们熟视无睹，只有在它们展现出独特神采的一刻，才让我们看见它们的精神品质。

与老王相处的几天，总被他的朴素感动着，临八一建军节，边防团排了节目到边防连来演出。边防连就在村子的旁边，战士们平时与村里人来往甚密，军民关系搞得很好。我让老王带两个孩子来看节目，但节目演完了，都没有看见他们出现。几年前，我曾写过一本书《守望阿尔泰》，我想送给老王的两个孩子一本，让他们看看，但直到我离开村子，他们都没有过来。

因为这件事，直到现在我仍认为，我并没有真正了解老王。

养鹿的新疆老张比老王小，今年44岁。村子里原来有一个养鹿场，前年被老张承包了下来，现在已发展到70多头鹿。不用说，老张的收入也相当可观。养鹿比养牛和养羊还要累人，鹿要吃很多草，一到七八月份就得给它们打草。老张有5亩草场，打马草的时候雇人紧紧张张打两个月，才勉强够它们吃一冬天。鹿角的价钱这两年下跌了很多，但老张不想放弃，他投入到鹿场的10万元还没有收回来呢！村里72岁的老人吐哈堤笑话他说："你这个娃娃，钱多得没地方花嘛，扔到草里面和鹿的肚子里，收回来的少，变成肥料的多嘛。"老人出于礼貌，把粪便说成了"肥料"。村子里人都不喜欢养鹿的人，他们觉得鹿角是药，有病了就取来用之，不生病的时候就不要浪费它。活一辈子，不知道有哪些病在什么地方等着你哩，把鹿角浪费完了，以后得病了怎么办。养鹿的人把鹿角运到山外，制成了什么名贵的药品，村里人对此也很有意见，他们认为鹿角只能让阿尔泰人用，别的地方有别的地方长出的东西。我们村里人怎么没有去用他们的东西呢？真是不公平。老张很会处理人际关系，每次去县城总带回一些东西，分发给村里的老人和贫困户。所以，村里人对他挺好。

老张养鹿这么几年，发生了两件有意思的事。第一件是鹿恋爱的故事。前年，他发现自己鹿群中的一头母鹿老是朝着村后的林子鸣叫。鹿平时是不怎么鸣叫的，老张感到奇怪，就留意起了它，它一早一晚总是定时鸣叫，而且似乎按捺不住某种急切的情绪。终于有一天，一头公鹿从林子里走了出来，走到那头母鹿跟前，隔着栏杆向它鸣叫，栏杆内的母鹿十分着急，在圈中乱跑，似是要冲出圈去。老张心头隐隐泛起一股什么滋味了，走过去将圈门打开。打开门的一瞬，他又犹豫了——万一这只鹿出去以后再不回来怎么办？但也就在那一瞬间，他又想起了自己的妻子，便大开圈门，让那头母鹿出去。母鹿与公鹿会合后，欢叫着跑入林子里去。正如老张所料，那头母鹿果然从此再也没有回来。他想，少了一头鹿也没啥，重要的是成全了一对鹿的爱情。但在第二年春天，让老张意想不到的事情出现了，那头母鹿领着两头小鹿回来了。它像是回到故乡的浪子一般，对着老张高兴得直叫，老张也高兴，摸着它的头说，回来就好，回来就好。

第二件是鹿逃跑的故事。一天，老张发觉一头鹿不对劲，刚要走到跟前看个仔细，见它突然一跃而起，越过栏杆跳了出来。老张很吃惊，与鹿同高的栏杆，从来没见过有哪头鹿能跳过去，偏偏怪事就出现在自己面前。他上去拦它，它撒开四蹄跑了。一头鹿逃跑了。老张始终不明白它为什么要跑，何以突然有了能跃过栏杆的力量？那一段时间，老张就在这种迷惑中对一头鹿念念不忘。

不料在第二年秋天，它又回来了。鹿头上的角到了秋天已经长得很长，如果是野鹿，在痒得受不了时就会找一棵大树或一块大石头将角撞掉，而逃跑的这头鹿因为以前被锯过几次，所以，它不知该怎么办，就跑了回来。老张把它的角锯掉，心想，它能回来，以后可能就不会再跑了吧，不料过了一段时间，它又像上次一样跑了。老张想，等它到了秋天，头上的角发痒时，它一定又会回来。到了第二年秋天，它果然又回来了。一头鹿就这样一次次逃走，又一次次回来。老张摸清了它的规律，便不再担心，也不再管它。慢慢地，他反而喜欢上了这头鹿。他想，家是什么呢？在这个问题面前，人不如鹿。人对家的要求是统一的，是极其自私的。所以，家对人来说是一种僵化了的模式。只有一头鹿，想离开了，就义无反顾地离开；想回来了，就大大方方地回来，鹿是轻松的。这样养着鹿，老张便觉得很有意思。自己成天跟鹿打交道，慢慢地，便懂得了鹿的语言。

三个汉族人，就这样在村子里生活着，每个人身后都留有长长的故事。在这么遥远的地方，每个人的故事很快就会变成历史，就像白哈巴村一样，它其实就是被一长串历史孕育着的。

因为往事太优美，人和白哈巴村都在往事中呼吸和成长着，而有时候，一件很小的事就决定了一个人的一生。

一个没有留下姓名的人

在村子里，树没有名字。

石头没有名字。

刮过的风没有名字。

雨和雪没有名字。

人应该有名字，但在村子里，有一个人却没有名字。他在白哈巴村居住了两年多，却没有留下姓名。谁也不知道他叫什么，好多人甚至不知道他这两年多在村子里干了些什么。由于他从未跟任何人来往过，所以大家只是知道有这么个人，至于他长什么样子，却并不知道。

他是在一天黄昏从喀纳斯湖的方向来到村子里的。他出现的时候，大家都感到有点奇怪，凡是从喀纳斯湖到村子里来的人，都从村后的那条小路而来，但他却从山顶上下来，慢慢走进了村子。他在村子里找到一个已被废弃多年的房子住了下来，从此足不出户，谁也不知道他整天在房中干什么。村里的人实际上都很忙，你不跟别人来往，别人也没有闲暇时间来理你。因为他是图瓦人，大家也便不赶他走，想着那间破房子反正没有人住，他要住就住下吧。

这一住，就是两年多。

因为村里人都没有接触过他，所以我打听不到他在这两年多的时间里，每天具体在干些什么，比如说，他吃的东西是什么呢？按图瓦人的习惯，每天都要喝奶茶，他没有羊，从哪里去弄奶疙瘩和奶皮子呢？人活着，最基本的一点就是天天要维持饮食，他从不劳作，靠什么养活自己呢？大家都觉得这是一个谜，但现在他已经离开了村子，谁也不能解开这个谜了。其实，在当初要解开这个谜的话一点也不难，你可以带一些吃的东西给他送过去，只要进了他的屋子，看一眼就什么都明白了。村里人猜测，他白天足不出户，可能晚上外出。村里有很多人晚上去打猎，往往收获颇丰，但大家觉得他没有猎具，肯定是不会去夜猎的。

村里人就这么一再猜测他那两年多的生活，猜来猜去，也没有结论。他在村子里的时候，人们都无视他的存在；现在他走了，留下一个让人无法猜透的谜，人们便一再提起他，好像他还在村子里似的。

有一个人曾在村子里碰到过他。当时他在河边急急行走，像是要避开看见他的人，但还是没有避开，两个人碰在了一起。那个人看见他脖子上挂了一块石头，是褐色的。就在那个人注视着他脖子上的石头时，他已经与那个人擦肩而过，那个人没有看见他长什么样子。图瓦人不佩戴饰物，不知他为何要挂一块石头在脖子上？

两年多以后的一天，他突然消失了。人们知道他消失，是因为村子里一个寡妇的去世才被牵连出来的。那个寡妇住在他的对面，多年来一个人生活着，因身患重病，也是足不出户。她死了后，村里人去安葬她，见她家的破木头桌上放有两只碗，两双筷子，像是在她临死前与另一个人在这里吃过饭。更让人们吃惊的是，寡妇安躺在床上，穿得整整齐齐，将她一生比较重要的东西全揣在怀中。一个人在临死之前是无力穿衣和收拾东西的，只有当她死了以后，别人给她穿戴整齐，按她的意愿，把她挂念的东西塞到她怀里去。是谁在她死后为她做了这一切呢？正在疑惑，有人便发现地上有一些面粉，呈细线状向屋外延伸而去。人们顺着那条线寻出去，一直走到了那个人住了两年多的那间破屋子跟前，推门而入，屋内却早已空空，那个人不知去向。

人们猜测，他与这个重病的寡妇一起生活了两年多，寡妇死后，他便走了。他来无踪去无影，人们仅仅根据一些留存下来的迹象这样猜测着，并不能下定论。

于是，关于那个没有留下姓名的人的话题，便一直延伸到了现在。

男人们都走了

山上的树绿了，地上的草长高了，刮过来的风变得暖和了。这时候，便到了出去放牧的时候了。

村里人都知道，让羊吃上春季刚发芽的草，它们的肉就会长得鲜嫩，所以，必须要把春草赶上。村子里的男人们早早地备好马，将放牧要用的东西系于马背，赶着牛羊前往草场。

每家每户都有牛羊，所以，每家每户的男人都得出去，留在家里的，都是女人。

男人们把牛羊赶到牧场后，就在山脚搭一个帐篷，在帐篷前钉一个马桩子，用几块石头垒一个烧茶的炉子，就算是安顿下来了。他们基本上沿袭的仍是古老的游牧生活，牛羊把一个地方的草吃完了，就去另一个地方吃草，他们也随之前往。大地是一块大得无边的牧场，草是上苍赐予的，牛羊是大自然的孩子，一切都显得很和谐。男人们在这时都无事可干，便骑着马相互走动。聚在一起时，用大碗喝酒，吃大块肉，然后大声唱歌，因为歌声是少不了的，山野里因为有了歌声顿时变得热闹起来。有时候，他们也在草地上赛马，胜者得一个用野花编织的花环，在脖子上挂几天，颇为得意。他们也带猎枪，发现山上有猎物便去打猎。索伦格告诉我，在外放牧时猎得的动物，大家平均分配，吃完了大家一起再去打猎。遇上下雨天气，他们便宰一只羊，雨天雨地干什么都不方便，宰羊、剥羊皮、煮羊肉倒成了一件快乐的事情。

男人们出去放牧，留在家里的，都是女人

牧民这样的情景让我想起有一年在博尔塔拉遇到过的一群放牧的人。也是一个雨天，我们宰了羊，在帐篷里煮羊肉的间隙，一位牧民唱起了歌。他的歌声很美，听着听着便感觉整个帐篷也随之律动起来。他唱完后，大家鼓掌致谢。他说，有一个小孩是牧区唱得最好的。大家想听，他便站在帐篷门口朝山里喊了几声，不一会儿就看见一少年骑马而来，在稠密的雨丝里，他的马迅疾如飞，将雨丝冲开薄浪，很快就到了我们面前。他可能只有10岁左右，从马背上翻身而下，抹一把脸上的雨水，将马鞭子上的水甩了甩，像个大人似的坐在帐篷中间。等他开口一唱，我立刻便觉得他非同一般。毋庸置疑，他唱的是游牧民族古老的歌，调子悠长，似有委婉的故事包含在其中。他一首接一首地唱着，刚淋过雨水的脸上慢慢便又有了汗水。我很惊讶，一个这么小年龄的孩子，何以能把歌唱得如此之好。我想，游牧民族经历岁月后已经很成熟了，任何一个人，只要他出生在这里，他就是这棵大树上的枝，风吹起时随风飘动，雨打在上面便发出动听的声响。一个人从出生到老死，一直面对的是一致的东西，所以，他们便显得很直接，就像唱歌这样包含着深刻人生的事情，也能被一个只有10岁左右的孩子表现得淋漓尽致。

经历了这样的事情，便觉得男人们外出放牧，实际上是一个移动的村庄。他们依照传统在山野里生活，山野慢慢地便有了生机，显现出了游牧者群聚或散聚的轮廓。实际上，任何一个处在边缘的部落，最初都是游牧而至，逐水草而居，时间长了便变成了村庄。在古西域，那些游牧者甚至发展成了后来的民族和王国。

游牧世界，也是一个丰富的世界。它因为古老，处处显得坚硬和丰盈；它因为丰富，处处显得活力四射。古老的传统文明在这里是一个被珍藏着的巨大容器，它将一些经久弥坚的传统孕育成美酒一样的东西，熏陶着人们的心灵，改变着人们的感情。

到了秋末，男人们便慢慢往回走。羊是吃着草一天天往前走的，不知不觉几个月过去了，羊都长肥了，但路也走了不少。往回走的时候，羊还要再吃一遍回头草。因为它们吃过之后，身后的那些草又长出来了。羊群从村子里吃到山野里去，最后又从山野里吃到村子里。在漫长的游牧道路上，牧人是辛苦的，但对于羊来说，则幸福地完成了一次盛宴的品尝。快到村子里时，牧人们要停一停，驻扎两三天，把牛羊收拢整齐，再按各家各户分开才返回村子。这是外出放牧中的最后一次停顿，尽管人们都归心似箭，但仍要认真对待，因为所有的牛羊在这里必须得分清，否则一进村子就会发生争执。

有一年，就在牧民返回到离村子不远的地方驻扎时，发生了一件事。有一个人的羊群走在最前头，停下来后实际上已离村子不远，可以看见他家的房子了，他很快就把羊分清了，因为要等后面的人分羊，他闲了下来。黄昏，他看见妻子去村中央的那眼泉中挑水，心情便变得急切起来，与妻子一别4个月，他的身体里有一些很热的东西在奔涌。入夜，他家窗户上的灯光很亮，他觉得那是妻子对自己的呼唤，他在山坡上望着家里的灯光，怀想着妻子的身体，心潮随之澎湃。山坡下成群的牛羊不时地叫唤，但不能打破夜的寂静，更不能使他的心平静下来。突然，一个念头出现在他心里，他站起身急急下了山坡，向村子走去。他翻过一座山，过了两条河，再穿过一片树林，便进了村子。到了家门口，见窗户上仍亮着灯光，他浑身的血液便一下子燃烧了起来。他的妻子没有想到他会出现，愣愣地看了他几秒钟后扑入他怀抱。他热烈地亲吻她、抚摸她，两个人都已饥渴了4个月，现在像一把火一样，很快燃烧起来了。他开始要妻子的身体，在他进入她的瞬间，突然从黑夜中传来一声狼叫。狼的那一声叫得很短，几乎是转瞬即逝，但他还是听得清清楚楚，他犹豫了一下，但妻子却把他抱得更紧了。他又犹豫了一下，便猛烈地要妻子的身体。事后，他大汗淋漓地离去，妻子趴在床上用欢欣的目光望着他。

那天晚上狼群袭击了羊群，30多只羊被狼咬死，十几只被咬伤。作为打头阵的他是应该及时将有狼的消息传递给人们的，但人们却没有接到任何消息，人们一边收拾羊的尸体，一边指责他瞌睡多，一睡觉就误了大事。人们都很气愤，在整整4个月的游牧中没丢失一只羊，但到了村子跟前却让狼群给袭击了。这样的事情是村子里的老年人不能接受的，会成为以后的笑谈。

第二天，他不见了。人们因为都在料理自己的羊被狼群咬死咬伤的事情，无暇去顾及他。他的妻子一听说他失踪了，一下子痛哭起来。

过了两年，他仍未归，人们多次劝他的妻子改嫁，但她始终不允。只有她知道他为什么突然不见了，她想起那天晚上有一只狼叫了一声。

直到现在，她在每天天刚黑下来的时候，就关上门，也不点灯，一个人在黑暗中呆着。她想，他可能在别的地方又养了一群羊，只是因为那一年的事情不能回来。她不点灯，是怕他看见灯光时控制不住自己，又扔下羊群突然回来。

补靴子

第一次见到她的时候，她坐在门槛上在补靴子，几天之后再见到她，她仍坐在那里，手上还是那只没有补好的靴子。她已经很老了，脸上的皱纹堆积在一起，很久都没有表情。人就是这样，如果老得连脸上都没有表情了，整个身体也就显不出活力了。她的脚边放着一个大木盆，我前前后后几次见到她的时候，大木盆始终在那个位置。我想起了《渔夫和金鱼的故事》中的那个老太婆。那个故事尽管含有很强烈的告诫之意——人，不可太贪婪，但从故事的开始到结束，那个木盆始终放在老太婆的脚边，倒让人想到生活的真实。这个图瓦老太太不会有故事中的那个老太婆那样的经历，也许她一辈子都没有去过大地方，所以，这个大木盆就显得像她的一个伙伴一样。

她手上的那只靴子已经很破了，需一针一针认真去补才能补好。她的眼睛不好，每补一针都要看好长时间，等针穿过靴子，她便抬起不太利索的手机械地将线拉出，然后再去补下一针。她这样的速度在一天中实际上补不了多少，但她却不紧不慢，一直那么认真地补着。

我想给她照一张相，她抬头看了我一眼，手上的针掉了，她低下头找了很长时间都找不到，便用手扶住门框站起身，去门后拿出一个小扫帚把地上的东西扫到一起，用手在里面摸，把那根针摸了出来。她继续补靴子，我在一边不停地变幻角度拍照，闪光灯闪个不停，但她却没有丝毫的反应。老太太的这种神情，我在好多图瓦人身上都见过，他们好像对外界的东西很冷漠，不管你以怎样的方式出现在他们面前，他们都没有丝毫的反应。时间长了，你便觉得这实际上是一种对自己的坚守。

中午的时候，老太太的儿子回来了。老太太给他一指灶台，他便去吃盛在碗里的饭。他似乎很饿，吃得很快，老太太看了他一眼，又低下头去补靴子。屋子里很静，有一种让人无法忍受的郁闷。过了一会儿，便发现这个家其实只有一母一子，老太太早年丧夫，而儿子长大后没有娶上媳妇。我在《与“2”有关的事情》一文中曾写过，白哈巴村目前只有两个光棍，如果眼前的这个四十开外的男人也是其中一个的话，那就应该另当别论了。有时候人是可以改变贫穷的，有时候却只能忍耐，像这一母一子如此贫穷的家境，有些事情是不敢奢望的。就像那句被好多人熟知的话“幸福的家庭总是相同的，而不幸的家庭却有不同的不幸”一样，娶了媳妇的男人也许也都是相同的，而娶不上媳妇的光棍却总是各有各的苦衷。

离开她家时，老太太也没有抬头看我们一眼，她仍低头补着靴子，那只靴子可能还得补好多天才能补好。走远了，我想，就像这个老太太用好多天的时间补一双靴子一样，每一个人在生活中总得坚持一些什么，不管他坚持的是大事还是小事。

阳光这么明亮，照下来，落在她的一根针上，被她一点一点缝进一只靴子里。

酒神

村里人喜欢喝酒。

第一次见图瓦人喝酒是在几年前。先前就听说这个村子里的人特别能喝酒，忽然碰到了却仍大吃一惊。两个二十出头的姑娘坐在河边的一块大石头上，各举一个酒瓶在对饮，不一会儿半瓶酒就下去了，但她们却仍无醉意，各自举瓶向对方示意，一口接一口地喝着。她们喝得很镇定，偶尔抬起头看一眼远处的山，似乎又有了酒兴，便举起瓶子又喝一口。离山近的人都喜欢望山，望山望久了，人便也变得像山一样。在绵延不绝的阿尔泰大山中喝酒确实是一种难得的享受，辽远的山地影响着人的心胸，这时候再有烈酒助兴，人便有了飞翔的感觉。这只是我在一次酒醉后的感受，长期生存于此的图瓦人一定有着比我们更强烈的感觉。就像那两个对饮的姑娘，在挑水的间隙买两瓶酒喝一通，喝完了挑着水回去做饭，有谁知道她们在喝酒的间隙，望一眼远处的山时心里想的是什么。

不久又见到一个小伙子喝酒，更是让我惊叹。他骑着马从山里出来，像是按捺不住急切的心情似的打马迅奔到一家小商店前，将马拴好，进商店大呼店主拿酒。店主递给他一瓶酒，他递给店主一张钞票，就在店主给他找零钱的这一段时间，他举着酒瓶咕咚咕咚全喝完了。店主见状，问他还要不要，他竖起一根手指头，店主又给他拿了一瓶，重新找了钱。他举着那瓶酒边往外走边喝，等走到马跟前时又喝完了。他转身返回，又买了一瓶，上马一边喝着一边离去，马越跑越快，他的身子左右摇晃，但就是掉不下来，走远了，见他手一扬，白色的酒瓶便划出一道漂亮的弧线落入草丛。短短时间，他便喝了三瓶酒。

后来又听说了几个有关喝酒的故事。一个故事说，村子里到了深冬便被大雪覆盖，两个老朋友想对饮，却苦于无法接近，于是两个人想了一个办法，从雪地里挖一个洞钻过去。两个人挖呀挖呀，用了很长时间，终于在两家之间的雪地里挖通了一个洞。掘掉最后一层雪的时候，两个人兴奋至极，各自从腰间掏出一瓶酒，在洞中就对饮了起来。

另一个故事说，有一个人一天晚上住白哈巴村，第二天早上起来晨跑。村中寂静，空无一人。他正跑着，有十几条狗将他围住汪汪大叫，欲做扑抓之状。他左冲右突跑不出去，情急之下，他忽然想到了一个办法，装酒醉的样子东倒西歪。众狗知道村中多有醉汉，以为他是村里人，便低低地“支吾”了几声，将身影闪进了栅栏内。

住在山顶上的图瓦人很少到村子里来，但凡下来必有一次盛饮。他们平时多以挖药材为主，山上有很多药材，除了在前文中提到的冬虫夏草，还有柴胡、党参、麻黄等名贵药材。他们按照药草生长的规律从春挖到秋，收获颇丰。在这期间，他们总要下几次山将药材卖给收药材的人。有了钱，他们先去买一袋面粉，这是生活必需的，然后就去买酒喝。他们可以畅饮一天酒，喝醉了就敲开朋友家的门，进去倒头就睡。人们对喝醉了酒的人都很尊敬，只要见到醉倒在地的人都要扶到家里好好照料。有时候，善饮是男子汉的一种表现，据说古时候的马上英雄皆以善饮为首要标志。电影《东归英雄传》讲的也是蒙古族的故事，里面有两个极其感人的画面均是在马背上完成的。一个是一对恋人在奔跑的马背上拥抱接吻，男子将女人的衣衫褪去，衣衫被大风刮着飘飘荡荡飞向天空，而那一对燃烧的男女已奔驰出很远。另一个画面是几个兄弟在纵马奔驰中，将一个酒壶丢来丢去，凡接住者便饮一口，复又丢给另一个。马匹奔驰得很快，一个酒壶却被他们灵活自如地传递着。在马背上饮酒，是一种激烈得能让人的魂魄飞扬的时刻。回过头再说那些从山顶下来的图瓦人，他们知道生命中的畅饮就是一种幸福，生活的要求也就是养一群牛羊，从春到秋挖三个季节的药材，但一次畅饮却是必不可少的。那是生命的一种飞翔，是平日里不可能有的一种奇妙感觉。或许，他们在平时坚守清贫，就是在等待着让生命在激扬中的飞翔。

在村子里，经常能见到醉卧在地的人，这时候他自己似乎不存在了，另一个被酒精唤醒的他出现了，歪歪扭扭，胡言乱语，一旦倒地便以大地为床，天为被，舒舒坦坦地躺在了这里。偶尔，他会高兴得大叫，手舞足蹈，这时候的他是另外一个自己，处在极度的自由之中，几近于飞升。人们从他们身边走过，不打扰他们，也不扶他们回家。村里人说，不能打扰一个喝醉了的人，他们在这时候是最快乐的。在地上躺一会儿后，他们就会起来，歪斜着身子往家走。路边有水渠，他们朦朦胧胧看见了，便一跃而过，向栅栏贴近。

醉后归家，再长的路，再不好走的路，被酒醉者走得云飘雾飞，不一会儿便一头撞进了家门。

村里人大多都喝得平静而又从容，过节或遇到高兴的事了，他们便宰一只羊，买来一两箱酒，邀三五个好友坐在家中喝。这时候的礼节很多，主人

帐篷内的生活

倒满一碗自己先喝了，然后给客人一一敬下去。一轮转毕，主人又喝一碗，又敬下去。一般的汉族人勉强可以喝完第一碗，但第二碗却是无论如何喝不下的。村里用来喝酒的碗很大，一斤酒一般只能倒三碗，酒量不行的人喝第二碗酒后，人和碗便一起落了地。对图瓦人来说，这只是热身，朋友之间互相敬酒和用一些斗酒的喝法还没开始呢！主人敬三碗酒后，便将酒瓶递给其中的一位朋友，他马上接住敬一圈，再递给另外一个人。一天下来，一箱子酒往往不够喝，主人吆喝一声，老婆或孩子便出去又搬来一箱。最后，所有的人都喝醉了，骑着马，任由马自己走回去。家里人知道外出的人肯定喝醉，便亮着灯，开着门等候，听见栅栏外有马的叫声，便知道喝酒的人回来了。

冬天，大雪将村庄与外界隔绝，村子里喝醉酒的场面比比皆是。冬天需要烈酒驱除寒冷，再加上无事可干，酒就更成了生活中的一种依赖。有人曾做过统计，白哈巴村人有一年一共喝了45吨酒，按人口算，一个人一天平均喝两瓶半。

时间长了，酒瓶子便在每家屋后砌成了一面墙，阳光一照，闪闪发光。

有一对夫妇，有一天双双喝醉了，别人上门来要欠款，男人不省人事，女人接住话题说：“你来嘛要钱是不是？我告诉你，他有钱，有钱得很，就是不想给你。”那个人很生气，说：“今天拿不上钱就不走！”男人慢慢酒醒，知道了他的来意，便请他喝酒，一番痛饮之后，那个人也醉了，不再提要钱的事情。第二天，他又想起了钱，便又找上门去要。那家男人开玩笑说：“我昨天把钱给你了，你请我们喝酒全花光了嘛！”他只记得昨天喝酒了，但记不清昨天是不是自己请的客。那家男人见他愣怔，嬉笑一番，便把钱给了他。

村子里也有整天喝酒不干事的人，把自己的钱喝完了，便去喝别人的酒，慢慢地就把整个村庄全喝遍了。有些人喝坏了身体，手脚干什么都抖个不停，到了这种地步，人已经无法再离开酒了，只能借酒精麻醉被酒弄坏的身体。

当然，更多的人还是无比快乐地喝了一辈子酒，巴车的父亲年轻时善饮，到年老后仍有能喝两三瓶的酒量。后来，他在去打猎的时候带上一瓶酒，等到猎物出现时就打开瓶盖，一边喝，一边瞄准。乘着酒兴，他往往百发百中，弹无虚发。

一次，他被两只狼逼到一个山洞里，子弹已经打光，枪也不慎掉入山谷，他一着急从腰中抽出酒瓶，准备击狼。一只狼爬上斜伸入山洞的一根朽木，慢慢向他逼近。他隐藏住身子，待它接近后突然闪出，一瓶子砸向狼的腰，他当了一辈子猎人，知道狼的腰像麻秆一般细脆，轻微一击就断了。那只狼被他打个正着，惨叫一声落入谷底，在一堆石头上摔得浑身粉碎。他成功了。然而，他在取得成功的同时却遭到了更危险的袭击，另一只狼以摔死的这只狼做掩护，选好一个进攻的最佳位置突然向他扑来，他只觉得眼前有一条黑影一闪，左臂便发出一阵钻心的疼痛，他低头一看，一只狼已用双爪攀在自己的腰上，咬住了自己的左臂。他怕狼再次蹿起咬自己的脖子，便慌忙用右手去按狼的头，狼死死咬住他的左臂不放，嘴张得很大，发出很难听的呜呜声，无论他怎么按都不松口。一急之下，他打开酒瓶盖将瓶口塞入狼嘴里去，使劲给它灌酒。一阵火辣辣的灼痛漫过伤口后，狼叫了一声，身子一软跌倒在了地上。他在狼跌倒的一瞬，又用劲把酒瓶往里塞了一下，塞入了它的喉咙。他想，这样狼就没办法来咬自己了。狼大概被酒呛着了，在原地打滚，好不容易才把酒瓶子甩了出去，但狼已经醉了，东倒西歪，不知该往哪里去。他嘿嘿一笑说：“毛驴子生下的狼，酒量不行嘛！”不一会儿，狼便倒在了地上，他走过去一看便笑了，狼和人不一样，喝醉后浑身抖个不停。他见那只狼的皮毛不错，就又一挥手一瓶子将它的腰打断，用一根粗藤把它缚住拉回了家，在路上，狼没发出任何声响，他停下一看，发现狼却早已死了。他想，狼可能是喝酒喝死的。

现在，那张狼皮被他每天晚上铺在身下，变成了他温暖无比的褥子。

我快要离开村子时，听说他已躺在床上不能动了，人们给他吃任何药都无济于事，眼看着他一天不如一天。有一天早上，他突然有了精神，让家里人给他拿酒，喝下半瓶酒后，精神更加焕发了。家里人想让他吃点东西，他说自己有点累了，想休息，说完就躺下了。这一躺下，他再也没有起来。

家人给他收拾后事，他的身体已经枯瘦无比，但脸色却很红润，跟活着时一样，家人对此都很惊讶，想着他喝了一辈子酒，下葬时，就把两瓶酒放在了他身边。

用一只眼睛同时看太阳和月亮

用一双眼睛往远处看，就可以看到鹰都无法飞到的地方。

而用一只眼睛，就只能看到有太阳或者有月亮的地方。

村子里的老人说，看东西时不要吝惜眼睛，不要只用一只眼睛，人的左眼里只有太阳，右眼里只有月亮，光用左眼就只能看到太阳而看不到月亮，而用右眼就只能看到月亮而看不到太阳。人活一辈子呢，太阳和月亮是人的左手和右手，一个都不能少。村里的每个人在很小的时候就知道这样的事，所以，人们看东西时目光都很镇定，等到长大了，别人就能从他们的眼睛里看到一种特别的东西。

这种东西就是世界。

他们眼里有了世界。

在村子的东边，我见到了一个只有一只右眼的小男孩，他的左眼瞎了，所以看东西时就只能用右眼。他这个年龄，眼里不可能只有太阳或月亮，但他只有一只眼睛，如何才能同时看到太阳和月亮呢？

第一次见到他的时候，他和奶奶坐在栅栏上向远处凝望。我是从后面看见他们俩的，因为他们俩坐在长长的栅栏上，构成了一幅很美的图画，我便从后面拍了几张照片。走近后，听见他们俩在漫不经心地说着什么。他们俩的话语是慢条斯理的，但双眼却一直在望着村子对面的山坡。山坡上的人家此时无一人走动，四周更是悄无声息，不知道他们俩在望着什么呢？

我走过去，向他们打一声招呼，奶奶微笑着向我点了点头，招呼我坐在栅栏上歇一歇。孙子见奶奶招呼我了，便赶紧给我让出了地方。我对坐在栅栏上凝望远方十分心仪，这是多么好的一件事啊——安静而又舒适，就这么坐着，能让人忘记很多烦心事。

我在栅栏上坐着，听他俩仍漫不经心地说着什么。我不懂图瓦语，更不懂蒙语和哈语，但我从他们的语速上可以猜出他俩在说村里发生过的事。孙子静静地听奶奶说着，那只右眼里慢慢地出现了一股沉迷而又冷峻的神情。我猜想，奶奶估计讲到了事情的深刻处，孙子听进去了，眼睛里便有了这样的神情。我静静地坐着。我觉得这是一个非常好的时刻，不用与他俩说话，便能感受到一种话语，在这个村子里，这样的时刻便是最美的。

坐了一会儿，我还是决定离去。一种特殊的气息似乎已进入了我内心，我想到别的地方走一走，让这种气息沉入我心底，以便我以后走到别处去了，让它帮助我走路或看东西。

奶奶见我要走，便从栅栏上下来，用微笑向我道别。这时我才发现，

害羞的小男孩

她从始至终都面带微笑。这是多么好的一种微笑啊！当她用这种微笑看着我时，我便觉得有一层温暖的阳光洒在了自己身上，特别温馨，也特别甜美。

孙子送我，一蹦一跳像一匹快乐的小马。我问他的左眼是因为什么而再不能看东西，他说他在三年前劈木头时，木头飞起来把眼睛划坏了，他把木屑说成木头。“是木头飞起来把眼睛划坏了”，我一面为他感到惋惜，一面又在想，他尽管没有了一只眼睛，但他仍像村里人一样总是喜欢一些大东西，比如一块木屑被他说成木头。喜欢大东西，人的心就大了，所以任何东西都能被装进心里。我们俩边走边聊，这时候我才知道，自从他的一只眼睛没有了之后，奶奶便每天陪着他，脸上一直挂着微笑。和奶奶在一起，他感到自己的那只眼睛还在，他没有看到什么让他伤心的事情。

眼睛是事物的一面镜子。好事情多了，这面镜子自然就明亮了。

走到栅栏门边，我让他返回。他用一只眼睛看着我，高兴之情溢于言表。我的到来也许对他来说是一件值得高兴的事，如果真是这样，我愿意天天来陪他一会儿，让他感到自己身上又多了一层温暖的阳光。我走了几步，忍不住回头一望，见他仍站在栅栏门边望着我，他奶奶又坐在了栅栏上，脸上仍挂着微笑。多么好的微笑啊，孙子的一只眼睛没有了之后，奶奶就用这种微笑一直陪伴着他。今天，她的这种微笑被我看见了，我觉得它留在了我心里，会变成一种永恒的记忆。

我边走边想，这个和奶奶在一起，正在一天一天长大的少年，在将来会不会用一只眼睛同时看见太阳和月亮？

面子

马的面子是长一副好骨架，这样的马被人们称作骏马。

鸟儿的面子是有一身好羽毛和一副能唱歌的好嗓子，这样的鸟儿被赞誉为百灵。

那么人的面子是什么呢？一个人有本事，把一群羊在短短的时间内放成一大群羊；把所有的事情都办得很漂亮；把自己的日子过得舒适无比，出门有马骑，进门有酒喝，渴了有奶茶，饿了有羊肉，他在别人眼里就会有地位，就会受到别人的尊重，这就叫有面子。

村里人都爱面子。

从家业上来说，最有面子的是索伦格。索伦格从哈巴河县教育局副局长的位置上退下来，每个月有近2000块钱的工资。前几年村子里未通电时，他家里有柴油发电机，每天晚上发电看电视，引得村里人都来从电视中看热闹。索伦格因此很自豪，在村里人人见他都点头。

羊最多的是格尔林家，有2500多只。不知道格尔林是如何算这么多羊的经济账的，反正村里人经常私下里替他算账，一只羊的奶、毛、皮子和肉，全部加起来按200元钱算，他们这群羊值50多万元呢！所以，格尔林算是村子里养羊最有面子的人。

村子里房子最多的人是多林，新房子和旧房子加起来一共有6座。当初他盖第三座房子的时候，村子里房子最多的一家有4座。他在心里算了一账，像是忽然明白了什么似的，下定决心要再盖几座房子。短短几年，他一鼓作气又盖了3座房子。不过，房子毕竟是给人住的，房子再多没人住，或者说房子多住的人少都是丢人的事情。多林的新房子盖好后，一度空空落落，无人问津。他着急了，赶紧招呼那些从山上下来的人免费去住。就这样开了头，去他家住的人慢慢多了起来，他成了村子里因房子最多而有面子的人。

还有几个人，在别的方面也有面子，比如有的人马骑得好，有的人家狗多，有的人酒量好，有的人力气大，等等，都会因此而有面子。面子就这样变成了一种人人都要极力去争取的东西。人们似乎总是能够发现哪些地方还没有被占住，一旦发现，就赶紧去占了，让自己成为这方面有面子的人。有一个人什么事都做不好，别人说他没面子，不料他说："我老婆是村子里最漂亮的女人，难道我还没面子吗？"大家一想，他老婆在村子里确实最为漂亮，他说得有道理。从此，他在村子里变成了因为老婆最漂亮而有面子的人。

面子是人心里的事情，有面子的人被别人高看一眼，自己也自我感觉良好。就这样，有面子的人似乎变得高大了起来。

有些人一不小心丢了面子。丢了面子的人，他遭遇到的痛苦是他自己也无法预料的。

我知道，有些面子是众人都能看得见的，属于人人都会去努力追求的东西，比如谁的房子最多、谁家的羊最多等等。而有些面子，则是人人互相小心翼翼维护的东西，从不说出口，但在心里却很明白。比如年少的人对年长的人要讲礼节，男人之间从不过问今年羊群新增了多少只，女人们从不谈论别人的妻子，谁也不能提别人在早年干过的错事，不提别人曾经说过的一些敏感话题。时间久了，大家便觉得这也是一种面子，从不将这些方面提及。我想，这些面子与人的生活是息息相关的，对人是有好处的，人在这些方面保持一个清醒的头脑，则会使自己变得严谨，对别人多几分尊重。不是说，尊重别人就是尊重自己吗？如此说来，尊重别人在这个村子里其实也是一种面子。

刚来村子里的那天，我听说了这样一件事：离村子不远的一个地方有一位哈萨克族老师因为要面子，在一天晚上自杀了。细问之下才知道，他本来是一位十分优秀的老师，教了近30年学，教出了不少有出息的学生。他在那个学校很有威望，不光学生，就连老师们都很尊敬他。前几天他和几个朋友一起喝酒，说一些早年间的事情。也许是酒喝多了，有一个朋友突然说起了他小时候偷过别人家的羊的事情。酒是火，喝多了可以让人燃烧起来，忘乎所以。而这样的事情则是水，可以一下子把火浇灭。朋友的话刚说完，他脸上的颜色就变了，大家意识到了问题的严重，谁也不说话了，酒桌上的气氛一下子变得沉闷起来。过了一会儿，他喝了一杯闷酒，未向任何人打招呼就转身走了。他走到院子里的时候，大家听见他把院子里的木头踩得啪啪响。多少年了，他的这件事早已被人忘记了，他在大家心目中的形象就是一个好老师，现在突然把这件事提出来，让大家觉得他一下子没有了面子。当晚，他就自杀了。

面子没了，人便也就没了。有时候，一个人其实是为面子活着的，他觉得自己有面子，便会活得顺心和自在；突然之间没有面子了，他便不知道该怎么去活了。面子有时候在一个人身上，有时候在处事的方法中，有时候在别人的嘴里，而在更多的时候，则在虚无之中，人摸不着、抓不住它，而人又是有血有肉有感情的，所以，它容易让人出问题。

在村子里，有好多人就这样一不小心把面子丢了。丢了面子的人，轻则丢人，重则丢命。有一个人在家里请客，大家从中午一直喝到天黑，喝得兴高采烈，突然间没有酒了。那个人年轻，按捺不住心头的怒火，抡起巴掌就给了老婆一下，他老婆被打傻了，捂着火辣辣灼痛的脸，不知该如何是好。少顷，他见老婆还没动静，便怒吼了一声，老婆急忙跑出去从甘肃老王的商店里搬了一箱酒。那天客人们都喝高兴了，到最后一个个东倒西歪，摇晃着离开了他家。客人一走，他老婆“哇”的一声大叫，扑过去就给了他两个耳光。他一声不吭，蹲在角落里默默地收拾酒瓶。其实，他怕老婆，平时在家里都是老婆说了算。这次请客，客人喝到中间没酒了，这是一件没面子的事，因为酒壮胆，他给了老婆一个耳光，现在客人走了，他脸上被老婆打得火辣辣的痛，但他感到自己的面子还在。

这就是人们常说的死要面子活受罪，但有的人就是愿意受这个罪，他们认为，受点罪不要紧，但千万不能没有面子。

也有一些人因为没有面子而在忍气吞声地活着。

想要面子不一定有面子，没有面子有时候就只能在人前抬不起头，一声

一生都在草原上忙碌的哈萨克族妇女

不吭地活着。

有一次在多林家吃手抓肉，我见到了一个没面子的人。他属于那种一直以来没有面子的人，所以，他从神情到行动都很敏感，似乎总是低人一等。在村子里，羊多的人可以经常杀羊，吃大块大块的手抓肉；有时候高兴了，还可以用羊肉来招待别人。请别人吃羊肉是象征身份的事情，如果杀羊是给自己吃，一般都不会有多大的动静，而要是招待客人，则就全家人齐上阵，羊肉未端上来之前，就已经有了浓浓的气氛。

这时候，你稍加注意就会发现，总会有一个其貌不扬的人蹲在灶前帮女主人烧火。他不是这户人家的人，但却干得很尽职，这顿羊肉炖得如何也许全靠他了。后来才知道，这些给别人烧火的人是村里的穷人，从来都不在被邀请吃羊肉的行列。这是一些没有羊、没有马，也没有女人的人，活得不怎么样，自然就没面子了。平时，碰到哪家请客，他们便主动去烧火，等羊肉炖熟了，客人先吃，客人吃完后主人吃，最后才能轮到这些烧火的人。有的人家心肠好，未将羊肉端上桌子前，先挑两块给他们吃，他们双手接住急急地吃，转眼就没了身影。

我在多林家见到的那个烧火的人神情呆滞，面容模糊，有一双骨节粗大的双手。他蹲在灶前用手不停地拨拉着柴火，等到灶洞里没柴火了便赶紧扔进去几根，灶洞里的火光马上就会增大，他粗糙的手和面容也被照亮。他与我闲聊，他说自己当过兵，还在一个什么前线打过仗。我仔细询问，他反而说不清楚了。他的那只手上的粗大关节格外醒目，我猜想，可能是因为长期喝酒喝成那样的。

羊肉煮好了，多林的妻子出去买酒，叮嘱他将羊肉从锅中捞出。我从门缝中发现，他偷偷地抓起一块羊肉三两口就吞进了肚子，当他抓起第二块要吃的时候，不知为什么突然回头看见了我，他愣了一下，还是将那块羊肉吃了。我觉得他刚才在一愣之后觉得我是一个外人，所以，他毫无忌惮地还是将那块羊肉咽进了肚子里。我转身离去，也许是出于怜悯，我倒希望他多吃几块羊肉，但我看见多林的妻子拎着几瓶酒正向这边走来。我想，这样的事假如被村子里的人看见，他就变成了村子里最没面子的人，那些和他一样给别人烧火的人从此以后反而就抬起了头，因为他从他们行列中又下降了一步，成了最没面子的人。而这样的事被我这样一个外人看见，就无关紧要了，他可以无视我的存在，明目张胆地偷吃羊肉，这时候他不会想到面子，所以，他吃了也就吃了，香在嘴里，美在心里，他不会有任何负担。

要面子到底好还是不好呢？

有时候，人不想要面子，反而活得轻松自在。

人能不能不要面子呢？

细狗

村中的狗个儿高，体细，被称之为细狗。

我在黄昏的村中散步，忽听得身后“汪”的一声叫，疑心有狗要咬我，刚一转身，眼前有一条黑影闪过，一只狗已蹿下路基。这是村中的一条细狗。不一会儿，它的头便从路基下冒了出来，嘴里叼着一只兔子。细狗嗅觉灵敏，速度快，有很强的猎捕能力，野兔只要一露面，细狗就如同闪电般蹿出去，双爪一扑一抓，便用嘴叼了回来。

有关细狗的历史非常久远，在古西域生活的游牧民族多养细狗，尤以漠北高原的蒙古族对细狗情有独钟。我猜想，图瓦人在几百年前迁入阿尔泰时，是不是将细狗也一并带了过来呢？

细狗从小开始，便与别的狗不同，1岁时，主人就用布蒙住它们的头，把食物扔到不同的角落，让它嗅味去寻。由于它的头上被蒙了布，所以它便只能凭心理感觉去寻找。这样，它们慢慢地就有了很强的嗅觉能力。村里人对细狗寄予的希望很大，从小精心教它们跟踪、追捕和撕咬的技能。上山打猎的日子，他们在打到狼、哈熊和山羊后，立刻让细狗去舔它们的血，以便让细狗熟悉这些动物的气味，在以后碰到了迅速出击。

多尔林的细狗在林子里最为出名。别人一般都是牵狗外出猎捕，他则只需把狗放出去，下午，它必叼回猎物。一般的细狗叼回的都是兔子、山鸡等小猎物，而他的细狗专猎较大的动物，像狐狸、刺猬等。有一年，它还咬死了一只黄羊。它咬死大动物后无力拖回，便将它们的耳朵咬下一只叼回家里，多尔林一看便知它猎到了什么，随它出门将猎物扛回。

一次，一只黄鼠狼被多尔林的细狗盯上了，黄鼠狼见逃跑不成，便爬上一棵树躲了起来，细狗追到树下，往树下一蹲便不动了。黄鼠狼以为它拿自己没办法了，便在树上挨时间，两个小时过去了，细狗仍蹲在树下一动不动。突然，那棵树发出“咔嚓”的一声响倒了下去，原来，细狗一直用牙在咬树。树倒了，黄鼠狼从树上跌下，细狗迅扑过去一口咬住了它的脖子。

多尔林深为自己的细狗而自豪。他说，我的狗简直就是一个精明的猎人嘛！硬猎软猎样样都行。他说的硬猎，就是直接猎取，而软猎则是应用智能猎取。他对细狗爱惜至极，有人曾看见他给细狗喂羊肉吃。这事传开，他坦诚地说，人吃羊肉身体壮，细狗吃些羊肉肯定也会更加强壮的。他还骄傲地告诉别人，他每宰一只羊必先要给细狗吃。实际上，宰羊不是为了人，而是为了狗。

村里人羡慕他的狗，纷纷牵来母犬想与他的狗交配。多尔林严格把关，凡是他看不上的母犬绝不同意，就是看上的也得排队等候，10天配一个，不能让细狗劳累。一次他外出放羊，他妻子想挣几百块私房钱，便让细狗在一天内与9只母犬交配。多尔林回来后，气得扇了她一记耳光，说：“你也不想想，这能行吗？就是换了我，你一天给我9个女人，我也受不住呀！”

如今，多尔林和细狗都老了。一人一狗，成天在村中形影不离。多尔林不再打发它出去猎捕，别的细狗从村中走过时，他的细狗总是出神地凝望。多尔林用手摸摸它的头，它便依偎在他身边不再动了。远处，年轻人领着他们的细狗在捕猎，人的欢呼声和狗的叫声响成一片。林子里总有动物不停地出生，村子里总有一代又一代人长大，细狗也是一代又一代在繁衍。所以，这古老的传统之中包含的生命乐趣，永远都不会消失。

多尔林和他的狗仍在栅栏前坐着。初秋的阿尔泰已一片枯色，但白桦树的叶子却变得金黄，为秋季浓浓地抹上了一笔。村子里到处弥漫着白桦林反射出的金黄，人也变得肃穆和庄重了许多。

黄昏，多尔林和他的狗仍坐在那里。

慢慢地，一人一狗便被那股金黄色裹住，变得像两座雕塑。

春天的秘密

努尔曼站在她家的院子里一边向我招手，一边用生硬的汉语喊叫：“叔叔，过来，过来。”

我走过去，问她有什么事情。她笑嘻嘻地说：“有一件事情，我告诉你，乌云巴依尔想认识你呢。”

乌云巴依尔是叶肯的大女儿，今年10岁，因长得像男孩，又生得一副假小子的脾气，所以村里人都把她当男孩子看。她也许还不明世事，整天乐哈哈地和一群男孩子玩耍。我刚来村子里时见过她，刚一搭话她就跑了。我问努尔曼：“你能带我去找她吗？”她点着头说：“可以，我还可以告诉她，你愿意见她。她这几天没啥事，在村子里到处玩着呢！”找到她家里去，她的母亲在家。她说：“这孩子，现在正是贪玩的时候，我们也只好让她去玩，有些事情在玩耍中慢慢就学会了。”听着这话，我觉得乌云巴依尔的母亲是一位可爱的母亲。从她家出来，她把我们送到门口，我想起几年前见她时，她很美，几年过后她还是这么动人。她是哈萨克族，年轻时喜欢上了一个图瓦小伙子，像村子里所有相爱的青年男女一样，他们为避家人干涉，双双出逃，几年后才回来。我与她闲聊时，问及她后来的经历。她只是感叹一声说：“那时候年轻，不懂事。”便不再说别的。后来说起现在的哈萨克族和图瓦青年男女互相看上了，不再受家里人的干扰时，她说：“现在什么都好了。”她总是不愿说太多的话，生活在变化着，尘埃落定，她已对自己发不出什么感慨了，但我想，她一定在内心深处对女儿有一份格外深的感情。母亲在过多的时候总是会自觉地维护生活原则的，这是母性中一种本能的爱护意识。

第一次见乌云巴依尔时，我就觉得她是一个很有意思的小女孩。那仁牧场的一个小伙子骑马下来买东西，她问他：“那仁的山还好吗，河还好吗，你的女朋友好吗？”小伙子一一给她回答，都好。她又说：“回去后请代我看一眼那仁的山和河，也代我向你的女朋友问好。”小伙子应允：“一定办到。”就因为这件事，我觉得图瓦人在很小的时候就懂得浪漫，或者说，他们天性中有很多浪漫的东西，时时都会被灵性的山水激醒，生发出许多让人叹为观止的言行。

第二天，努尔曼带我去见乌云巴依尔。她正在院子里玩一种图瓦人都喜欢玩的游戏。努尔曼问她：“乌云巴依尔，你的辫子到哪里去了？”她笑了笑，不说话。我们坐在院子里闲聊，说起今年春天的一件事。乌云巴依尔说：“春天的时候，我发现了一个秘密。村子里的草是先绿的，然后一点一点地就向山上爬去。我觉得春天是一个慢慢往高处走的人。”我心中突然一动，觉得“春天是一个慢慢往高处走的人”是一句好诗，被一个只有10岁，读小学四年级的图瓦少女脱口吟了出来。她是无意识的，并不知道自己在抒情。这大约与图瓦人在旷野之中尽情舞蹈，在岩石上刻下那些线条画的状态是一样的吧。无拘无束，真实的诗歌就被她从大自然中发现了。同时，她也发现了一种原始的锐利。乌云巴依尔，一个也许并不知道诗歌是什么的小女孩，用一句话直抵了事物的本质，变成了一个朴素的诗人，而她自己却浑然不觉。

我这样想着，乌云巴依尔和努尔曼已经玩在了一起。玩着玩着，两人兴起，便一起爬上房顶向远处吆喝。我爬上房顶，发现他们在向草场上的 群羊呼喊。细问之下，才知道他们刚才说起了羊在春天的一些事情。春草发绿时，羊也注意到了草是从村中一点一点爬上山顶的。羊总是不急着吃草，等着山顶全绿了，才开始吃。羊的这种反应也似乎与乌云巴依尔吟出的那句诗是一致的，我们可以不必细问更深的东西，但可以从中得到一种启迪。大自然中的万事万物都包含着深刻的意义，有时候，它们在形式上就已经达到了极致。

就是这个女孩说出了“春天是一个慢慢往高处走的人”这样的诗

下午，羊群返回村子，有几只羊跑到努尔曼和乌云巴依尔吆喝过的地方，围着那个房子转了好几圈才返回圈内。看着几只羊认真的样子，我浮想联翩，觉得它们应了努尔曼和乌云巴依尔的吆喝回来，正在寻找什么。

之后好多天，走在村子里，我觉得每一个图瓦人都是春天，正在发绿，正在慢慢向高处走。人每天都有这样的心情，真是幸福无比。而这种幸福，来自一个10岁的小女孩告诉我的——春天的秘密。

快要离开村子时，我偶然路过乌云巴依尔家，看见门上贴了一个纸条，是她留给弟弟的，上面写着：

饭在锅里
羊在圈里
我去努尔曼家里（意即晚上不回来了）
无论睡在哪里
都是睡在黑夜里

岩画

什么是美的消失？

也就是说，一个人或一件事在如何抵达美的时候，生命就适可而止地消失了？这种消失也许就是一种完成。

听说古代猎人将自己退役的战马
总是放还大自然。而这样的马
也定然不再回家，
也定然不再回头，也定然不让人看见自己
奄奄一息的丑陋。

我每每想起村里人给我讲述过的一位图瓦老人，就想起了昌耀先生的这几句诗，长久积存于心头的疑团也就被打开了。

老人在村里人的讲述中已经接近了神。他变成了那种不是以行为为唯一方式完成生命的人，他的精神和意志已经从常人的形态中脱离而出，如同一根闪闪发光的链条，紧紧地把美与生命联结在了一起。老人的姓名现在已无法查寻。尽管我们在习惯上不愿意把逝去一二十年的人和事看成是历史，但事实上有些东西因为与时代存在着巨大的落差，所以它们比我们所承认的历史还要神秘和遥远。

老人的形象都是人们用传说给我塑造的。由于那种真实的感染力强烈地改变着我的感觉，所以，我固执地认为对于一个已经逝去的人，就这样“走近”他也是非常好的。出村子向西走到一个沟口，再向东而行就会进入一条峡谷，一座雪峰这时悬于头顶。有人说，这是一座具有天颜的山峰，如果天气好可窥它的全貌。进峡谷行数十里，有一处山崖袒露着岩画。人们对此已有定论，说是岩画内容表现的是突厥人的生活内容，后又进一步推断，突厥人曾在此生存繁衍过，不知强大的突厥人为何一改逐水草而居的方式，选择这深山峡谷定居？

人们发现这处岩画的时候，同时发现一个老人已将岩画下的凹穴当成了家，谁也不知他从何而来，只看见他整日望着岩画，脸上时而痴呆，时而喜悦。别人问他何以如此，他一言不答。其实岩画上的内容是一幅迁徙图，人们揣摩那可能是突厥人对自己经历的记述，因为大多数岩画以简单的线条和明确的主题给人以“纪实”之感。

后来，人们发现他除了在此穴居外，隔些日子就出去几天，不知他出

古老的帐篷

去干什么，去什么地方，但此规律却一直坚持不变。山峰有时雪光明亮，有时砾石滚动，有时狂风大作，有时冰封雪裹；但他的身影从不间断地在山坡上移动，如一匹知健而行的赤马。人们无法估摸老人那样做的真正目的。后来，当历史考察队进驻岩画壁下开始论证时，他表情漠然地看着，还是不说一句话。考察队在山岩下驻扎下来开始作业。一天晚上，狂风大作，大家抱头躲在帐篷里挨着时间。后来帐篷开始飘摇，大家赶紧出去保护帐篷，却见老人已抱来几块大石头压在帐篷四角。一夜平安无事。第二天早上，大家惊异地发现，老人正在将石头搬往原处。他搬得很吃力，但脸上却布满不亦乐乎的神情。大家问他为何如此，他依然不答，等搬完了才说了一句话："石头也有家。"众人一时都不作声了。

山上有岩画的消息越传越远，人们蜂拥而至，从此该地再无安宁。为保护岩画，后来禁止游人观看，他也被通知从岩画附近的山洞里搬走。老人的生活在此时无疑也受到了影响，他的心态不再平静，来自现代都市的人总要在他面前暴露出一些杂七杂八的事，更有甚者也把他作为岩画，经常干扰。他无法再像原来一样天天看岩画了。随着旅游业的发展，出入山必须要有相关的手续，他也被算作必须有手续才能进入的人。有好多天，他望着山峰满脸痴呆。他去找管理人员，要求最后一次看岩画，被准许后，他的脸上露出从未有过的笑容。他看着看着，脸上就挂满了泪水。过了很长时间，管理员进去一看，他已撞岩而亡。他终于又与大自然融为一体了。

想着他，又想起昌耀先生另外两句话：

前言灶头
有我的黄铜茶炊

这是有很深意蕴的诗句，也是一种很宽广很热烈的胸怀表现，让人久久咀嚼不已。一个人在那样的地方生存，与外界隔绝，但他内心却有一个属于自己的世界。从表面上看，他的行动显得有些孤独，但他的内心却很执着。这种执着被他用一种沉默维持着，沉默似乎已经代表了他的一切。

而他的头顶，是在沉默中长高的雪峰。

守望石人

大地上，走过一个又一个人，留下一个又一个故事。

在人的一生中，事情总是一件一件地发生；在每个人的一生中，都有不少故事。

听了那个守望岩画的图瓦老人的故事后，我又听说了一个守望石人的图瓦老人的故事。我从人们的讲述中判断，他有可能住在另一个图瓦人集居的村庄。

人们说，他已经把自己的大半辈子在那个小屋里打发过去了。他说自己居住在草原上，实际上，那只是一个大草滩，如果从这头走到那头，再从那头走回来，一天足以够用。春夏季节，那些浅草和野花铺于一地，与远处苍黄的山峰对照起来，草地像是谁故意泼下的一片彩色染料。

有许多旅游的人到这里来，都不约而同地大呼，啊，太美了！而只有他知道这块草地的美在哪里。黄昏的时候，天边经常会出现彩霞，霞光把草地映照得分外灿烂，他坐在家门口望着草地中心的那几个石人出神。望着望着，竟觉得那几个石人是一群正在舞蹈的少女，有一种非常轻盈，而又非常神奇的东西正在向自己涌动过来。这时候他的脑子里会出现许多幻觉，而且持续的时间很长。等他醒过神，就发现彩霞已经消失，草地上正翩飞着一群蝴蝶。它们在石人左右翻飞，再次把黄昏的光线搅乱。于是他进入幻觉，冥冥之中似乎与那几个石人在说着一些心里话。

有许多人都没有发现那几个石人，他也懒得给他们介绍。他会经常眯起眼睛盯着石人看，似乎到了这个年龄，看石人已经变成了他的一件非常重要的事情。看着看着，他忍不住就笑了，嘴角漾起一股略显自私和满足的笑意。

后来人们还是发现了那几个石人，人们用手去摸它们的脸和脑袋，有好事者竟想在上面刻下自己曾到此一游的记号，但费了很大劲都没有刻下一个道道来。人们站在离石人5米的地方，觉得看石人的感觉最佳。不知道这些石人已经有多少年了，但依然是那么伟岸和沉默。从衣着上看，这几个石人有那么一些古西域战士的样子，他们都束腰带，衣领紧紧地扣着，俨然一副要出征的样子。但从表情上看，它们却又像几个哲人。他们的目光都那么坚毅、沉着、执着和悠远。虽然只是几双石刻的眸子，但却仍然能够从中感觉到它们内心的东西已经显现了出来；再仔细一看，里面似乎还隐隐约约有山的影子。人们想，这几个石人是依照匈奴还是突厥雕刻的？在西域，匈奴和突厥一前一后像两个喝醉了酒的男人，红着脸，吐着酒气，在天山南北纵马奔驰，大声吆喝；遇到敌人，他们便如旋风般冲杀上去，势如破竹，凶猛杀伐，敌人往往不堪一击。如果这几个石人是单纯地依照匈奴或者突厥雕刻的，那只是把各自的特点非常明显地体现了出来，让人一眼就可以看出哪个是匈奴，哪个是突厥，但现在它们却是这么完美，是理想化了的，让人们觉得是二者的特点结合在了一起。人们向他请教这个问题，他说："不好说，不好说的事情还是别说。"人们就那样回去了，回去之后，他连同那几个石人都像谜一般存留在人们的心里。人们想起石人，必然就想起了他。

终于，那些人打听到了他和石人之间的事情。早先，那几个石人散失在山林里，他发现它们身上有很多相同的地方，在心里说"他们是一起的"，就用马车把它们拉到草地中心，整出一块平地，让它们牢牢稳稳地站着。从那时候开始，他就有了盯着石人看的习惯。到后来，这个习惯已经无法更改，相反的，他却变了——他因为有了看石人的习惯，话越来越少。

"文化大革命"开始后，他自然而然地被列入牛鬼蛇神一类，那几年他经常被揪出去批斗，从来没有走出过阿尔泰山林的他，因了自己命运的突变，第一次去了阿勒泰。那些批斗声一浪高过一浪，质问和拷打一次比一次重，但到后来，吃过的那些苦头，连同那繁华的城市都很快一一从他记忆里消失了。从阿勒泰回来，一进入安静的山谷，一看到那几个石人，他的心就一下子静了下来，过了几天，他把石人都埋了起来。“文革”结束后，那几个石人已经在土中沉睡了8年。这时候，连他自己都似乎已经把那几个石人遗忘了。

从某一天开始，他得了重病，痛苦把他折磨得有气无力，但他只是默默地挨着时间，从未喊痛叫疼。别人去看他，不知道他为何能表现得如此坚强，但人们看到他眼睛时，发现他目光里有一些很像石人眼睛里的东西，人们试着对他说起石人，但他却好像听不见一样毫无表情。度过了几年艰难的岁月，他的病终于好了，这时候他忽然想起了那些石人。他到那个地方去把土挖开，小心翼翼地把石人掏了出来，掏到最后一个，他发现它已经拦腰断裂，像一个在冲锋陷阵中牺牲的战士。他用双手轻轻地抚摸着那道裂痕，他不明白这么坚硬的一块石头，为何会忽然裂断？那条断缝太可怕了，就是一把利刃，恐怕也砍不出这个样子。抚摸着裂痕的手慢慢地开始抖动起来。他不能自抑，很快，就哗哗地流下了泪水。他痛痛快快地哭了一场，然后把那个石人又埋了起来。他把其他几个石人又搬到草地中心，让它们在原来的位置上站立着。

别人问他，怎么少了一个。他说，它死了，像活到一定年龄的人一样，它死了。有一天，一位诗人在他的木房子跟前停留，诗人对他说：“你就是一个石人。”他笑而不答。诗人走后，他又盯着石人看了很久，他下意识地摸了摸自己的腰，那一夜，他一直在那儿坐着。

月亮升起，他和石人被洁白的月光淹没了。

卷三　传奇六种

天之子

可不可以这样说，传奇人物实际上是天生的。凡被称之为传奇人物，或者说能成为传奇人物的人，他一般都以身上所具有的超然于周围人的力量和气度著称。要取得传奇之业绩，无超凡之力不可望；要显出传奇之本色，无大无畏气度不可为；要当传奇人物，无坦坦荡荡胸襟和举重若轻的气概不可行。有时候，时代造传奇人物，时代的大潮涌至他的脚下，于是他顺势跃上潮头，成为弄潮儿和冲浪者。时代需要这样的弄潮儿和冲浪者，所以，他们就会一直被推向前去，直至界定辉煌的那一刻才会停下，在停下的那一刻，他们已被耀眼的光芒围裹，变成了传奇人物。

也有传奇人物造时代的时候。传奇人物造时代，往往热闹非凡。传奇人物把自己的理想树立成时代的理想，在生命坐标上确立了自己的价值，然后去拼搏。传奇人物造时代，一般代表着大多数人共同的愿望，他们身上所表现出的，往往是人类维系生存或维系民族尊严的最根本的东西。

图瓦人中也有很多传奇人物。村里人说得最多的传奇故事是关于加巴泰的，据说加巴泰身高在1.9米以上，生得粗壮英猛，力大无比。那时候，图瓦人多以打猎为生，阿尔泰大山里动物很多，有黄羊、狍子、鹿等，最多的是哈熊。哈熊是图瓦人的最高猎取目标，一头哈熊有几百斤肉，可以吃一整个冬天。还有熊皮、熊胆和熊掌。熊胆是值钱的东西；熊掌也可以卖钱，如果不卖，也是非常好吃的东西。但哈熊极其难打，一枪打不死它，它扑上来，死的就极有可能是打它的人。人们打哈熊时，一般都瞄准它的心脏开枪，熊的心脏处有一个白色印记。为此，打熊要屏住呼吸等很长时间，直到哈熊的白色印记暴露在可射击的角度。

加巴泰的猎枪是自制的，长约1.5米，打猎时，在子弹下面加一层火药，这样，射击的力量便增大许多。

一天，他准备爬上一个山头去观察。刚爬上山脊，不料一头哈熊从另一面也爬了上来，与他碰个正着。哈熊袭击人的速度快，一掌将他的枪打飞，将他的胳膊咬了一口，加巴泰急忙抓住哈熊的两只耳朵，往地上压，以防它再咬自己，哈熊一用劲把头又扬了起来，加巴泰双手一用力，便将哈熊的头磕在了地上。地上有一块大石头，哈熊被磕得发出一声嘶哑的痛叫。加巴泰见此，便用力不停地把哈熊的头向那块石头磕去，哈熊的鼻子被磕掉了，紧接着牙齿也被磕了下来，加巴泰一直没有松手，直到哈熊的脑袋忽然一软，整个身子像大山一般塌下去时才松了手。他摸摸被哈熊咬伤的胳膊，有些疼痛，犹如正被火烧着一般。这时，哈熊的嘴里"哗哗"地往外流血。他看见哈熊流出了那么多的血，高兴地笑了。

村里的哈萨克族妇女

他还未进村，村子里就传开了他和哈熊打架，而且把哈熊打死的事。以前，加巴泰和村里人打过架，但谁也不是他的对手，他一拳就可以把人打飞。

加巴泰后来被冤冠了偷盗之名。他出去打猎，见30匹马长时间无人照看，他怕它们越界进入苏联，就把它们赶回了村里。那30匹马的主人认为加巴泰偷了自己的马，带了一帮人找到白哈巴村来，要求加巴泰还他们的马。村里人让他和加巴泰决斗，谁活谁死，不要后悔。加巴泰骑着他的高头大马出来，说，你们放30个人过来，用木棒打我。他们便挑出30个精壮小伙子骑马持木棒向他冲来，加巴泰从马鞍下抽出一块长条状的牛皮，在水中蘸了一下用力拉长，湿牛皮被拉长后，便如刀一样坚硬锋利。他一夹马腹向前跑去，牧场的人急追，马队便形成了一字形，加巴泰突然停住，拔转马头向后冲去，牧场的人收不住马，只觉得眼前一个影子一闪，腿上便被击了一下，从马上跌了下去。加巴特一路击打过去，30个人无一不落马。他只击他们的大腿，使其跌下马背，并不伤一个。30匹马的主人见加巴泰并不伤人，明白他没有偷自己的马，赶紧向加巴泰道歉。加巴泰将收拢在一起的30匹马赶到他面前，哈哈大笑着说："这30匹马太多了，养起来麻烦得很，我不要，你们拿走吧。"

加巴泰死后，人们发现他的肋骨是竖立的。怪不得他力大无比呢，原来他生得与正常人不一样。几年前，我看一份报纸，说像加巴泰这样肢体结构的人叫"镜中人"，其体质和思维与常人均不一样。

这便又印证了那句话：传奇人物乃天之子。

加巴泰死了后，白哈巴村又出了一个打哈熊的高手，名叫巴哈提。与加巴泰不同的是，巴哈提善于用智，往往在危急关头，他将智谋和勇敢加在一起取哈熊的性命。

打哈熊是神秘的事情，哈熊出没无常，打哈熊者来去无踪，所以，村里人只是听说了巴哈提的种种传奇，并未亲眼目睹。一天，一个人和巴哈提打赌，巴哈提说，我可以把我的马放倒，如做不到便认输。大家都不相信，马多么高大威猛，从来没见过谁能把马放倒。巴哈提不慌不忙把一根绳子拴在马的四蹄上，做了四个活扣打马走，马越往前走绳子便拉得越紧，最后活扣拉死，马倒了下去。人们原以为巴哈提会用力气把马放倒，孰料他用智取胜，便认了输，请他吃了一顿羊肉。巴哈提对村里人说，爬山要用力气，但过河要用智慧。村里人点头称是。

一天，巴哈提带恰斯达普和索来多去打哈熊。他们循熊踪而去，在林子深处找到了一大三小四头哈熊。过了一会儿，大熊去找吃的，留三个小哈熊在原地玩耍。巴哈提玩兴起，逗三头小熊玩。小熊一叫，行之不远的大熊便扑了过来，巴哈提开枪向大熊射击，六发子弹打光了，皆因未射中要害而使哈熊丝毫未损。恰斯达普见大哈熊如此厉害，本来手中有枪，却不敢射击，扔下枪往一个石头缝里钻，石头缝不宽，他的头伸进去了，屁股在外颤抖。巴哈提抓起他扔在地上的枪，刚举起，哈熊已扑到他跟前，张开大嘴来咬他，他将枪伸进哈熊的嘴里，扣动扳机连发四弹，哈熊倒了下去。但三个小熊还在地上乱跑。恰斯达普的枪里只有四发子弹，巴哈提把枪一扔，抓一块大石头，向小熊头上砸去，小熊应声倒地，他又去砸另一头。三头小熊一一被他砸死，躲在一旁的索来多跑过来一看，大叫一声，真厉害，把哈熊娃娃脑袋都砸碎了。

还有一次，巴哈提一枪将一头哈熊击倒。他以为它死了，走过去，熊突然站了起来，他边上刺刀边想，人最怕踢下身，熊可能也一样，于是，他便朝哈熊的下半身踢了一脚。哈熊怪叫一声蹲了下去，他紧接着一刺刀刺中它的心窝，哈熊便倒了下去。

后来人们慢慢知道，像巴哈提这样有勇有谋的人，其实是善于观察事物的有心计的人。比如他经过长期观察，发现哈熊的听觉和嗅觉好，但视觉非常差。它逆风可闻可感一切动静和味道，但顺风就不行。如果你突然与它遭遇了，你只需站着不动，屏住呼吸，它以为你是枯树，就转身走了。

智谋和勇敢结合在最佳时刻，方可造就传奇。平时我们所看到的，都是传奇阳刚的一面。正因为如此，它会使社会变得更为神奇，更具引领作用。

这个世界少不了传奇。

吹笛者阿尔布养

所有的声音都是为了人的心灵和耳朵而存在的。

天气好的时候，在村子里能听到许多鸟叫。阿尔泰被誉为“金山银水”，有许多灵鸟异兽都在此生存。步入村后的林子，立刻便听到一片鸟鸣，偶尔有平常不易见到的鸟儿突兀地发出一声鸣叫，甜美悠长，直抵林子深处。有些鸟儿在村子里筑了巢，人们爱鸟，从不干扰，于是，村子里便充满了鸟儿合奏的音乐。有鸟儿的村庄是幸福的，尤其是地处阿尔泰大山深处的白哈巴村，时时有一两声鸟鸣突然响起，让人疑心它在沉睡之中发出了梦呓，或者是大风突然把它弹响。一个如此宁静的村庄，在寂静中孕育出了内在的许多音律，这些音律随大山凝重，随白云飘动，随河水流淌……有时候，鸟儿们的鸣叫是这些音律的领唱，过门一毕，动静交融，缓缓奏起。

图瓦人也很喜欢音乐，有自己的乐器和音乐。我多方打听，才知道现在只有一位老人会吹图瓦笛子，住在喀纳斯湖旁边的村子里。走了很远的路过去，才知道老人现在吹笛子收费，听者每位30元钱，来喀纳斯旅游的人很多，有一个人当了老人的经纪人，我们向经纪人问起老人的情况，她草草对付我们几句，以老人今天很累，正在休息为由将我们打发出门。北肯比我们大家都要开朗一些，他指着重峦叠嶂的丛林和明亮的雪山说：“虽然没有听到音乐，但大家可以想象一下，他吹的曲子可能就出于那些地方，听好曲子时，好曲子是一条路，会把你引向感觉中的地方去。”北肯在阿尔泰大山中长大，没有念多少书，但他的这番话却说得颇有见地，着实让人佩服。

晚上与索伦格说起图瓦人的音乐，他说："没听到笛声也没什么，我给你们讲一个故事。"

故事的主人公叫阿尔布养，是一个图瓦小伙子，擅长吹笛，图瓦人现在吹的许多曲子，都是他创造的。他出身贫穷，但自小喜欢吹笛子。他吹笛子的时候，必须要到树林里去，林子里的风将他的笛声托起，抚过树叶，在枝条间飘扬。也许是受大自然的熏陶，他的笛声如痴如幻。后来，他的笛声一起，林子里的鹿、山羊和一些鸟儿都来听，它们围在他的周围，听得如痴如醉。有时候，他奏出悲伤的曲子，动物们听得直流泪。而他高兴时奏出的曲子，则使动物们在草地上狂欢。时间长了，动物们便成了他忠实的听众。在村子里，牲畜们对他的笛声也很迷醉，正在奔跑的马只要听到笛声，立刻就停下来低头倾听；吃草的羊听到笛声时，会一一转过头来，朝他出神地凝望。

他的妻子是个小姑娘，比他小20岁，家里的一切都得靠他，两人常常为他吹笛子耽误时间吵架。他虽然因吹笛子在村子里的地位很高，但却不能像别的男人一样用马车往回拉东西，也没有羊群和马。一次，他没有捕到任何猎物，空着手从山上回到了家里，妻子伤心至极，要离他而去，他并不阻拦她，等她出门以后，吹起了笛子。笛声如泣如诉，隐隐传递着他的苦衷和平时从未对她说过的话，她突然被感动了，流着泪转身返回，从此不再离开。

这是一个让人心仪的故事。索伦格说，后来他上山去采药时，不慎跌入山谷身亡。几天后，村里人见他未归，四处寻找终不见他的踪影。一天晚上，村后的林子里突然响起一群黄羊和鹿的鸣叫，它们叫得很悲伤，声音里充满痛失什么的音律。因为天太黑，人们无法上山去看个究竟，它们便嘶叫了一晚上。第二天早上，人们走入林子，见一群黄羊和鹿仍在叫着，见人来了，它们便转身向一个山谷走去。人们跟上它们，行至谷底便看见了他的尸体。是以前听他笛声的动物们发现了他的尸体，便来村子里报信。

这是一个真实的故事。即使它是一个传说，在山清水秀的阿尔泰流传，也让人觉得可信。因为在细节里，音乐发挥出了超常的功能，把故事推向了高潮。所以，这个故事是独特的。索伦格说，他就是一根笛子嘛！风从笛孔里进去就发出了风的声音，河流进去就发出河水流动的声音。

人其实就是音乐，动则惊世，静则养心。

神枪手买根合斯

一个人把牛羊赶到山野里去，他就变成了一个牧人。

一个人把一棵树砍倒，建起自己的房子，他就有了自己的家。

一个人把几块布缝到一起，他就变成了一个裁缝。

一个人把山上跑的动物用枪打倒，把天上飞的鸟儿打落，他就变成了一个猎人。

买根合斯是一个女人，但她却变成了一个猎人，枪法出神入化，百发百中。那时候，村子里有牛羊的人不多，就是有牛羊的人也仅仅只能维持生活，没有多余的牛肉和羊奶。买根合斯家境贫寒，自小便失去了父母，但因她是家里的老大，自然就承担起了家里的一切。

父亲去世时，留下了一杆猎枪，买根合斯长到16岁就扛着猎枪出去打猎。16岁的女孩正是花季，但她却过早地肩负起了生活的重压。穷人就是这样，家里的任何一个微不足道，但却能对生活起到作用的东西都会在某一时刻被重视起来，重新发挥出作用。买根合斯的父亲虽然只留下一杆猎枪，但它相对生活而言有具体的指向性，所以，买根合斯便变成了一个女猎手。有一杆猎枪，就得去打猎，打猎就得有人。生活其实就是这么简单。

买根合斯第一次打得的猎物是一只鸟儿。她瞄准了它，刚要扣动扳机，它却猛地扑棱棱飞起，蹿上天空，她的枪随之抬起，“啪”的一声将空中的鸟儿击落。打空中的鸟儿，在猎手中属高手，被誉为“飞枪”。买根合斯第一次打猎，就成了“飞枪手”，村人大惊，但她却不知其中微妙，仍每天去山上那样打猎。她只知道，多打一只鸟儿，弟妹们就可以多吃几口肉，就不会在半夜被饿醒，至于“飞枪手”之类的名声，她则不知别人经过多么艰难的苦练和猎杀才能达到。每天都那样打鸟，猎手们禁不住好奇，向她询问其中缘由。她笑着说，把鸟儿盯紧，它飞多高，人的心便也飞多高，枪就要伸多高，全凭心里的感觉了。猎手们惊异不已，谁也没有料到，打飞枪的秘诀原来在此，而且被一个小姑娘一语道破。

弟妹们吃着姐姐猎来的东西一天天长大，他们也不知道，如此简单和艰辛的生活，是靠着姐姐神奇的猎法在维持着。因为买根合斯是女孩子，不能到山林里去猎杀大动物，只能打一些天上飞的鸟儿和地上跑的小动物。买根合斯的名声在白哈巴村已经很大了，但因她耽于对贫困生活的挣扎和承受，于她自己，倒没有丝毫的愉悦之感。

慢慢地，弟妹们长大了，每一张嘴所需的东西比原来要多得多。买根合斯在冬天不得不去打猎，她滑雪去打鹿，冬天雪厚，鹿在雪中跑不动，容易猎杀。滑雪是个力气活，而且时时有摔倒的危险。她就在膝盖和手腕上套上马皮，万一摔倒了，可防止被石头碰伤。雪地里经常有狼出现，她在雪中设下弹箭，狼碰到伏在地上的细线，箭射出穿透狼身，狼的肉尽管不怎么好吃，但在寒冷的冬天却可以勉强充饥。

后来，弟妹们长大成人，买根合斯也到了出嫁的年龄，她选了一个打猎毫无名气，但诚实本分的人做了丈夫。成家后，她不再去打猎，把那杆猎枪送给了丈夫，奇怪的是，那杆猎枪在她手里好使，但到了她丈夫手里却连一只猎物也打不到。人们由此相信，任何一个行当产生奇迹均在不经意处，图瓦人多少年来从未有过一个女子打猎，一旦有了，便让人惊讶不已，打的是常人不敢奢望的飞枪。

买根合斯到老再也未打过一次猎，她倒是用过一次那把猎枪，但仅那一次，从此她再不去碰它。他的儿子长大成人后也去打猎，苦苦练习射技，却苦于不见长进。一天，他缠着买根合斯给他传授打飞枪，买根合斯便拿起枪，向空中飞翔的一只乌鸦开了一枪，枪响乌鸦未落，她握着枪半天不说话。儿子在那天突然不愿意再去打猎了，买根合斯笑笑，没说什么。

听人们这样轻描淡写地说着买根合斯的时候，我总觉得这里面其实包

微笑的母亲，内心一定无比快乐

含着她的一种生活态度和乐观情怀。我宁愿相信，就像她最后一次打鸟没打中，但却无动于衷一样，她早年为养家糊口艰辛打猎，可能时时会沉浸在“鸟飞多高，人的心便也飞多高，枪就要伸多高”的奇妙感觉中。图瓦人在生活中有许多独特的感觉，到了老年，她的感觉变了，心不能随鸟儿一起飞高，枪自然也就打不准。

在这样遥远和边缘的地方，快乐会不会使一些事情变得更加神奇呢？

村子里现在又有一个女猎手，虽不像买根合斯那样可以打飞枪，但却敢去打哈熊一类的大动物。入夏以后，别人赶着牛羊进入牧场，她肩扛一杆猎枪同往，入秋收牧时，她的马背上驮着许多动物的皮子回来，换不少钱。白哈巴村虽然遥远，但现代文明的风还是刮来了不少，慢慢地，她就在村子里变成了另类。

今年，她带着15岁的女儿进了山。我到村子里的时候，牧民们已陆陆续续返回村子，她的女儿也回来了，但她却还在山里。我问她的女儿，你妈妈怎么还不回来。小姑娘笑着说：“山里还有几个男人呢，她陪他们睡觉着哩！”她说得面不红耳不赤，直让我吃惊。我知道村里人都很豪爽，母女之间或家人之间互相开这样的玩笑并不奇怪，她们可以把玩笑开得很大，把某一件事说得很具体，只要她们开心。

我和她开玩笑说：“你明年就有弟弟或妹妹了。”她笑着说：“那就看看妈妈的本事了，她要是弄好的话，就不会浪费人家的东西。”

望着这个如花似玉的姑娘，我心里涌起一股按捺不住的冲动。

金子丢了

卡得罕医生在那仁牧场开了一个诊所，很少回村子里来。

说起卡得罕，人们总免不了要讲他的一个笑话。图瓦人和哈萨克人一样，都喝煮茶，抓一把茶叶放在壶里，加上水，在火上煮。煮出的茶水喝完后，可以再添水，一遍一遍地煮，煮到最后，茶叶便胀满了茶壶。卡得罕也有喝煮茶的习惯。一天，他小儿子的一只鞋不见了，找来找去也不见踪影，又过了两天，他煮好茶往外倒，却怎么也倒不出水，他揭开壶盖一看，只见小儿子的鞋子已被煮得膨胀了好几倍，将壶口堵死了。村里人说，卡医生喝了几天鞋子茶。他笑着说："味道好呢，不信你们也煮一只鞋子尝尝。"村里人谁也不去尝。他便又说："你们不去尝，永远都不会知道那是什么味道了。"

说到卡得罕很少回村子，大家都说他是被气的，卡医生已经为爷爷把金子丢了之事生气几十年了，气得实在没办法了，就跑到那仁牧场了；他在那仁挣的那几个钱并不是他看重的，他只是想躲开人们的议论。如果那些金子不丢，卡得罕现在应该是很有钱的人，但他爷爷因为记性不好，使那一大批金子再也找不到了。

关于那一大批金子的故事，说来话长。当年，俄罗斯和白俄罗斯打仗，沙俄和中国边境的百姓被祸及，纷纷向和平地带潜逃。卡得罕的爷爷在潜逃中迷失了方向，跑到了西伯利亚，看着那里奇特的地貌，他才知道离阿尔泰

每天这样行走，这就是生活

远了。他不敢怠慢，多方打听返回的路线，决意要返回故乡。正在这时，他意外地得到了一批财宝。两个沙俄资本家为什么事决斗，恰逢他路过，便让他作证，死了一方的财产归他。他按照蒙古人赛马的规则让他们决斗，其中的一个资本家将另一个资本家杀死，他得到了那个资本家的金子。他携带金子从西伯利亚上路，经过十多天艰难跋涉，进入了蒙古国，又经过几天的行进，终于回到了中国。此时，他租来的人早已因难挨长途困苦不辞而别，买来的马已死去两匹，只剩下一匹可勉强驮东西，他咬咬牙，牵着马向布尔津方向继续前进。到了布尔津的红木河边，他终于松了一口气，在河边休息了一天，他将那些金子埋到土中，作了记号，骑着马回到了白哈巴村。多日在外流浪，家里人已望眼欲穿，见他突然回来了都万分高兴。安静了数日，他便给家里人讲了携带金子回来的事情，家里人高兴至极，牵着马，扛上工具，便去取宝。然而到了红木河边，他却找不到埋宝的地方了，他留下的记号也没有丝毫踪迹。一家人找了一天，到天黑后便失望了。第二天，全家人又燃起希望的火焰，沿河岸向前挖开去，一直挖到两条河的交汇处，仍无半点收获。第三天，他们仍不死心，用兔子搂草式的方法把可疑的地方又挖了一遍，但整整一天仍无收获。家里人都怨他马虎，把那么多金子怎么能埋到土中呢，说不定，他埋的时候刚好有人在旁边看见了，他一走，人家就取宝而去。听着大家的责备，他什么也没说，牵着马默默离去。

消息不胫而走，好多人都去红木河边寻宝，而卡得罕的爷爷却从此背上了一个糊涂和运气不佳的名声。本来，他颠簸流浪半年，最后完好无损地回到家是一件喜事，但因丢失财宝而生出的遗憾却将这一切都遮掩了。人都是无法抗拒欲望的，而一旦欲望无法实现，尤其是与可触可摸的欲望擦肩而过，人便忍不住要遗憾。人在遗憾的时候，是不会轻易生发怜悯之心的。

无独有偶，过了一段时间，又有一个人也从西伯利亚逃回了村子里，他与卡得罕的爷爷一前一后走的是同一条道路，他因为没有像卡得罕的爷爷得金子又失金子的经历，人们都为他死里逃生而感动，他和家里人也全都沉浸在分而又聚的欢乐中。卡得罕的爷爷看着别人高兴的样子，心想，早知如此，自己就不带那些金子回来了，弄到现在，富人当不成，连穷人应该享受的欢乐也没有了。

卡得罕自小跟爷爷长大，对这件事深有感触。他说："爷爷其实不贪财，他一辈子没有什么过分的欲望，是一个朴素的人。他力气很大，100多斤的木头扛着就走，自从丢了金子后，村里人的议论影响了他晚年的生活，他变得不爱说话，不和村里人来往了。就是现在，自己在那仁牧场开诊所，很少回村子里，好多人认为自己是因为遗憾和生气不愿回到家里去，村里人的嘴真是不好，这么多年了，还在议论这件事，其实，爷爷千里迢迢回归的精神，大家都是很佩服的，换了现在的人，恐怕就回不来了。"

是啊，卡得罕的爷爷历经千辛万苦回归的精神里，其实有比金子更重要的东西，如果不是与一批意外的财宝相遇，他就变成了村子里的一位英雄。一切只因为这件事太过于离奇，在这么遥远的一个村庄，多少年不出一件这样的事情，一旦出了，就会使村里人激动，卡得罕的爷爷已去世很长时间了，但村子里还没有发生另外一件可以替代这件事的事情。所以，人们可能还会议论下去，卡得罕可能还得在那仁待下去。

金子丢了，人不知道该怎样回家。

最后一头驴

村子里只剩下最后一头驴了。

驴只是偶尔进入村子，繁衍了几代，并未发挥出什么作用，后来便越来越少，只剩下这一头了。人与驴之间实际上只存在需要与被需要的关系，驴发挥不出作用，自然就被冷落了。而驴呢，由于在白哈巴村被人冷落，居然连繁殖能力也一再退化，到了现存的这最后一头，生得又瘦又小，全然没有了驴的样子。它的主人巴也丹在去年让它拉车，拉到半途被累得趴下后，就再也没有用过它。巴也丹说："我的驴是一头废驴。"从此，它的名声就坏了，人们视它的存在为乌有，它无知无觉，当然对此没有什么反应，慢慢地闲了下来，成了一头闲驴。在村子里，一个人无所事事成为闲人，会招来人们的议论和指责，因为他的行为是人们苦心维护的生存规则所不容许的。而一头驴，因为不会影响到人们的情绪，所以，没有谁会去指责它。慢慢地，眼见它再无生殖能力，一日日老去，成了村里最后一头驴。

有一天，人们突然想起了它。两个小伙子下石子棋，输了的一方为躲避败局的尴尬，说能使这头驴按照它的指令走动，让它趴下它就会趴下，让它跑它就会跑。众人一听来了兴趣，呼啦啦一起涌到了驴跟前。他们把驴牵到那个小伙子家门口，小伙子说："驴，你进去，我给你吃的。"驴纹丝不动，他又重复了一遍，驴仍不动。众人大笑。小伙子着急了，捡了一根树枝抽它，驴仍纹丝不动。有人出主意，把驴的眼睛蒙上，可牵入房内。小伙子

驴越来越少了

脱下上衣蒙住驴头，牵它欲往房中走去，但它却似早已明白了他的用意，仍站着不动。有人又出主意，听说过驴推磨吗？拉着驴转，转着转着它就迷失了方向，然后就可以把它牵进屋去。小伙子便用衣服蒙了它的头牵着它转，转了好多圈，人都觉得有点晕了，但一停，它仍倔强地背对着房门不肯进屋。大家都蔫了，就这么一头废驴，但谁也拿它没办法。最后，大家得出一致的结论，驴要是犟起来，就是天打雷轰，也拿它没办法，要不，人们怎么说驴认真起来是犟驴呢！

嬉闹一番，众人都觉得无趣，正要散去，忽然看见它把头一低，径直进入房门。众人又兴起，复又赶过来，看它会作何。它走进屋内，屁股一动便屙下一泡驴粪。众人大惑，刚才费尽周折，它都不肯进屋，甚至用尽了蒙头、驴推磨的办法，这些也就是人类多少年来对待驴惯用的办法，都拿它没办法，但它却自己走进屋子屙下一泡粪。这真是一个极大的讽刺。它在屋中站了一会儿，头一扭走了出来，众人像是恐惧它似的，纷纷给它让出一条道。它在村子里慢悠悠地走着，像一个年迈的老人。

这件事过去后，人们很快就又忘记了它。一头不会发挥出实际作用的驴，是很容易被人忽略的，至于它想了些什么，它所目睹的这个村庄是什么样子，它不会说话，不和村里人交流，因而谁也无从知晓。

过了几年，它已彻底老了。人老先老眼，牲畜们老了则先老腿。它的走动已变得极为不便，很少见它在村子里走动，偶尔出来时摇摇晃晃，很短的一点路要走很长时间。它的主人已彻底不重视它了，想起它的时候给它一点草，想不起它的时候它就得饿好多天。这样，便加快了它年老的速度。有时候，它在村子里与牛和马相遇了，便停下来与它们对视良久，牛和马都走了，它仍在原地停留一会儿，似是在想什么。动物们有它们交流的方式和语言，不知道它刚才和那些健壮的牛和马说了什么话。那些牛和马有很好的胃口，还要去吃草，只有它走不动，留在村子里，神情恍惚，不知所措。

再后来，它彻底走不动了，只能站在村子中间朝四处张望。它望着自己曾经走过的许多地方，眸中似有想再去走走的冲动，但又有些许无奈。于是，凝望便变成了它每天最重要的事情。村子里每天都有热闹的事情，却不能吸引它的目光，它总是朝着一个地方看，似乎那个地方保留着它以前留下的什么东西，成了它现在凝望的资本。

一天，人们突然发现它不见了。几天前，村子里就没有了它的身影，只是因为人们太忙，未曾留意它。人们去找它，在村东面通向铁列克乡的一个山脊上发现了它的尸体。它已死去多时，但仍保持着欲向前爬行的姿势。也许，它在咽气的最后一瞬仍想挣扎着向前爬去。

好几年过去了，村里人始终不明白，它在生命的最后时刻为何要离开村庄，它想去哪里呢？

白狼留下狼髀石

几年前，别人给我讲了这个狼髀石的传说。这个传说与成吉思汗有关，他的一支军队从东方草原出发西征欧亚，大军如潮水一般从蒙古高原一泻而下，让欧洲惊呼：上帝之鞭出现了。返回时，他们看见阿尔泰的一个村庄山清水秀，土地肥沃，有一个很大的湖，流动着像乳汁一般的湖水。成吉思汗对这个地方动心了，我们都知道，成吉思汗在活着时便一直在选择自己死后的埋葬地，遇到自己喜欢的地方，便要留下一些士兵驻守。于是，他便留下一部分图瓦士兵驻守阿尔泰山中的那个村庄。

大军要走了，这时候出现了一件奇怪的事情，一只白狼站在队伍前面，死活不让他们过去。蒙古族人认为狼是自己的祖先，成吉思汗本人甚至下过命令：“若有苍狼、花鹿入围，不许杀戮。若有卷毛黑人骑铁青马入围，要生擒他。”所以，士兵们都不知该如何是好，便将情况报告给了成吉思汗。成吉思汗走到白狼跟前说：“我们要去打仗，我的勇士们要骑着快马远去，他们的心比射出的箭还急，他们的刀像你挨饿时一样难受，请让出一条路，让我和我的勇士过去。”但那只白狼仍一动不动，成吉思汗于是祈祷：“长生天啊，难道我不应该去征战吗？是你派来天狗在这里将我阻止，让我的勇士们永不知疲惫的双脚徘徊不前，锋利的刀在鞘中生锈吗？”以前，他祈祷后，长生天给他降下了长矛，可那天没有任何动静。无奈之下，他命令大军绕开那只白狼前行。那只白狼突然从地上一跃而起，一头撞死在了一块大石头上。队伍不得不停下，成吉思汗命令士兵将那只白狼的狼髀石取出，然后将它埋葬在一个山冈上。他将那块狼髀石留给驻守那个村庄的士兵头领，对他们来说：“我们不杀狼，但是碰到死了的狼时，就取下它们的狼髀石，佩戴在自己的脖子上，然后像狼一样去打仗；如果被敌人打败，你们就学这只白狼，宁愿死，也不要被敌人活捉去。”那些士兵将大汗授予他们狼髀石视为至高的荣誉，从此，这一部分士兵佩带狼髀石，在这里巡逻执勤。

那只白狼没有留住成吉思汗，他南下打仗时不幸中箭，在征途中命殁。那只白狼是长生天派来挽留成吉思汗的，如果他听从白狼的挽留，长生天会授予他另一种旨意的，但成吉思汗坚决要去打仗，所以便避免不了命运突变，再也不能活着回到草原上去了。后来，大汗创造的神话帝国如一轮夕阳陨落，大汗的子孙们从中原返回西域，各自为部，分割地盘，那一部分驻守这个村庄的图瓦士兵人人都已经佩戴狼髀石了，但他们却被遗忘了。他们将狼髀石从脖子上取下，将士兵服装收起，变成了老百姓。

这便就是狼髀石的传说，也是在众多关于成吉思汗的历史中看不到的一个故事。

现在，在新疆还可以看到很多人佩戴狼髀石，据说佩戴狼髀石会有好运。我的兴趣点在于，人们如今仍佩戴狼髀石与这个传说有没有关系；从13世纪到现在，那些驻守村庄的士兵的后代是怎样生存的；他们在狼髀石的影响下，生命会有一些怎样的反应；狼髀石的神力到底有没有在他们身上发挥出作用；如果狼髀石的神力降临到了他们身上，他们所遭遇的，又是怎样的命运变化。

来阿勒泰时，一位朋友起个大早送我。我们在一家快餐店吃早点，我对她说起我此去想寻找狼髀石，她仔细询问了狼髀石的事，说：“一定要找到狼髀石吗？”

我说：“我只是想亲眼看一看。”

她说：“找到狼髀石当然好，但如果要考证，那是考古人员的事情。”

我说：“是，我做不了那样的贡献，我只是觉得狼髀石很神奇，想问个究竟。”

她问我：“你估计能不能找到？”

我坚定地说：“能。”

匆匆数语间，早点已吃完，我与她分别，踏上了去阿尔泰的路途。我之所以要在上路的时候与这位朋友见面，是因为她去年曾给我说起过图瓦人的一件事，她既不搞历史研究，也不写文学作品，她是游完喀纳斯湖后，怀着好奇心走到白哈巴村，听人们说起那个故事的。故事很简单，说其简单，是因为只发生在短短的几分钟内。有一天，一位图瓦人上山去放羊，被两只狼围住，他一动不动地与狼对视，他知道只要自己一动，狼就会扑上来。过了一会儿，那两只狼转身走了。他准备返回，突然发现自己胸前挂狼髀石的绳子不知什么时候断了，那块狼髀石已不知去向。他双目中涌出了泪水，嘴里喃喃着："狼髀石，狼髀石……"他觉得自己把狼髀石丢了是一种罪过，从此，便天天去山上寻找狼髀石。一天，他不慎坠下深崖，人们找到他的尸体时，发现离他不远处有一块狼髀石。人们猜想，他在最后是不是看到了狼髀石？埋葬他时，那块狼髀石随他一起入土。

朋友把这个故事讲给我听后，又追加一句："这其实是一个狼髀石消失的故事。"

但我却觉得，这个故事中的人和狼髀石在一起消失，正是这种消失，把人和狼髀石拉近，让我感觉到我有可能触摸到一个传说的延续。

我要去寻找这种东西。在时间的长河里，一定会发生很多关于狼髀石的故事，哪怕它都是消失的内容，但它在消失的同时，又会让一些事情浮现出来。我的兴趣就在那些浮现出的新事情上。

到了村子里，果然找到了一个知道那个传说的人，并得知成吉思汗留下的那批士兵中佩戴的狼髀石已消失得只剩下一条了，这唯一的一条在村中68岁的图瓦人格日琴手中。我找到她家，不巧她不在。他的儿子爱上了一位哈萨克族姑娘，遭到了村里人的反对后双双逃跑了。多少年了，村里的图瓦人和哈萨克族人互不通婚，但却总是有青年男女相爱，在遭到反对后，他们就双双逃跑，跑到很远的地方结婚、生孩子。待几年后再回来，村里人只好默许他们在村子里生活。格日琴的儿子已逃走一年多了，听说最近要回来，她这些日子天天守在村子对面的山顶上等着他们。人们不知道她为何数日守在山顶上，如果她的儿子回来，她是将他们拦回去呢，还是迎回村里？她是最后一个拥有狼髀石的人，儿子与别的民族的姑娘结婚，生的孩子就不是图瓦人了，她就无法把狼髀石再传下去了。而这最后一个狼髀石如果不传下去，她将成为一个最大的戴罪者。

但儿子和那个姑娘却迟迟不见身影。她等得无望，就回到了村子里。我找到她，请她给我讲狼髀石的故事。她愣愣地看了我许久，说："年轻人，你真听，我可以给你讲，但听了狼髀石故事的人从此就内心不安宁了，你要做好准备。"

"我不怕，你说吧。"我真的一点都不怕。

格日琴见我执着，说："那好吧，我给你说。"

狼髀石第一次消失是因为一场战争。

一天，一个曾被成吉思汗征服过的部落来攻打驻守村庄的那批士兵，成吉思汗当年征服他们时曾杀过他们部落100多个男人，并把所有的牛羊都掠走了，现在，他们要让这些士兵成倍地赔牛羊，并且杀与他们死去的同样多的人。士兵们不干，佩上狼髀石与他们战斗。这是他们被成吉思汗留在这里后第一次打仗，从早晨打到中午，图瓦人胜了。他们杀了那个部落近百人，捉得30多名俘虏，但他们中间也有56个人死了。他们牢记着伟大的成吉

狼的故事就是这些女人讲述下来的

思汗，牢记着他高尚的灵魂与人格，准备将那30多名俘虏放掉。他们觉得，那个部落能够在几十年后重振雄风，找仇人报复，其等待的意志够得上英雄的资格。打仗就是分胜败的，但败了却不影响一个人或一个部落的灵魂。所以，他们决定放掉那些俘虏。

但那些俘虏都显示出了令他们惊愕的人格力量，他们等图瓦士兵放了自己后，说："你们放了我们，现在我们自由了，请你们不要再管我们。"说完，一个个举刀自刎。

图瓦士兵彻底被他们感动了。他们如此坚强，如果不是死在战场上，而是去生活，那该会创造出多么美好的生活啊！

图瓦士兵开始清理战场，将他们的尸体一一掩埋。从中午忙到太阳落山，才把那个山坡收拾干净。

他们又掩埋自己人。56个图瓦士兵死了，56个狼髀石和他们一起被葬入了大地的怀抱中。

狼髀石第二次消失是因为一个6岁的小孩。

她生下儿子后，丈夫就去世了，她辛辛苦苦把儿子带到6岁，就将丈夫留下的狼髀石挂在了他脖子上。一天，她发现儿子站在一块石头上，双眼紧紧地盯着太阳。

她问他："你看太阳干什么呢，小心把眼睛看坏了。"

"不，太阳可好了！"

"好什么呢？"

"我看到远处有一个我。"

"你？"

"对。"

"在哪个地方？"

"在那个地方——"

"我怎么看不见。"

"不远，就一根狼髀石这么长的地方。"

她心中一惊，抱着他回家，她心头有一种不祥的预感。

几天后，她的儿子从悬崖上摔下，死在乱石中。那天一大早，她就有一种不祥的预感。她带着儿子去山上放羊，心里老想着会发生什么可怕的事情。自从儿子那天说了在一根狼髀石那么远的地方有他时，她心里就害怕起来了，小孩子在7岁以前半神半兽，说什么可准了。一根狼髀石才多长啊，还没有儿子现在的身高长呢！所以，她特别小心。走到悬崖边上时，儿子又抬头看太阳，看着看着便伸出双手去拥抱。太阳在天空中，他够不着，便向前走，走到悬崖边仍无知觉，便掉了下去。她一回头，见儿子掉下去了，她扑过去，只见下坠的儿子仍向着太阳高扬着双手，脖子上的狼髀石被风吹起，非常漂亮地在起伏。

没几天，她也死了。

他们家的狼髀石消失了，全家人的生命也随之消失。

人们在悬崖底找到他儿子的尸体，见他仍睁着双眼，在望着太阳。

人们不明白，他们家是遭到了狼髀石的神助呢，还是遭到了咒符？

狼髀石第三次消失就是我在前面提到的那个为寻找狼髀石，不幸坠崖身亡的人。人们埋葬他时，将那个狼髀石挂在他脖子上。

狼髀石第四次消失仍是因为人丧命，随主人一起葬入了大地的怀抱。

两个图瓦人傍晚在院中喝酒，几个贼来偷盗，与他们碰个正着，他们关门捉贼，贼急了，拔刀将他们杀死。

村里从未出现过贼，这是第一次。村里人都不理解，谁要是缺东西了，只管开口向他们要，要什么给什么，但不能偷，偷是他们最憎恨的事情。祖上在很早的时候就传下了训言，草原是宽广的，太阳是有光芒的，月亮是明

雪地上的狼

亮的，谁也不能干见不得人的事情。那样的话，他就不敢在草原上走，不敢在太阳和月亮底下祈求幸福。

其实村里人不知道，死了的那两个人本来已经看见那几个匪贼有刀，赤手空拳的他俩只需吆喝一声，就可以把他们吓走，但他们却毫无惧色地扑了上去。

狼髀石第五次消失是因为一个非常强壮的人。

那个人出生时重16斤，母亲因生他而亡，父亲将他带大。长到15岁，他已形同大人，但他毕竟只有15岁，父亲在好多事情上仍管着他。这个年龄段，儿子都把父亲当成敌人，这是一种无可避免的事实。他开始反对父亲，不论大事小事都与他作对。父亲觉得如不对他严加看管，好生调教，日后必惹大祸，于是便强行管制他，不让他出院门。他恨上了父亲，在心里暗暗滋生出一些想法。一天，父亲又因为一件事指责他，他顺手操起一把刀将父亲砍死。村里人大惊，但谁也不敢靠近他，只是在心里认为他是一个逆子，小心翼翼地防着他。他没有了父母，没有了约束和管教，从此变成了一个无拘无束的人。慢慢长大，他的个头迅猛蹿高，20岁时已长到了1.9米，而且力大无比，能把一头牛推倒。村里有什么活，只要他高兴就去干，一天下来，他干得总是比别人多。

村里的一位老人为了挽救他，把他叫过去，给他讲了所有狼髀石的事情，并送给他一块狼髀石。

从此，他重新做人，使自己的生活变得像模像样。他将狼髀石佩于胸前，怀念着一些英雄的事迹，并用他们的事迹激励自己。别人问他为什么突然变好了，他笑而不答。问得多了，他便说："都是成吉思汗的子孙，都应该成为巴特尔，我以前不好，每天走在没有太阳和月亮的地方。现在看见太阳和月亮了，我走进了阳光和月光中，我得到了幸福。"

再后来的一天，他看见一群人杀牛，人很多，却怎么也放不倒它。他上去抓住那头牛的两条前腿，用力要把它放倒。那头牛用力挣脱，扬起双角向他刺来，他躲闪不及被刺中腰部，别人以为他只是受点伤，并不会涉及生命，但他却死了。

他最后说的话也是："狼髀石、狼髀石……"

狼髀石第六次消失是因为一场瘟疫，死了23人。

人因病而亡，属生老病死之正常现象，本无需叙述，但因为他们选择死亡的方式很特别，所以，在这里简单补记一下。

他们发现自己得了瘟疫后，起初是想了很多办法的，但无奈他们已病得很重，加之那种瘟疫又无药可救，所以，他们在绝望的一刻，已闻到死之气息由远而近，要像大雾一样将他们笼罩进去。但他们没有哭，也没有埋怨，而是望着村庄愣神。他们得瘟疫的消息已经传开，村里人恐于被传染，谁都不敢走近他们。

在一个早晨，人们发现他们不见了。村里人心头的一块石头落地了，但另一块石头又悬了起来。

他们走出村庄后，一路避开河流，避开风，生怕瘟疫传回村里去。最后，他们走到了一个人迹罕至的地方，坐成一圈，静静地等死。

后来，人们找到了他们的尸骨。他们虽然已经死去多时，但尸骨仍互相依靠在一起。他们身上的狼髀石在阳光下闪闪发光。

狼髀石第七次消失也是因为一场战争。

晚清时期，沙俄扩张掠夺中国的土地，一再要挟清政府给他们割让土地。慈禧觉得大清国的土地很大，割让几块给洋人也无妨，便大笔一挥把西域边界的土地给沙俄划去一块，让人具体去操作。负责到边界去送界碑的清兵走到离边界线还有十几公里的地方，便将界碑随便往路边一立，急忙回去抽大烟了。沙俄的士兵过来一看，非常高兴，也就在那儿立了他们国家的碑。就这样，中国的一大块土地就因为那些清兵犯了一次烟瘾而丧失了。

后来，慈禧与沙俄签订了《伊犁条约》，将图瓦人居住的一带也划入割让范围内。白哈巴村一带有七个哈巴，其中黑哈巴有温泉，冬不积雪，夏长青草，是居住的理想之地。沙俄人来收土地，图瓦人不同意。沙俄于是发兵来犯，图瓦人佩上狼髀石与他们战斗，一仗打下来，图瓦人因人少，加之武器装备简单，不得不撤回10余公里。沙俄占领了黑哈巴。再后来，沙俄士兵在一次巡逻中又挑衅要掠夺土地，图瓦人奋力还击，有两个人打散了，流落到树林子里，沙俄士兵追来向他们开枪，他们中弹倒了下去，沙俄士兵围过去，见他们没有动静，正要细看，突然一声巨响将他们炸翻在地。原来，那两个图瓦士兵在身上缚了炸药，最后与沙俄士兵同归于尽。

另有几个沙俄士兵进入树林，包围了一户图瓦人。家中有一位少妇，守着刚出生不久的婴儿。沙俄士兵将刀架在她脖子上，逼她说出图瓦士兵的藏身之地，她不说，一个沙俄士兵将刀伸向孩子的脖子，她见状，从怀里掏出一把刀子将孩子刺死，接着又刺向自己的心脏。沙俄士兵惊愕不已，从那个小屋出来后，他们不敢再往前走了。尽管四周寂静无声，但他们却感到一种恐惧和隐隐约约的杀气，他们转身返回，直到回到大部队中才松了一口气。

那个女人因孩子刚出生，还不到给他传狼髀石的时候。而与沙俄士兵同归于尽的那两个图瓦人都佩戴着狼髀石，两个狼髀石随着他们的死亡而消失了。

狼髀石第八次消失是因为一个人自杀。

那个人小时候就酷爱武术，学得了图瓦士兵们传下来的蒙古大军的许多武功。实际上，过了这么多年，好多武功都已失传，但射箭术却一直被保存了下来。

因他显示出了较好的天资，人们都喜欢教他，他长到17岁时已学得一身好武功，可用箭射落天上的飞鸟。

长到20多岁，村中已没有谁再能够教他了，他的射箭术已自成一派。

有一天，一个人问他："你有这么好的射箭术，但又有什么用呢？成吉思汗已变成了另一个世界的神，我们又不可能再有仗打！"

他听后愣住了。

问他话的那个人走了，他还在那儿愣神，直到太阳落山，才失魂落魄地回家去了。他把狼髀石从脖子上取下，捏在手中。

后来见他再练射箭术，每一支箭射出都挟裹着一股令人颤抖的杀气。

人们感叹："现在不打仗，也不用去杀敌人，他这样，恐怕不好啊……"

不久，他便自杀了。

多少年之后，村里又出了一个与他一样武功高强的人，人们在很早的时候就担心悲剧又会重演，果然，那个人在后来经历了和他一样的事情，武功达到了极致，失落也达到了极致，最后以自杀告终。那也算是一次消失。

狼髀石第十次消失，也是消失人数最多的一次，比那场战争死的人还多。狼髀石一下子变得只剩下了两条。

那一年的大雪提前一个月降下，人们不得不从牧场匆匆撤回，雪下得很大，把所有的道路都淹没了，但他们却毫无惧色，赶着牛马踏上了返途。

他们之所以急着赶回去，还有另外一个原因，就是要在三天后回到村子里举行一个纪念活动。本来，这个活动是要在牧场举行的，但一场大雪改变了人们的计划，他们必须赶回去，这样重大的活动不可能在路上举行。

雪越下越大，路越来越难走，为了赶时间，他们只好连夜赶路。

那天傍晚，风出奇的大，密集的雪花将两三米外的东西遮得踪迹全无。这样的时候是不宜行走的，牛羊很容易被冻死，人很容易迷路，还极有可能遇到雪崩和暴风雪，但他们一心只想着赶回去举行那个活动，仍强行向前开进。

后半夜，他们突然听见前面传来轰隆隆的巨响，像是有什么怪兽正向这边奔突而来。有人发出惊呼，不好，是暴风雪！他们刚惊呼一声，立刻便觉得有一股凶猛的力量扑面而来，将胸腔和耳鼓击打得一阵疼痛。紧接着，人和羊便飞了起来。大风暴持续了一个多小时，他们全被卷入雪中，不一会儿便窒息而死。

村里人听到消息，欲哭无泪。在举行纪念活动的那天，人们为每一个人挂了一根马鞭，以示对他们的纪念。

雪还在下。风吹过来，摇动的马鞭子恍若一块块狼髀石。

狼髀石第十一次消失，是唯一没有因为灾祸引起死亡的一次消失。但村子里只剩下两块狼髀石了，这次消失一个后，就剩下一个了。

那个人是巴尔江的父亲，他在一生中都不满意自己的儿子。巴尔江学不会图瓦先祖们传下来的任何东西，父亲在后来彻底失望了，决定不再传给巴尔江狼髀石，他觉得一个人要是没有高贵的灵魂和勇敢的心，是不配戴狼髀石的。

在临死前，他宣布，自己将把狼髀石带到大地的怀抱里去。他这样做，实际上是想让狼髀石永保圣洁，在更高的意义里永存。

他死后，人们按照他的意愿将那个狼髀石放入他墓中。他的儿子仍不懂事，对此没有任何反应。

最后一块狼髀石的主人就是格日琴。

她给我说着以上的故事，脸上的神情一直很严峻。说到人们的那些勇敢的行为时，她的双目中会出现一种刚烈的神情；她说到人们遭受灾难命殁时，一股难以抑制的酸楚便又立刻布满双眸。这时候，我觉得她是一位母亲，一位爱了很多，又失去很多的母亲。

我觉得气氛有些沉闷，便把话题岔开，说起她儿子的事。她说：“也许他们不回来了。”而后她不再说话，抬眼向远处张望。夕阳正在落着，一片又一片彤云缠绕在一起，似要分开，又总分不开。久了，它们似乎彼此都被扯得流出了血似的，变得更红了。慢慢地，那片红折射过来，将她淹没了。

我触目惊心地发现，她脸上有两颗泪珠悬而不落。

卷四　明亮的器具

苏尔

我去找萨朗别克，他不在商店，我又去他家找他，他母亲用手一指对面的山上说："他去那个地方吹苏尔了。"噢，苏尔——一种用植物茎秆做成的乐器，据说蔡文姬《胡笳十八拍》中说的胡笳就是此物。我在村里听说过他对着山吹苏尔的事，但没有亲眼见过，于是便朝萨朗别克的母亲所指的"那个地方"走去。

萨朗别克坐在一块石头上吹苏尔，我不想打搅他，便坐在一旁耐心等候。十几分钟后，萨朗别克吹完了。我和他坐在石头上抽烟，他告诉我："今年我想干点事情，但觉得很难，一直下不了决心。昨天下午我路过这里，看见了这面悬崖和崖顶上的那棵树。我觉得那棵树像我们村里的那些厉害人。你看，在那么高的地方，只有它活了下来，别的树都不行。我很感动，但昨天已到了下午，太阳不在天上，我只好回去。今天太阳出来了，我就吹了。今年我可能要受一些磨难，但最终会像那棵树一样爬到高处。"听他这么一说，我不再问什么。我知道他刚才吹的大概就是这些内容。吹苏尔，除了在图瓦人中间可以看到外，在别的地方也是有的。我们平时见到的多是嚎叫和痛苦的嘶叫，现代文明是不能让我们通过声音将心灵予以寄托的。而图瓦人由于与山贴得太近，其生存与生活时时和山牵连在一起，所以，他们吹苏尔实际上就是精神的飞跃。悬崖顶上的一棵树，暗暗应和了萨朗别克的心理，他向它倾诉，而它所表现出的生存意味，给了他一种安慰。

人，要获取精神上的具体指向，有时候就得到大自然中去聆听和感悟，万物生灵有时候就是一种直接的引领。

我们说话时，萨朗别克将苏尔放在一块石头上，苏尔是金黄色的，被阳光一照便泛出明亮的光芒，我忍不住在说话的间隙要低头去看一眼。一支苏尔，当它被图瓦人对着山吹奏时，笛孔里就有一座座山；对着河流吹奏时，笛孔里就有流动的水。它变成了图瓦人诉说梦想的另一张嘴。

正要离去，萨朗别克看见一只鸟儿在悬崖中飞动，便指给我看。那是一只通体发黑的鸟儿。它从崖底斜飞着，大概是飞累了，想飞到崖顶的那棵树上去歇息。萨朗别克见它改斜飞为直飞，便拿起苏尔吹了起来。笛音是赞许和鼓励，在鸟儿身后化成一股力量，推动着它向上飞去。过了一会儿，鸟儿飞到树上，在一根枝干上落下，萨朗别克的笛声也在一个高音处戛然而止。在短短的几分钟内，笛音变成了飞翔，而飞翔又幻化成了音乐，二者一起向高处上升。在高处停止时，似有什么东西还在持续。

回到萨朗别克家里，他把苏尔端端正正放在成吉思汗画像下。早先我注意到每家都挂有成吉思汗画像，但没有注意到他的画像下还有苏尔，这两个东西都被供奉在屋子的正堂，足可见它们在人们心目中的位置。萨朗别克的母亲说："苏尔其实很少吹，一年也就那么三四次，但它让人觉得始终在心里，不吹它的时候，也能感觉到它发出的声音。比如有时候干活时，干着干着，就好像听到了它的声音；有时候走在路上，也有这种感觉。"萨朗别克的母亲的这种感觉在图瓦人中是多见的，我曾在村中见过好几个人在走路时，身体有一种舞动感，隐隐约约地，他们似乎被一种音乐包裹着。这是一种外人无法体会的幸福，不管他们要去何处，这种行之旅的音律美都已使他们为之迷醉。

说起吹苏尔，萨朗别克的母亲说起一个故事。有一次她的羊丢了，大风雪使她无法前去寻找，她便回家拿上苏尔在风雪中吹。她内心焦灼不安，渴望羊群能快些回来，笛声便把她的心思传了出去。大风呼啸向前，笛音被携带而去，她想起村里的老人说过，笛声借风可行千里。她相信羊群能够听到笛声，它们会返回村子的。平时，人们对着奇特的景物吹苏尔，是一种精神指向，而萨朗别克的母亲的吹奏，则让其发挥出了现实作用。这个生活在遥远的酷似小部落里的女人，完成了一个哲学大话题，即精神最终必将转化成

在草地上闲坐

现实作用。后来，羊群真的回来了，围着她“咩咩”叫。她站在羊群中高兴地笑了，但她的手却把那支苏尔越捏越紧。

都说艺术来源于生活，当我们真正看到生活在变成艺术时，我们才会惊讶那种真实的强大和美丽，它不受任何东西的影响，沉迷而又冷峻地表达着人们的心思。再加上有赤野地域在暗暗起着推动作用，一切都显得那么透彻和明朗。

萨朗别克的母亲说，村子里吹苏尔吹出奇特事情的人多得很。有一年，一只羊不下奶，眼看着它的羊羔要被饿死，主人一着急，对着它吹苏尔，它居然哗哗地流出了奶；还有的人对着马和牛也吹，它们都被感动了。人们都觉得，这种时候音乐就是一种力量，家畜们只要听到，就会突然间焕发出力量。

萨朗别克要去干今年该干的事情了。我劝他带上苏尔，如果遇上什么困难就吹一吹，那样，肯定就不会有什么能把他难住。

后来有一天又听到了苏尔。我没有去寻找吹苏尔的人，只是坐在一块石头上静静地听着，听着听着，我便觉得自己被笛声引领着，身子变得很轻，向村后的林子移去。我抬起头，看见林子后面有白色的雪；再往上看，就是被冰包裹的山顶。

落在高处的雪，在很早的时候就已结成了冰。

斧头

每家每户都有一把斧头。

斧头可用来砍木头、劈柴火和刨制家具。图瓦人要建造一个家，得先去山上伐一些木头，将其凸处劈平；要造一辆马车，也要先去砍树选料；甚至修栅栏、门板、家具等等，都得用斧头。可以说，斧头实际上是一个开始，有了一把斧头就有了一切。一个图瓦男人在年轻的时候，用斧头去创造很多东西；老了，那些东西就成了养老的依靠，一身的力气都已派上了用场，再也不用，也无需再去伐木盖房和修栅栏了，静静地坐在房子里喝奶茶、抽烟、吃手抓羊肉。所有的东西都已经用了一辈子，年老时再接着用，就有很深的感情。一个人到了老得拿不起斧头时，便把斧头传给儿子或孙子，他们又开始从他走过的那条路的起点步入人生。时间在变，人在变，但一把斧头的命运不会变。

图尔林老人的那把斧头挂在房顶的一根木头上，永远不可能再传给后人了。那把斧头被他用了整整50年，砍过的木头无以计数。村子里有27户人家的房子用的都是他砍来的木头，至于栅栏和马车，以及家用的桌椅等，只要给他说一声，他就可以砍来一根木头给你嵌上。好多人家的栅栏，都有图尔林补上的一两根木头，经他补过的栅栏总是很牢靠。有时候，有马车从他身边驶过，他一听马车的声音，就知道哪个地方该修一修了。他把马车叫住，加一个木橛或一个接口，马车从此便不再响了。时间长了，村里人都看重他的手艺，有事都喜欢找他，他实际上早已成了一个木匠。一把斧头被用得太多，最后也就被用老，再也磨不出刃口了。图尔林将它束之高阁。他对年轻人说，一个人用斧头就应该干出点新鲜事，这就像走路一样，你老走一条路有什么意思呢？只有走远路和走新路，才能改变你自己的命运。从此，那把斧头成了一种象征，人们对斧头的感情也随之改变。

现在图尔林已经68岁了，但身体还很好。村里和他同龄的老人大多都已经没有了牙，但他满口的牙完好无损，吃大块羊肉时一点都不费劲。孩子们都长大了，各自都分开过，图尔林一个人在挂着那把斧头的老房子里生活着。他很少在村子里走动，原因是他发现村里人都把自己当老人看，时时对他有一种怜悯之情。他受不了这些，他觉得自己还年轻，整个身心没有一点老的意思。他还想娶一个媳妇，但听说了喀纳斯湖旁边的一个老头的事后，就打消了这个念头。那个老头已经70多岁了，身体很好，有一天一个领导去慰问他，问他有什么困难。他说："困难嘛倒是没有，就是想再娶一个媳妇，但没有钱。"别人都笑话他。他不但没弄成事情，反而在村子里落了笑柄。但图尔林却非常理解他，一个人把前半辈子忙忙碌碌地在山里打发过去了，后半辈子突然闲了下来，确实受不了。图尔林觉得现在自己什么都有，房子、牛羊、栅栏、力气，就是没有媳妇，晚上睡不着觉。村子里理解图尔林的人说："他就是一把好斧头嘛，现在闲着，挺可惜的！"

努尔江现在天天在腰里扎一根腰带，将一把斧头别在腰带里，像电视中的古代侠士。

努尔江已经用了很多把斧头。想起图尔林大叔一辈子只用了一把斧头，他真是很惭愧，他知道人们都把图尔林那样的人当成男人，但却瞧不起自己这样的人。图瓦人对男人的要求很高，凡事都要首先衡量你有没有男人气概和风度。这只是一种习惯，证明了图瓦人对生存的要求。事实上，一个人只要有过人的气概，又有什么事情不能做成呢？

努尔江的第一把斧头是输给别人的。那时候他好赌，但总是输，输到身无分文就把那把斧头抵上，结果还是输了。对方见他可怜，就说，斧头你先用着，我什么时候需要什么时候来拿。过后，他很快就忘了输过斧头。一天，他正在山上砍木头，那个人爬上山来要斧头。那个人说："别人都笑话我呢，说我赢了斧头不要，是不是不想做男人？"努尔江尽管不想把斧头给他，但一想到可能又会引出有关是不是男人的议论，就一咬牙把斧头给了人家。他的房子因此就盖不成了，只好半途而废。不料这件事又给他惹来了麻烦，村里人知道他把斧子输了，不能再盖房子了，就说努尔江那个人，从输斧头的那天起就把好多东西都输出去了，以后，他还要不断品尝这件事结下的苦果。

但努尔江却不长记性，很快又把第二把斧头输了出去。那天，他和几个小伙子去林子里砍柴，因为一句气话又赌了起来。不知怎么的，他满以为能赢，但却输了。赢了的一方刚把斧头拿过去，林子深处突然蹿出一只花鹿。众人将它围住砍伤，但它还是冲出包围圈向山顶跑去，赢了努尔江斧头的那个人手里拿着刚赢过来的斧头，用力甩去，劈中了花鹿的后腿，花鹿倒在了地上。回到村子里，人们都对那个劈中花鹿后腿的人赞赏不已，但一提到努尔江便不停地指责他，认为他不会把握机会。努尔江也很懊恼，他也会将斧头甩出劈猎物，但偏偏在那前一刻自己将斧头输了出去，本该得到的光荣没有得到，反而又要遭人讥笑。那天，他发誓再也不赌了，而且要去购一把好刃口的斧头，好好地用，好好地做人。

他把斧头别在腰带里，认认真真地去干每一件事。别人问他为什么要把斧头别在腰带中，他说："我的斧头只要在我身上，我所有的东西别人就都拿不走，我到现在才明白，有了斧头，就有了一切。"慢慢地，努尔江感到自己不再与生活有隔阂了，他一点一点地创造着生活，早先没有盖起的房子

在如此遥远的地方，谁将与自己相认

也盖起来了，栅栏也有了。他感到了手中的斧头的份量，也感到了生活的美好与深刻。

但事情很快又发生了戏剧性的变化。一天，那个赢过他第二把斧头的人找上门来，向努尔江道歉，说那天本来是努尔江赢了，但自己做了手脚……那头花鹿的皮现在就挂在他家里，他在外面听着别人赞赏他有男人气概，回到家里一看见那张鹿皮就心慌意乱，有好几个晚上，他连连做噩梦，梦见那把甩出的斧子从鹿身上弹回来，砍在了自己身上……努尔江哭笑不得，自己被蒙上了多么大的耻辱，到头来却是一场游戏，自己为这场游戏付出了惨痛的代价，但制造这场游戏的人，最终也受到了良心的谴责。

努尔江收下了那个人还回来的斧头，自己终于正名了，终于等到了这一天。更让他感动的是，正是这件事使自己鼓起了改变自己的勇气，从此，自己变成了一个正经人，找到了活人的滋味。他觉得这其实是一件好事。

他很激动，但在激动之余他突然觉得，多了一把斧头，该派什么用场呢？

甩鞭

甩鞭现在已经不多见了，只有村里几个上年纪的人放羊时才用。年轻人因为不会用，所以很少听他们说起甩鞭。甩鞭是一种古老的放牧工具，有鞭杆、鞭绳。鞭绳的尖梢不像其他鞭子越长越细，它反而是越长越粗，放牧者将一块小石头卷入鞭梢，挽一个活扣，握鞭杆将鞭绳抡圆了迅猛甩出，小石头便击向目标。放牧者不用甩鞭打别的东西，只是在发现羊群乱跑或走失时将石块打到它的头跟前，令它回头。使甩鞭须把握好力度和技巧，不然石头就会甩偏，弄不好还会打着自己。

村里使甩鞭技巧最好的是鄂荣，他放了一辈子羊，直到去世的前一天还在放羊。因为甩鞭使得好，羊便也放得好。每天，他朝四下里一看，便知道哪个地方有好草，于是他捡起一块石头用甩鞭甩出，把头羊引向那块草地。其他人因为没有使甩鞭这个本事，也就不眼红他的羊肥。啥人放啥羊，不到那个本事，就不要去奢望，这是每个人在很小的时候就知道的事情。

鄂荣年轻时是有过媳妇的，人长得很美，一条大辫子在臀部甩来甩去，将女性的躯体美展现得淋漓尽致。那时候，鄂荣走到哪里都会被人们赞赏，人们说他羊放得好，又娶了一个漂亮媳妇，真是好得不能再好了。

后来，鄂荣的生活发生了很大的变化，首先是放羊在村里不怎么吃香了，与他一起放羊的人都去干别的事情了。有时候，时代在变，但人却发觉不了，所以人在这时候就不会有变化。放羊只是一种简单维持生计的方法，

回家的人，看见帐篷一角的图纹，内心就温暖起来

一个人把羊放好了，最多也就是多挤几斤羊奶，多吃几块羊肉而已。村子里现在已经有好多人在做羊的生意，一张羊皮在村子里被他们用50元钱收走，运到布尔津县卖70元，要是直接运到阿勒泰市，就可以卖100元。村里人觉得，自己辛辛苦苦放羊，其实给这些人干了好事。羊少的人，吃亏就稍轻一些，而像鄂荣这样的大户，吃亏就显得特别明显，一张羊皮被别人挣几十块钱，几百张就是好几万元！好多人都劝他别干了，但他却听不进去，他喜欢羊群在山坡上像云朵一样的感觉。

就在他坚持放牧的时候，不料他的媳妇却跟别人跑了。村里经常出现媳妇跟人跑的事情，往往是有本事的人，却看不住媳妇。换句话说，有本事的人的媳妇，慢慢地就不再在乎丈夫的本事，去寻找本事之外有意思的事情去了。鄂荣后来才知道，他的媳妇跟了另一个放羊人，那个人长相平平，放羊的本事也很一般，但不知他媳妇看上了他身上的什么，死了心要跟他。鄂荣很生气，在心里骂她，没爬过高山的羊羔子，跟他还不如跟那些倒卖羊皮的人，至少那些人可以带你去阿勒泰城里见大世面呢！媳妇跟着别人跑了，从此，鄂荣变得不爱说话了，一个人守着那些羊过了十几年。羊群增增减减，始终还是那么多，但他的甩鞭功夫却越来越厉害，可以达到百发百中。有时候心烦了，他便用甩鞭打树，甩出的石头打中树干时，他就在心里骂那个拐走他媳妇的放羊人，偷吃草的马跑不了长路，下辈子你也会被别人拐走媳妇的；甩出的石头打中树叶时，他就在心里骂那个背叛他的女人，没良心的东西，让你下辈子不长头发，不长眉毛。更多的时候，他只是沉默，谁也不知道他在想什么，时间长了，他便显得很平静，似乎往事已随时间一起消失了。

后来的一天，他在山坡上放羊，突然他的目光被对面山坡上的一群羊吸引过去了，那群羊是拐走自己媳妇的那个男人的。那群羊吃着草，慢慢向前移动，它们的前面有一个深渊，只是因为在上面长了一种长滕的草，将顶部封住了，看上去和平地一样，那群羊只要踏上那些草就会摔下去。他赶紧捡石头用甩鞭甩出，打到走在最前头的那只羊的嘴边，它吓了一跳，止住了前行的脚步。他一下接一下用甩鞭打它们，逼得它们退了回去。最后，他捡起一块较大的石头打在那根藤上，藤被击断，落入崖底，一个深崖露了出来。羊群似乎明白了怎么回事，“咩咩”地乱叫在一起。主人赶来，更是惊恐不已。少顷，他便将羊赶走，离开了那个危险的地方。山坡上又安静了下来，阳光还是那么明亮，树仍悄无声息地伫立着，有风吹过，也不动一下。但鄂荣脸上的神情却很茫然。他一遍又一遍地想，刚才救出的羊群，是那个拐走自己媳妇的男人的……是那个拐走自己媳妇的男人的……愣怔许久，他赶着羊默默回家。

此后，鄂荣不再使用甩鞭。

马鞍子

巴车是个有意思的人，去哈巴河县城做衣服，裁缝把衣服做好后，他将上衣穿上，用力甩甩胳膊，扩扩胸，说："不紧，好！"裁缝又递给他裤子，他穿上后，快速蹲下，又快速站起，用手一摸屁股，说："没开裆，好！"

我刚走进巴车的院子，就看见他手提一副鞍子，向拴在屋子旁的那匹马走去。他的马鞍子很古老，上面有铜饰花纹，皮子已油黑发亮，就连骑槽也已变得很黑。他走到马跟前抚摸着它的背说："休息好了吗？"接着把鞍子往它背上一放，又说："穿上衣服。"接着又系鞍子上的绳子，嘴里仍不闲着，"系上腰带。"最后，他在马脖子上挂一根红布条。我知道给马挂红布条是为吉祥，但他却说："打上领带。"做完这些，他把马牵出门，翻身上马，很快就出了村子。

巴车的马鞍子已经传了五代人，至少有11匹马用过，走过的路恐怕比草原还长。今天，他骑着马去了草场。草场上一片眩目的碧绿，铺天盖地，云蒸霞蔚，将白哈巴村映衬得如同绿绸布上的一块青玉。

村里人都知道巴车家有一副好马鞍子，巴车因而在村子里的地位也很高。人常说，好马配好鞍。有了好鞍子却不一定有好马，巴车现在就为此苦恼。他父亲曾骑过一匹好马，配的就是这个鞍子。巴车曾在18岁那年骑过那匹马，迅疾如飞，骑在上面顿感身轻如燕。可惜那匹马死在了他父亲前面，否则，就会传给他。这么多年了，他一直在寻找好马，但始终未能如意，现在他骑的这匹是勉强可为之。

我想找巴车聊一聊马鞍子的事，但他骑马走了，我只好在村子里乱转。走到一户人家门口，我看见了一个被闲置的马鞍子，也许它已被闲置得太久了，上面落满灰尘。有一根野草从马鞍子的夹缝中钻出，开出了一朵小花。这家人对马鞍子已彻底不重视了，所以连长进它夹缝的野草也懒得拔去。一个马鞍子被彻底遗忘了，在另一种时间里存在着——那朵悄无声息开出的小花就是证词。

太阳慢慢升高，把这个马鞍子照亮了。被阳光照亮的马鞍子仍显得很硬朗，让人隐隐约约感觉到它昔日被架在马背上时的稳健和坚实。正这么想着，突然看见一只蜜蜂嗡嗡飞来落在马鞍子上，转瞬像会隐身法似的不见了。仔细一看，才发现马鞍子上有几个小孔。我正在惊讶，又飞来几只蜜蜂从小孔中钻了进去。唉，什么时候，是风、虫子，还是雨珠把马鞍子弄出了小洞，后来让蜜蜂们发现了，便在里面筑了巢。小时候在老家时经常跟叔叔养蜜蜂，我知道只要一个地方有几只飞动的蜜蜂，里面肯定有一个巢……我觉得这个马鞍子真是有意思，被主人用旧了，随手扔在这里，但却有一朵小花为它而开，有一群蜜蜂在里面筑巢。这都是一些不会引人注目的事情，但却也是生命，是一种更为平静和持久的存在。

主人从牧场回来了，在栅栏外卸下马鞍子，将马拴在屋旁。我注意到，他现在用的马鞍子虽然时间已经不短，但却显得粗糙和简陋。主人反而对自己的马鞍子格外珍爱，小心翼翼卸下拎进屋去。村里人都很珍爱马鞍子，但把一匹一匹的马骑老后，马鞍子却还很新，很难像巴车的马鞍子那样引人注目。据村里的老人说，马鞍子其实是被一匹又一匹马磨合出来的，一般情况下，三匹马可磨合出一个好马鞍子。有些马鞍子因为磨合不成，就只好被遗弃，但被遗弃的马鞍子却往往又有了新的存在方式，比如一朵花和一群蜜蜂对它的依赖。人啊，总是喜欢按照自己的意志去统一物质，统一不了的时候就只好放弃，但有些物质被放弃后，却生发出了比原来的愿望还美丽的作用。一只蜜蜂从小孔中爬出，绕马鞍子飞一圈后又落下，很快，从其他孔中便爬出很多只蜜蜂，嗡嗡地向远处飞去。我觉得刚才爬出的第一只蜜蜂是一个哨兵或值班员，先是出来打探一番动静，然后向里面发出信号，于是大部队才出动了。它们飞过栅栏，向草场飞去，草场中的草正在开花，是它们采蜜的好对象。看它们那么急切地飞向草场，我觉得它们就是一匹匹好马，当然，它们身上一定有非常好的鞍子，它们的梦想就骑在上面，指引着它们。

下午，一群放牧者归来。他们走到村后的山坡上时突然纵马狂奔起来，马蹄声响成一片，像群鼓敲出的音乐。每匹马身上的鞍子都很显眼，在夕阳中反射出金黄的光芒。马蹄之音一浪高过一浪，闪着光的马鞍子被托起，又落下，让人觉得就是跳动的音符。我被眼前这狂热的场面弄得愣怔不已，感觉身子在马蹄声中奔跑了起来，越来越快，越来越轻，一会儿就觉得自己也成了马群中的一匹。过了一会儿，人们稳住了马，缓缓下坡，各自走回家去。他们都稳坐在马鞍上，身上落满夕阳的金黄。

夜里有梦，是我领着一群马在奔跑。跑到最后在一个山顶上站住，才发现马身上都有一个鞍子。我想一一抚摸过去，它们见我就跑，我便又追，追到一匹骑了上去，觉得胯下的鞍子舒服至极。就那样跑啊跑啊，全村的人都在叫我的名字，直至醒来后双腿仍有向前奔跑的感觉。我把这个梦说给索伦

一生骑马的人，要么远去，要么归来

格听，他没有发表什么意见，倒给我讲了一件事。以前村子里有一匹病马，老是不见好，但凡看见有马奔驰，它就嘶鸣，显得很兴奋，主人试着把它牵到牧场上，让它天天看别的马奔跑，不料，有一天它突然焕发了精神，一跃而起奔跑起来。它的病从此好了，变成了一匹好马……

我现在还没有一匹马，也没有一个马鞍子，但我的怀念和向往却越来越热烈，在这些怀念和向往中，我觉得我已经接近了一匹马。经历了那样的场面，做过了那样的梦，我对此深信不疑，且心存感激。

几天后，传来消息说巴车的马鞍子碎了。当时，他骑着马正在山里急驰，马突然浑身一抖停住了，紧接着他听得马鞍子哗啦一声碎落在地上。他下了马，眼泪就下来了，好好的一个马鞍子，怎么说碎就碎了呢？最重要的是，这是几代人传下来的东西，已经变成了他家的荣耀，这下子可什么都没有了。

村里人说，再快的马也有跑不动的时候；再好的马鞍子也有用坏的时候。人们都觉得巴车太年轻，虽然祖上传下来的马鞍子是宝贝，但用到一定的时候就应该收起来，这样才能使一个好马鞍子永远好下去。再好的东西也有尽头，人不注意，它的好就会变短，就会被提前用完。人们发表的都是一些很朴素的意见，但巴车却深感惭愧，他知道大家说的话都是从以往的生活中得来的。经历事情多的人，往往都很平静，哪怕面对巨大的荣誉，而自己由于太年轻，仗着祖上有光，不知道珍惜，把事情搞坏了。

他为雪耻辱，便到山上去寻找做马鞍子的上等木头，好多天都没有回来，直到我离开白哈巴村时，也没有见到他。

扇镰

扇镰是打马草的专用工具，镰长约1米，因呈扇形，故得名扇镰。扇镰的把约2米长，中间有一个把手，打马草时，一只手将镰把甩起，另一只手用把手掌握方向，即可将一大片草割下。

我第一次见打马草是在来白哈巴村的第一天，几个小伙子在午饭后将扇镰横于马背，像电影中出征的将军一般走出村子。我随他们走到草场去，见他们打草的动作颇为漂亮——扇镰上下飞舞，那些被斩断的草如同跳跃一般在四周飞舞。不一会儿，他们便打出很远，身后的草铺了一层，另有人用木杈一拨拉，草便堆成一堆。

我在甘肃老王的商店里仔细看过扇镰，扇镰之锋利，如果不安镰把，就是一把刀。先前村子里有专门打造扇镰的铁匠，后来就没有了，现在村子里用的扇镰大多都是老王从哈巴河县运上来的。村里还有一些人用的是从祖上传下来的扇镰，整个镰身被磨得很明亮，在草场上打草时，远远地只见亮光闪闪，颇具晕目之感。

村里的每个人都有草场。只要一结婚，村委会就给你分一块草场。这几年村里的人口呈负增长趋势，结婚的年轻人也越来越少。所以，有很多草场都无人经营，让那些老年人看着心疼。我想，假如我是村子里的一员的话，我就选一块好草场，备一个好扇镰，到八九月份打回马草，养一大群羊。闲的时候，和村里人玩数羊的游戏，要是赢了，就高高兴兴地牵着羊回家；

要是输了，也不生气，再去干别的事情。我在村子里一定会过得很好的。时间长了，那些上了年纪的老人就成了我的朋友，那些漂亮的女人都是我追逐的对象。其实，在村子里像有斧头就有了房子，有奶桶就有了一冬的食粮一样，有了一把扇镰，打来那么多马草，就可以喂养很多牛羊。在村子里生活，倒不是多么困难，而欢乐却总是那么多。那些欢乐，在我所生活的城市里无论如何是看不见的。

扇镰虽只用于小小的草场上，但却生发出了许多故事。苏荣格第一次打马草的时候，就被父亲扇了一记耳光，并收走了扇镰，让他三年都没有摸过一回。那天本来是一个很好的天气，苏荣格一进草场就甩开膀子干了起来，但在随意一瞥间，他看见有一匹马在吃旁边草场中的草，他在心里说，你可不能贪吃呀！现在你多吃一些，别的马在冬天可就要饿肚子了。他放下扇镰，过去赶马，刚走到马跟前，便看到不远的草丛里有一对男女正赤身裸体缠绵在一起，他认出了他们，那是村里两个和他关系都很好的年轻人。他悄悄牵马离开，回去接着打马草。他边打边想，这样的事情可不能被父亲知道，他们上一代人对这样的事反感至极，万一被父亲知道了，全村的人很快就知道了，那样的话，他们就没办法再在村子里呆了。正在他这么想的时候，父亲大声骂着什么冲了过来，原来，他刚才牵过来的那匹马因为嘴馋，又偷吃了他们家的马草。他被父亲突如其来的叫骂吓得不知所措，手一偏，扇镰飞向父亲，差点把他砍中。他父亲大怒，过来给他一记耳光，你妈的，把我当马草打呢。下午，他坐在草场上愣愣出神，扇镰被父亲收走了，他变得无事可干，躲在草丛中偷情的那一对男女早已经走了，四周一片安宁，他不知道自己做错了什么，想想父亲，觉得他真是太专横了，不让自己打马草不说，还收走了扇镰，并说三年内不准自己再去摸一下。他越想越委屈，眼泪止不住就流了下来。图瓦男人是不哭的，他从小就知道，但他就是止不住满腔的悲伤。

好几年过去了，他还记得在那天流下泪水的滋味，但村子里却没有一个人知道他曾经哭过一场。

另一个人现在已经离开了白哈巴村，没办法打听到他去了哪里。人们对他的记忆，在他最后一次使用扇镰时就中止了，在平时说起他，也大多只说他最后一次使用扇镰的事情。那一年到了打马草的时候，他找不到扇镰，别

一代人和另一代人之间，会出现同样的故事

人都打了两天了，他还在家里翻来覆去地找。村里人都觉得他这个人真是糊涂，去年打完马草后就应该把扇镰收好，不能随便乱放。第三天，他找到了扇镰，急急忙忙地到草场去打马草。他可能觉得已经比别人晚了两天，所以打得很快，那把扇镰上下飞舞，一上午便打出一大片。也许是因为他前两天找扇镰的事吸引了人们，所以现在大家仍很关注他，有不少目光在看他，看着看着，大家突然觉得不对劲，他的扇镰在扬起和落下的间隙，似有几丝晃动的光芒在闪。有一个经验丰富的人说，他的扇镰可能要断了，话刚完，就看见他扬起的扇镰忽然甩出一截飞上了天，他一愣，那截扇镰已落下，砍中了他的右手。血马上流了出来，他握着伤口，也许是因为疼，也许是因为这事件太突然，他的脸变得苍白。过后不久，他就离开了白哈巴村，一去再未回来。

村里人都说，大可不必嘛！比起苏荣格差点把父亲当马草打了，他这只是小事，干啥事不受伤呢？前几年有人兴高采烈地盖房子，还被木头砸断了腰；打猎时也有人摔断了腿。但所有的人都没有站在他的角度替他考虑。如果站在他的角度，人们也许会感觉到他心里是什么滋味。像斧头、奶桶、马鞍子、甩鞭和扇镰这些被人们特别看重的东西，始终是被一些激扬和明亮的话语围裹着的，它们已经统一了人们的思维和感情。在人们的感觉中，它们是专一的。而它们一旦出现意外，人们就会把惯常感情的打破归罪于操作它们的人。这时候，就会有一些敏锐的感觉像不能说出的话一样，慢慢扩散，使相关者变得复杂，无地自容，继而无可奈何地逃避，甚至做出一些连他自己都想象不到的事情。

真的，只有当你被你热爱的东西伤害过一次后，你才会对此深有体会。

卷五　坡上舞者

大地的外衣

一家人由男女老少组成。

一个村庄由居住在不同位置的人家组成。

村子背后有一个山坡，山坡上有20多户人家。这些坡上人家和坡下人家加在一起，就组成了白哈巴村。在这一卷中，我将写这些坡上人家和翻过坡顶后豁然开朗的草场，以及在这块草场上发生的事情。

我来村子里这么多天了，感觉自己已经变成了村子里的一员，所以，我的心情很轻松，在村里人外出打马草时便走到村后的山坡上乱转，山坡顶后面很开阔，长满了草，是村子里的一块草场。

第一天到了坡上，因为无事可干，我就骑马在草场上奔跑了一圈。令我惊异的是，我骑的这匹马速度太快，没过几分钟就将在我眼里显得偌大的草场一跃而过。我从马上下来的时候感到很后悔，在白哈巴村这样的地方，不应该这么骑马快速奔驰，而应该让它缓缓溜达，或者步行，慢慢地把风景收入眼底。

我想，让自己缓慢下来可能会更好。前几天，我已经在缓慢中经历了一件有意思的事情——在闲散走动中，我忽然被一根不起眼的小草吸引，在它跟前坐下，盯着那些枝叶看了很长时间。我觉得它很有意思，就像一个喝醉了酒在草场上东倒西歪的汉子。草场太外在，绿色又过于明朗，只有这根杂乱的小草让我感到生命的多种可能。我在它的根部添上几块石头，挖来一些土，然后用脚踩实。那根小草的影子在那一刻便留在了我心里，让我直至现在都常常想起时间中另一个生命的存在。那几天在草场上闲逛，心慢慢地变得慵懒了起来，几乎忘了新疆还有冰山和大沙漠，等到与那些在这块草场上不拿马鞭，歪骑着马的图瓦小伙子成为朋友后，我终于释然了——隐隐约约地，总感到从一种缓慢的气息中透过来了丝丝醉意。

该怎样面对这样一块草场呢？

草场不是草原，从形状上而言，像一个小伙子在夏天外露的胳膊，虽然也不失阳刚之气，但毕竟只是局部。但它同样具备宽广而雄浑的气质，不论春夏秋冬，像小伙子胸部隆起的肌肉，这才是内力使然的结果。望一眼这个强壮的小伙子，是与他长久对视下去，还是悄悄走开，抑或默默感觉他怦怦跳动的心脏，全凭个人的气魄了。所以，我后悔刚才骑马跑得太快。感到内心平静下来了，我放开马让它去自由吃草，然后扭头向远处凝望。只看了一眼，心就一惊。远处，像海浪一样涌起的细草摆开了千军万马一般的阵势，而在它的正前方，一排松树也已摆好了迎战的姿势，似乎要将它们阻挡在原地。在松树的脚下，大片的细草铺于一地，像是在等待着要大战一场。但这是一场永远都不会开始的战斗，它们就这么对峙着，对峙的过程中，细草一次次涌起又跌落，松树一次一次伸枝展叶又枯黄凋零。在时间的阵营中，它

牧场一角

们生命的意义，无论失败或胜利，均在展示中完成。

不远处，出现了山。说是山，其实是缓缓隆起的草场，由于地势起伏得太厉害，一座山几乎像是被大地甩了起来似的悬在半空。山的形状无需浪费笔墨描写，但有一点却不容忽视，因为地势的原因，它的底部凸起得过于突然，有些像刀劈斧砍般的痕迹，但山顶却平坦得出奇，如果不注意山脚，几乎仍可将它视为平地，那些草从上面一漫而过，把它装饰成了草地。

这一马平川的山顶才是一种气质和境界。高到高处，却不动声色，甚至几近于不存在，而且还能够以一种心平气和的态度来对待一切。这几乎是一种看不见的高度。

谁能如此呢？

正疑惑着，有意思的事情在眼前出现了，一群洁白的羊群从低处吃着草，慢慢走到了山顶。看着羊群，感到它们非常幸福，山顶的那种高到高处仍保持着平和的大寂静，对我们而言是不可能做到的，但它们却轻而易举地融入了其中。

我愿意变成那群羊中间的一只。

枯树的生命

别里思汗家在草场的边缘，从村中向上眺望，只能看见他家的栅栏，到了坡上就可以看见他家的两座房子。坡上的人家住在高处，但村子的中心在低处，所以，坡上人家干什么都仍要向坡下汇集。我许多次发现，坡上人家有向下张望的习惯，有的人一向下张望就是半天。

到了坡上，我在别里思汗家住了下来，准备过几天坡上人家的日子。别里思汗家墙壁上有一幅照片，拍的是去年的雪灾：大雪覆盖了一切，牧民们挣扎着从积雪中爬到一块石头上，抱住羊缩着身子向远处眺望着……别里思汗不知从什么杂志上看到了这张照片，就撕下贴在了自己家墙壁上。看着照片，心里一阵阵难受，别里思汗想通过这张照片留住什么呢？快快地出来，迎面走来两个牧民，还带着一个孩子。我看见孩子脚上的鞋子已经开了口，便掏出10块钱塞进他的口袋，孩子和大人都因为惊恐，眼睛里出现了复杂的东西。看着他们的眼睛，我变得更加难受，不得不赶快离去。现在已距冬天不远了，想起那幅照片，心又疼了起来。

就在这时，看见了那棵树。坡上实际上干旱无比，那些深深浅浅的沟坎因为长不出草，显得像被刀砍过一样伤痕累累。不远处的山全是褐色的，如同太阳暴晒得裂开了流血的伤口。几只乌鸦尽管在低低地飞着，但仍然给山谷添了几丝凄凉。

一棵树孤独地立在山口。如果它是细瘦的，只长出不多的树叶，反倒会

一棵树孤独地站立在旷野中

让人觉得它坚强，然而它不知已死去多长时间了，浑身枝干是黑色的，被大风掀掉皮的地方又触目惊心地变成了红色。由于它所处地势较高，所以远远地望上去，几根细黑的枝干似乎已扎入云霄无法抽出。那几只乌鸦忽然从谷中飞出，怪叫着要落在它上面，但绕树几圈后，却因无枝可依不得不再次离去。扭过头才发现，与这棵树一样的事物太多太多——模糊的帐篷，泥泞的小路，稀疏的行人，裂着伤口的山谷……都已经在一抹赤野苍黄中融为一体。

我在树跟前站了一会儿，往别的地方去。尽管我在努力追求着生命的真实与美，在承受着命运中的苦难，但我的心依然需要被美好的东西养育。我想看看那些茁壮成长的小树。不是因为被这棵枯树影响了情绪，需要借助它们转换心情，我实在是不相信，一棵树应该像被歧视后反而更加强悍的民族一样，越是在艰难的环境，越是有奇特的生命现象。

我想起去年的雪灾过后在村子里发生的一件事，一只山羊饿得实在不行了，就慢慢地爬上一棵树，用嘴咬住一根树枝从树上跌下，它被摔在雪地上，但那根树枝同时也被折断，它爬起来去吃挂在枝上的干树叶。如果那棵树在今年活下来的话，一定又长出了新的枝叶。

之后不久的一个下雨天，我又向那棵树走去，不知为什么，我在心里一直想着它，似乎对它有些舍不得。走到它跟前时，整个山谷已被大雨裹住，此时的石头和树木被雨水冲洗得干净了许多，在大雨深处，那棵枯树在雨中仍然赤黑。我觉得在迷茫的世界中，它似乎是有生命的。

大雨哗哗，似乎要渲染出特殊的气氛。我在枯树跟前一时无言。雨悄然浓密了许多，村子和草场又模糊了轮廓。我忽然为此时的大雨高兴起来，它像是在用十二分的热情浇灌着这棵枯树。这是一种爱吗？是类似于人一样的一种关爱吗？

我离去时，听到枯树上有声音响起，抬起头，大吃一惊——那几只在山谷中低低盘旋过的乌鸦，不知何时已憩入这颗枯树的枝头，此时被我走动的声音惊起，扑棱着绕树盘旋。我望着这几只乌鸦，还有伫立于大雨中的枯树，一时哑口无言。几分钟后，乌鸦又轻轻落入枯树的枝干，很快，便与树融为一体。

我默默转身离去。一棵树死了之后，成了几只乌鸦的家，在下大雨的天气里，它们都不离开，这是不可更改的一种依赖，也是一种深深的爱。

雨下得更大了。

听歌

好几天，都听大家不停地说起巴哈台唱歌的事。索伦格感叹着说："他哪里是在唱歌，嘴一张，简直就是在说你心里的话嘛，一动一荡的，弄得人的眼泪止不住往下掉……"

细问之下，才知道巴哈台就唱那么一首歌，而且整首歌只有一句歌词，大意为母亲站在蒙古包前呼唤着儿子归来，一遍又一遍。我在心里揣摩那是一首什么样的歌，期待能早日听到。当然，最迫切的心情还是想见到巴哈台，我想看看他是怎样一个"嘴一张"就"弄得人的眼泪止不住往下掉"的人。

去他家的路上，又间接地听到了他的来历。巴哈台祖上曾迁移过好多地方，属于较为古老的游牧者。我比较心仪这样的游牧者，他们有一个共同的特点，身上兼具了原始和冷峻两种气质，他们的命运中有着被歌声承担了的某些东西，因而到了巴哈台这一代，生存便不是唯一的，或者说，当他们把生存问题解决了之后，唱歌就成了首选的生命方式。

这是不是因为他们没有了根之后，对现实生存更迫切的一种要求呢？但我仍然隐隐约约感觉到，正因为他们面临的世界有这么多的无形变化，他们的生命才一次又一次地被刺激着，变得鲜活和兴奋起来。

在这之前我已经听过一次蒙古歌。

是在一次酒宴上，几位蒙古族少女边唱边敬酒。下午到达那个地方的时候，实际上已经喝了下马酒，看着大家那般豪饮，心里就想如此这般得多少酒才够，刚这么想着，一扭头就看见院子的一角酒瓶堆积如山，当时少女们也刚好将酒敬到了我跟前，我端起一碗一口喝下。酒入肚，感到心里有一股火立刻腾起，脸也烧了起来。很快，大家趁着酒兴就唱了起来。少女们重复着那几句歌词，大意就是山美水美酒更美，歌声迎远客，请为草原留下你的心等等。歌声的美，在这里我无力描述，因为那类似于一种天籁，但那天的感受却是很强烈的，我只觉得像是被什么牵引着，正走向一个无比宽阔的地方。

这可能就是音乐的魅力！

这之后就迷恋上了腾格尔的歌。马头琴和笛子响起的时候，歌声却不是一种腔调，而是呈现——它先将草原、蓝天、云朵、蒙古包、马匹、炊烟、羊群、河流、树木、人群等等一一推到我面前，然后才能听到旋律。在这时候的旋律中，腾格尔才开始向草地深处走去。女诗人王小妮说："鹰在峡谷间上下滑翔，鱼在海的深处光一样转身。人很少能得到鹰和鱼的感受……但腾格尔把两种自由动物的幸运都体验了。"是什么在这里面起着作用呢？通常情况下，人们臆想的天堂是至高和至美，是最后的停歇，而在腾格尔的内心，天堂大概是一片空无一物的大空旷，是更自由的一种行走。

值得一提的是，继腾格尔之后，我又遇到了一次真正的倾听，是李娜的《青藏高原》。我已在另一篇文章中写过李娜，但我仍固执地认为，能把歌唱成那样，李娜一定听过母狼在深夜里的叫声。

骑着马缓缓地，但又有些按捺不住急迫似的到了巴哈台的家门口。他家在坡东头，他听说来了客人，惶恐地注视着每一个人，有些难以适应这样的场面的样子。从表面上看，巴哈台无疑是一个普通得不能再普通的人。一番介绍，他紧紧握住了我的手。进入屋内，巴哈台一提议，大家便一致让我坐上首。我不敢，但在推让的同时，我立刻感觉到再谦虚就对不住这帮子兄弟的情义了，于是便利索地脱了鞋，恭恭敬敬地坐了上去。

巴哈台给大家很快弄好了茶。这个穿着破旧，表情木讷，甚至还有些羞涩的图瓦人，一直不和大家搭话。但把茶递过来的时候，却用一种非常诚恳的目光在望着你。起初我以为那就是一种诚恳，但很快我发现他的这种目光其实是一种傲气，一种只属于他这种人的傲气。

我一下子喜欢上了他。

喝完茶，吃毕饭，没有任何开场白，巴哈台唱起了那首歌。听到第四句，我就坐不住了。巴哈台的歌和我在新疆伊犁听过的阿拉木图女歌手的磁带《一句歌》如出一辙——把一句歌词反复地唱，只是在音调上变化着，但厉害的地方就在这里——我不懂蒙语，但估摸着想，歌词的意思大概就是：回来吧，儿子。歌词用望、等、急、悲、痛、忧、想、思、恨、呼、骂、哭、忍、盼、寻等等具体的场景唱出了母亲等儿子不归的种种感情。简单的一句歌词，却表现出了母亲不同的心理，具有了不同的感情渲染。

巴哈台不停地变化着母亲的心思，不停地唱着。随着他的歌声，我感觉自己似乎被牵引着走上了一条笔直的长路。被歌曲征服是一件多么幸福的事情，但要想有这样的经历，必须在偏僻的地方，等到空气中浓浓地飘起了一个民族的味道的时候，才能开始。

好歌就是梦的行进，人无法接近。

现在写到这里，我已经无法向读者再细致描述巴哈台的歌声了。我想试着写出我的感受，这些感受应该是真实的，应该是经过巴哈台的歌声表述后显得更逼真和确切的生命经历。假如有一天读过此文的朋友听到了这样的歌声，我想，你一定会产生和我同样的感受。

真实的感受很多，这里仅举四例。

一、想。母亲站在蒙古包前，久久地向远处眺望。太阳已经下山，儿子该回来了，但草原上一直没有他的身影。天色慢慢转暗，大风吹打着蒙古包，已经发出了吼声。母亲仍伫立在原地，目光迷离。她坚信儿子正在翻越最后一座山冈。

二、望。夕阳慢慢地转暗，母亲望着远处的最后一抹夕光。忽然，那抹夕光浮动起来，犹如一群正在奔跑的羊群。母亲紧张地屏住了呼吸，紧盯着那个地方，过了一会儿，夕阳落下，那抹夕光快速消失，一切都归复平静。泪水挂在母亲的脸上。

三、呼。母亲终于放声喊开了儿子的名字。大风吹来，吹乱她的头发。她一边用手指捋着头发，一边仍在喊叫。风越刮越大，她的喊声一直持续着，似乎大风要把她的儿子刮走，而她的喊声就是紧紧拽着他的一双大手。后来下起了雪，她的呼喊声在风雪中直冲天宇。

四、等。母亲背靠着蒙古包，坐在地上等儿子。蒙古包的门半掩着，只要一看见儿子，她就会将门打开，里面有正在燃烧的炉火和铺好的床被。母

她们，是歌声的传承者

亲的身边放着一件皮袄，是儿子这次出去之后，她给他新缝做的。

文章写到这里该结束了。

只是，因为巴哈台与我们告别时的神情，我在这里再写几句。我没有想到，他唱完之后立刻又恢复了木讷和羞涩的神情。我们与他交谈，他客气了两句便不再说话，临走时大家合影，他死活不坐中间，用索伦格的话说，“像被钉子钉了一般，只站边上”。照片洗出来一看，他一脸的无可奈何。

为什么会这样呢？是不是无可奈何的现实生活和他唱歌时的感受有着很远的距离？这之后我经常想起巴哈台表情中的复杂。直到在一次大风雪中，我才忽然理解了巴哈台。那次的大风雪是忽然从天而降的，一瞬间就使大地变得模糊起来，我在忍着大风雪折磨的同时，忽然想起巴哈台开始唱歌时的气势就是大风雪从天而降的这种。

巴哈台缺少使自己迷失的大风雪！我们每个人都缺啊！我在大风雪中跪下，双手向天，做一个“都洼尔”（请允许吧）——为了让母亲的爱永存，请让大风雪再凶猛一些，请让儿子回家的路更艰难，更缓慢些吧！

马车翻了

这几天的雨奇怪，说下就下。下午的时候，我们的车在草场中行驶，刚看见远处有一朵巨大的乌云飘了过来，还没想到雨，雨珠子就铺天盖地地下了起来。天地顿时一片暗淡，草场和远处的山变得像是害怕了似的，一下子都躲进了黑暗之中。

偏偏有一辆马车这时仍在草场上行驶，由远及近，从一个小黑点慢慢变大，也慢慢驶近。是一辆拉着马草的马车，驾车的人也许觉得在雨天的草原上无处躲藏，索性就赶着马快速向前。雨丝已变得密集，他挥动的马鞭有些缓慢，也有些迟疑。

我抬头看看天，那朵巨云占据了整个天空，远处的草地也已被笼罩在阴影里，驾车的人如此这般能跑到雨的前头去吗？雨带来的凉意浸入我体内，我打了一个寒战，我为他的这种徒劳感到无可奈何，但我又不能阻止他，草原上的人怎么会听一个外人的话呢？我只能躲在一棵大树下，怀着复杂的心理看人家怎样在雨中奔跑。看着看着，我想起了小时候在故乡的雨中经历的一件事情。那一年正是酷夏，乡里人收了麦子，把黄灿灿的麦粒晒在场上。中午，被大家称作“白雨”（暴雨）的雨忽降，于是每家都忙着收麦，与天争斗，好在收得及时，许多人都将麦粒收了回去。雨下起来时，大家扭头一看，张二娃家却无人在场上，雨泼洒过来时，眼看着那些麦粒被冲下场，场下面是陡坡，麦粒钻进了陡坡上密密麻麻的石缝和土渠里。张二娃的老婆后来哭喊着扑到场里，顿时就傻了眼。少顷，她发出一声惨叫，一屁股跌坐在地上。这时，雨像干了坏事要逃跑的孩子似的，拖着一条白色的雨丝尾巴又向前移去。张二娃的老婆从地上一跃而起，指着那朵云骂开了。那朵云渐渐往前移去，她的手指随之紧跟，像是要把它戳下来。她的骂声已经无法控制，一声声犹如心被撕下一块块般痛苦。多少年过去了，想起她骂天的情景，我都能体会到她在那一刻的悲凉心态，多少个辛劳的日子换来麦子，就这样被一场雨轻而易举地弄没了，这才是真正的天灾，是老天爷干了一件恶事，她能理智地控制自己吗？那些麦粒被冲入石缝和土渠，那里是老鼠的家园，说不定，它们由此反而度过了一个幸福的冬天。如果那些老鼠能够良心发现，在以后走到张二娃家的地头时，或许会掉转身去。

想着往事，不由得为这辆雨中的马车担心起来，它前面的坡越来越陡，它这样跑怎么能行呢？雨并非要做恶事，但人却偏偏要跟雨争斗，结果呢，悲剧就被这种争斗酿成。雨过天晴，一切都恢复原状，唯独人落下了心病。

驾车者又加快了速度。马几乎已经撒开四蹄奔跑了起来，而雨显然又下得大了许多，雨水打在马身上，把它洗亮。它的蹄下是泥淖，一经踩下便有脏水溅在它身上，但它却不顾这些，仍将马车拉起快速往前驰去，有好几次，两个轮子都已离了地。

我担心马车会翻。

然而，正应了人常说的，不好的事情有时候只要你一想，它马上就会发生。我担心马车会翻的念头刚一出现，它忽然像是被什么从底下掀了一下似的翻了个底朝天。马车夫被摔出，像一只大鸟一样跌落在一堆石头上。马在车子翻倒的一瞬奋力一挣又向前蹿去，它太有力量了，翻了的马车居然又被它拉动了起来。它拉着马车向远处跑去。

我们跑过去，先救马车夫。他摔得不轻，脸上有血，胳膊已经抬不起来了。我们要把他抬到我们的车上去，他却不停地喊着马、马……那匹马仍在奔跑，马车被拖着翻来翻去，其中的一只轮子掉了以后，就开始在地上滑行。马显然已经受了刺激，越跑越快。它也许要甩开拖在身上的马车，也许从刚才的迅疾中还不能停下来。但它还是摔倒了。那根套在它脖子上的绳子慢慢滑下，套住了它的两只前腿，将它绊倒了。它倒地之后，不再动了。

偌大的草场忽然安静下来，飘拂的雨掠入额际，人不由得又打冷战。

马车夫脸上的血糊住了眼睛，我帮他将血擦去，却看见他眼里的泪水在往外流淌。他不停地喊着马、马……我忽然觉得他的泪水并非为疼痛而生。在他的要求下，我们将他搀扶到了马跟前，他请求我们把马身上的那根套绳解下，并把马放开。他说着这些的时候，一直在哭。

我为眼前发生的这一幕而感到伤心，但令我不解的是，在刚才的疾驰中，他难道就没有想到会出现这样的结果吗？他是不是为了保持一个马车夫和一匹马基本的原则，不落得这样一个下场，就一定不会停止呢？

马身上的那根绳索被解了下来，我原以为它会站起来，但它却一动不动地卧在地上。一匹在刚才还奔腾如飞的马，此时却像是再也没有了力气似的一动不动了。

我们平时已经对马赞美得太多了，为它身上所表现出的阳刚之美所迷醉，并长时间在感情和潜意识中把马的形象统一成了高大和雄壮，并由此幻想着它们将一直存在于我们良好的愿望中。但是今天，我却看到了马的失败，就像一个非常善战的士兵，击倒它的并非是他的敌人，而是这个复杂的世界。

我触目惊心地发现，马也在哭。我们已经无法再说什么，只得默默离

在草地上铺上地毯，一种安顿家的方式

去。身后，一个马车夫和一匹马依靠在一起，像两个从擂台上败下来的武士。

多少天过去了，我无缘由地总想起马的眼泪。马在强大的另一面是什么样的，比如它们的痛苦、它们的沉默，以及对这个世界的忍受等等，看到了这些，才会看到一匹马是否真实的关键所在。即使是一匹刚烈的马，它也不可能是单一的，它肯定有复杂的一面，唯其复杂，才更容易让我们接受，才更能让我们敬畏这个世界；一匹马有时候就是一个人，显露着生命的多样性。但如何才能看到这些呢？这个世界虽然有它的多样性，但它却也有麻木和无奈的一面，我们深囿其中，着实难以自拔。

今年，我不可能再有外出的机会，生活的大致情况可能就是书斋和日常规则，我很想再去看马，看马的挣扎、马的忍耐、马的眼泪、马的血、马的伤口、马的尸骨……看不到这些，就看不到马的命运。

以后，我将如何写马？

一部废电话机

谁能想到呢，在坡上的草丛里居然扔着一部电话机。我拿起它，发现它表面的油漆已经脱落了不少，在阳光中显得格外粗糙。我将它翻过来，发现它的底座被侵蚀去了表皮，有些锈迹。我试着按了按号码键，发现它是坏的。

是谁把一部废电话机扔在了坡上？村里刚通电话不久，一部电话机这么快就被用坏了吗？向村里望去，通往村里的电线杆是多么新啊！它们耸立在绿莹莹的草地上，像树一样呈现着大自然的本色。草地上除了电线杆，还有那条被马车辗出的道路，它是草原上唯一的一条痕迹，春天的时候，总有一些野草伸出手臂，渴望将它们覆盖，但春天又是马车开始走动的时候，用不了多久，一条路又被车轮辗了出来。

在这样的地方，一部电话是怎样被用坏的呢？最后，又是因为什么被遗忘在这里？带着疑问，我们去了离那部废电话机最近的一位老阿妈家做客，她等我们把奶茶喝足之后，才领我们到后山去看一棵小树。整个后山与别处相比，俨然是另一个残酷世界——那棵小树齐唰唰地从中间断了。老阿妈把我们领到它跟前后，就不再说话了，看着小树的断处，我问老阿妈："它是被风吹断的吗？"不料老阿妈的脸一下子就变了，她弯下腰，用手抚摸着树身上的断处，颤抖着说："去年它在刚栽下的时候就折断了，它其实是一棵好树，真是一棵好树。"到了晚上，我们才知道去年春天有一大批树莫名其妙地突然就死了，老阿妈怜悯它，就让它一直在这里立着。一次怜悯能换取一个生命的再生吗？它在被折断后，让年迈的老阿妈感受到了一个生命死亡的痛苦——也许村里的羊都懂了她的心事和知道了树的来历，都远远地绕它而行，绝不去碰它一下。

这似乎是一个暗示，在春天，就有一些东西已经死亡了。

故事延续下去更是让人伤感，老阿妈一再强调小树不应该死，它实际上只是一棵小树苗，应该活下来的。听她喃喃重复说着这些，感觉慢慢就集中在了一起——小树犹如一个人，渐渐走到了我们面前，而且好像还张开口说着什么。

后来大家都平静下来，但平静往往又是另一件事的开始，不知不觉，大家又提起那部电话机。像是忍不住似的，大家就又一起涌到了那部废电话机前，它被我放回原处后，再没有被动过，大家依然小心翼翼地将它捧起，上上下下看了个遍，随后，它又被复归原位，静静地躺在那儿。

尘埃落定，它本应安安静静地躲在世界不被喧闹的隐秘一角。

电话机的由来谁也不知道。一群又一群的人从这里走过，不知道是谁把这部电话机放在这里的，也不知道有多少人都曾看见过它。坡上以它的沉寂接纳了它，天长日久，它就变成了现在这个样子。布力吉害怕我着急，忙对我说，从这里走过的人，都和斯琴日娜很熟，她可能知道一些更具体的事情。她的蒙古包就在不远处，可以去看看。

我摇了摇头，表示不去。大家坐在草地上闲聊，很快便又有一些有意思的话被引了出来。有一年，一个人骑马去放牧，一个多月以后要返回村子，一位上了年龄的老人对他说，不要光在马鞍子上挂酒壶，带一块干牛粪在身上。他不解为何要带一块干牛粪在身上？老人说，只要你带了，到时候你就知道了。他半信半疑地带着一块干牛粪上路了，走到半路，天突然下起了大雪，他找了很多地方都没有找到生火的柴禾，最后，他想起了那块干牛粪，就赶紧拿出来点着取暖……

这是一个好听的故事吗？抛开那位老人的先见之明不说，后来发生的事情确实有些让人着迷。其实，有些事情不光只是在我们面前发生，它们很大，占据着很长的时间，包括过去、现在和将来；它们在很早的时候就准备着在某一天为我们发生，像这部被丢弃的电话机一样，每一个人的生活也是不为人知的。生活与我们，就像那棵小树和老阿妈之间一样有很具体的细节，但一切都已被平静的表面所代替，看上去好像一切都没有发生过似的。

所以，一部被丢弃，而又无言无语的废电话机是一种境界。

我对布力吉说，西藏的一位喇嘛曾给我说过狼，他说当狼知道自己快要死去时，就会神秘地消失，所以，没有谁会见到狼的尸骨。那位喇嘛还告诉我，狼与人相遇时，其实都是在饥不择食时，平常，狼是隐秘的，谁也不会见到狼的具体生活。布力吉一下跳起来，瞪大了眼睛说，人其实最像狼。

那部废电话机静静地躺在草丛里，像一个人进入了熟睡状态，大家看一眼它，又看一眼草原，便默默离去。多少天过去了，现在我写着这篇文章，一部废电话机，一棵在春天就已经死去的树，让我默默冥想，感受着一种来自平静的力量。我至今仍在浮华之中忍耐，所以不能把自己像一部电话机一样扔在草原上，不能经受被抛弃后的生存。我走的路还太少，我还太年轻，只能等待以后了。

但我却时时能够感受到，当一部电话机被抛弃在草丛中，人们非常平静地面对着它时，草原上的许多事情也必将无人问津，悄无声息地发生，悄无声息地结束。

被遗忘有时候是不是一种幸福呢？其实在很多时候，我们毫无察觉，而生活却已发生了变化。

阴山之石

“阴山之石”。这是我从坡上的另一头下去，走到一条小河边坐下抽烟时，不知何故忽然想起的四个字。

现在细细品味这四个字，仍觉得意犹未尽。如果将“阴山”视作《敕勒歌》中的阴山的话，它就是现实中存在的一座山。据说阴山指的就是现在的天山，但另一种说法却说是指内蒙古的某座山。不管怎样，阴山只要存在，就可以让我们相信，古西域的历史是丰厚的，匈奴将西域诸山峰统称为“阴山”，所以，在这里再提阴山，我仍将它视之为一座意义中的山。这样，我们就可以在感觉中抵达它更深的意义层面，就可以更亲切地感觉到古西域历史的沉重与深刻。

把“阴山之石”放在纯粹意义中，味道就更浓了。新疆的山大多都一年四季冰封雪裹，可谓真正的阴山，但它们却一日日长高，有一种坚硬如石的味道。而且这些山都背阴，几乎没有什么明朗的地方，但在背阴处，却有坚硬的石头分布，支撑着山峰的高度。这样的情况下，“阴山之石”就是一种精神，一种特殊场地中的品格。

不论现实和精神意义如何，都不可言传，只可意会。但我已经在心里决定，“阴山之石”将会成为我以后作品的一个书名。

之后好多天，便因“阴山之石”引出了许多事情。于我而言，这句话是一种久久咀嚼不尽的深远意境，但它时时像一阵轻风似的在意念中吹动。

在村子里又听说了这样一件事。阿尔泰山林中有一种盘头羊，其角甚是

从石头缝隙中长出的树

漂亮，是许多人羡慕之极的宝贝。由于人为的大量捕杀，这种羊现在已经很少了。奇怪的是，盘头羊明明知道阿尔泰已不是理想的栖身地，时时都会有危险降临，但它们就是不离开阿尔泰山。一次，一伙人用绳索套住一只盘头羊，准备带回去喂养。盘头羊大声嘶叫，他们只好用衣服蒙了它的头。回去后，它们将盘头羊放在一个四面有墙的院子里。不料，盘头羊一看此处已不是阿尔泰山林，便一头撞在墙上，那两只美丽的羊角噼啪裂断，鲜血满面流着。不久，它就死了。

这只盘头羊哪里是一只动物，简直就是人群里面的一个英雄！那一双美丽的羊角原本是不容侵犯的，一旦它被侵犯，就没有什么意义了。所以，盘头羊要将它放弃。

不知道那只盘头羊是不是也有这样的心思，但我愿意替它这么想。

后来，我还是看见了真正的“阴山之石”。

在西藏阿里，我像一个幸福的孩子一样到处乱转，走到一个陡坡前，被眼前的情景一惊。在半坡上，一块巨石作向下滚动之势，但却被一块小石头撑住，牢牢地留在原处。当然，由于时间已经很久，巨石可能已经长在山坡上了。这是让人心生敬意的一块小石头，在草木都已死去的干裂斜坡上，它是怎样牢牢扎下根的，而且当一块大自己几十倍的石头滚到自己跟前时，它又是怎样一下子顶住了它？

西藏是佛的天地，所有的事物都能归入感念之中。如果说那些朝圣者一步一叩首所要达到的是一个至高的境界的话，这块小石头多么像他们在长路上起起伏伏拜叩的身影！

我看见一位藏族老人走到小石头跟前时，也像我一样发现了两块石头之间的秘密。他将身上的东西卸下，将手中的经铃靠在那堆东西上，然后向石头叩拜。他所看见的那块小石头大概暗合了他心中的某些愿望，他便向它叩拜。然而，他刚叩拜了一下，靠在那堆东西上的经铃倒了，他伸手将经铃扶住，放稳固了，赶紧弯下腰又去叩拜，但经铃还是倒了，而且顺着山坡掉了下去，掉到一块奇形怪状的石头上“啪”的一声摔碎了。老人扑过去用手将碎了的经铃往一起扒拉，眼泪止不住流了出来。

我无法再看下去，赶紧转身离去。没走多远，我听见身后有念经声。回头一看，老人将碎了的经铃放在那块小石头上，单掌竖起，正在祈祷念经。我不知道他对这块小石头是否有着与我同样的感受，但他将经铃放在小石头上的举动还是感动了我。这是一种皈依吗？抑或说，生命必须得由生命本身来证明，尤其是在西藏这样的地方。

我不得不停下，久久地注视他。在西藏的日子总是这样，一些神奇的事情接连在我面前如电影一样上演着，我满怀欣喜地目睹着的同时，已不知不觉身陷其中。但我没有料到，深陷一个地方却是不能自拔的，而陷于西藏的这种不能自拔却是幸福的。老人念完经后慢慢向我走来，我问他经铃的事，他笑了笑说：“佛在这里等它，它归了佛。”我们随便说起佛的事，他用手一指对面的雪山说：“以前有一个喇嘛走到这里也摔碎了经铃，他把碎了的经铃放在了雪山的一块石头上，现在山上已结了厚厚的冰，那块石头已被封在冰雪中了。”

真正的“阴山之石”啊！

虽然我已无法查研故事的来源，更无法亲眼目睹那块被封在冰雪中的石头，但这种感觉却是美妙的，它犹如有直接的力量，推动着感念中的人走向神圣，创造更具神圣意味的东西。

我从包里掏出跟随了我多日的经铃，心甘情愿地要送给老人，没料到他却拒绝了，他收敛了笑容，表情凝重地上路了。

我触目惊心地发现，他习惯于执经铃的那只手仍情不自禁地摇动着。

世界何以丰富

我在坡上面漫无目的地乱转着，慢慢地，我便感受到了它的宁静，看到了它的原始——我感到我面前似乎站着一个一两千年前的人。他不说话，但我能听到他的语言；他一动不动，但我能感到他向生命深处远行的身影。

村子里的一些大事情没有把我们吸引住，倒是坡上的一些细致的小事情，一件又一件像突然从水底翻起的浪花，给我带来惊喜。兰州的青年诗人叶舟将青海湖写为“心灵的继承者！这野花沸腾的水面多么平静”。他的诗还给我带来了这样的一种感觉，有一种东西在表面平静，但内部却有着更为激荡的涌动。这个村庄是平静的，它的美是可以直观的，但当一些细小的事情出现后，我才发现它原本有着深裹宽广事物的巨大内层。

这个内层慢慢打开，我不知不觉就陷了进去。早上出来，路过宝多格的家，他7岁的儿子和邻居家的小女孩在玩，两个小家伙个头不相上下，上蹿下跳像两只小羊，忽然，他们一齐停住，专心致志地看两头牛缠绵，那头公牛的动作由迅猛变为轻柔，待与母牛缩短了距离后，又由轻柔变为迅猛。很快，它们就结合了。两个小家伙出神地望着，当两头牛发出欢快的呻吟时，便跟着喊叫起来。两个孩子的喊叫是顽皮的，但很快就发生了独特的一幕，宝多格的小儿子忽然一把抱住邻居家的小女孩亲了起来。这个只有7岁的小家伙，在短短的时间似乎长成了大人。

我离去。远处，有烟尘早已腾起。

因为地域的原因，欢乐在这里并不被禁忌限制。础鲁要去另一个牧场，估计回来时见不到我了，便骑马给我送礼物。打开他扔过来的手工羊皮包，里面居然是一块石头。石头上没有什么花纹，而且表面粗糙，估计是大风长年吹打造成的。他说这是一种风中石，被大风吹动着，碰碰撞撞一路下来就变成了这样。说毕，他指着远处的一个敖包说，那上面的石头大多如此。我知道敖包在人们心目中的地位，那上面的石头都是凝重的，不光代表着某种精神，而且与生命的实际需求密切相关。但我却想，那里面有没有牧民随心所欲添上去的一块呢？生命的最高向往是欢乐，但如果有一位牧民高高兴兴地将一块石头放在这里，又高高兴兴地离去，那又是怎样的一种欢乐呢？

础鲁像是不愿再将隐秘保留似的，终于激动起来。他说："我说，人嘛，实际上就是吹动这个石头的风，而不是石头嘛。当风多好啊，想怎么吹就怎么吹。那一年我去一座山上放羊，羊在山坡上都成了快活的神仙。后来的一个夜晚下起了大雪，我冻得不行，羊就在我跟前跑来跑去，又叫又跳。我高兴了，和它们一起跳，一起叫，我和羊就那样度过了那个寒冷的雪夜。许多人在那天赶着羊拼命往村子里赶，结果有不少羊被冻死了。"础鲁之举确实是一种禁忌，但他内心又体会到了怎样的欢乐。要分别了，他歪靠着马说："与羊那么狂欢了一下，你们知道我发现了什么吗？人的眼睛里是复杂的，有坚强，也有软弱；有忍耐，也有贪婪，但羊的眼睛却是单一的，只有坚强。"

这些事情对人而言，不是欢乐又是什么呢？

环顾村子，四周又是一片安静。但谁又能肯定，在这平静的内层，包容着多少不平静。也许，它强大的内层反而就需要平静的外表维护。

础鲁未说任何告别之语，像旋风一般跨上马背，从来路返回。所有的朋友都会离去，所有的事情都会结束，以后的路，还得自己走，或在平静的表面，或在激荡的内层。我目送他远去，走远了，他唱起了歌，他和马慢慢变成了一个黑点。

在歌声中，那个黑点像跳动的音符。

本来以为再也见不到础鲁了，但几天后在喀纳斯湖边又碰到了他。

喀纳斯湖现在是有名的旅游区，村子距喀纳斯湖20多公里，乘车一小时多就可到达。那场雨下起的时候，我和础鲁正顺着湖水向下流淌的河道在行

一方小世界，无限玄机

走。础鲁说，望着雨，心一下子就静下来了。我和他在雨中随便走着，让雨把衣服淋湿，浑身变得凉爽起来。雨下到后来越来越大，大风也吹刮开了，天气很快变得寒冷。远处的山丘上有树，但此时都似乎垂下了枝条，有些不堪重负的样子。前几天，有许多鸟儿在那里乱纷纷飞动，现在，不知道落到哪里去了。

我和他离开沟边，在林子里走了一会儿，在一块石头跟前停住。这块石头上长了一根草，它绿色的枝叶与褐色的石头交相辉映，显得很特别。仔细一看，才发现了让人惊奇的一幕——这根草是从石缝里长出来的，由于石缝细小，它的根盘旋了好几圈才将枝体长出，远远地看上去，就像石头长出的一个肢体。这又是草原的一奇了，可能与不可能融为一体，形成了一种不平静中的平静。

雨越下越大，我和础鲁坐在石头跟前静静地淋雨。雨已经弥漫了整个山谷，天变得暗淡起来，但有一股奇异的亮色却像在暗暗游走着一般，把低处的草照亮了。也因为这股亮色的原因，草场像刚刚被大水洗过一样显得洁净无比。这是多么难得的一景。在新疆和西藏两地生活得久了，地域色彩和人文景观反而给了我更多的东西。就像这场大雨，像一双大手似的将夕日的尘灰洗去，悄悄地使大地恢复了清新的面容。我知道面对此景只宜看不宜说，但此时于内心涌起的激奋却使我不由得还是想说，这就是美。美应该是无处不在的，但有多少是在等着与一个人相遇呢？

离开那块石头时，雨下得更大了。风不知因何而起，猛烈地吹动着，一片片雨丝被风吹动着掀起了细密的白浪。也许是受了风的惊吓，一些鸟儿从树丛中飞了出来，白的、黑的、灰的、浑身布满斑点的，多得如云似雾，不倦地上下飞翔。

我和础鲁又被吸引，跑到树跟前看鸟。鸟儿们在雨中乱飞一通后，像是听到了命令似的形成了一个队形，掠过树冠向树丛后面落去。雨天随着它们的消失忽然变得寂静下来，我们已被逗得兴起，快速穿过树丛，追着它们不放。然而当我跑出树丛时，顿时为眼前的情景惊呆了，树丛的前方有一潭深水，湛蓝湛蓝，犹如草原将多余的水滤去，只剩下精致的部分。在草原上已经见过不少海子，但唯独这个是如此赏心悦目。鸟儿们像扬着帆的船只，在水面上飞舞。过了一会儿，我才发现它们全都斜对着风，在一点一点地往远处飞。在离我最近的地方，有一只黑色的鸟始终凝住双翅在飞。过了一会儿，我才发现那是一只鹰。很显然，一场大雨和同类的行为正鼓舞着它，它飞着飞着，忽然将身子缓缓降下，待接近水面的一瞬忽然伸出长喙，向河中扑去。

它是不是要去啄水里的一条鱼？

础鲁大叫一声，完了，那是狗鱼。

果然，狗鱼比鹰强大得多。鹰的爪子扎入鱼身后，鱼迅速向水底游去，鹰尽管扇起双翅欲挣脱飞起，但狗鱼的力量更大，几番挣扎，鹰还是被狗鱼拖入水里去了。水面上冒出几个气泡，随之便和搏斗的痕迹一起消失了。别的鸟儿像熟视无睹一般，独自向远处飞去。水中强者把空中猛禽拖到水里去了，一场不动声色的战斗让我和础鲁看得惊心动魄。我们赶过去，想看看那只鹰是否能够从水中挣扎出来，但深蓝的水已经阻隔了一切，什么也看不见。强者选错了对象，悲剧不可避免地要发生。所以说，强者并不是唯一的。

我们转身往回走，草场上依然风急雨密，鸟儿们已经飞过海子，树木似乎仍无法抬起垂下的枝条。走出林子，我们看见远处有一匹马慢慢向这边走来。它走得很慢，以至于让我们无法分清它的背上是否有骑手。我们等了很长时间，它仍在远处。我已经变成了村里的闲人，所以就耐心等着它走近，待它慢慢走过来，我们才发现它的背上没有人。我和础鲁有些吃惊，是不是它的主人在雨中遇难了，受了远去的鸟儿和命殁的鹰的影响，我们迫切想见到一个人。就在我们正担心的时候，从马的后面出现了一个人，拿着东西迅速向我们走来。由于雨大，我们看不清他的脸。

他这样出现，我们几乎高兴得喊叫起来，尽管我们不知道他为什么这样做，但就在我们盼望着从马后面出现一个人时，他果然出现了。

行走

村子后面的山谷中还有几户图瓦人，我决定去那里走一走。

我选择了一条中间有草地、牧场、树林和村庄的路线，大约10公里，用半天的时间可以走完。上路的一刻，我有一种气壮山河的感觉。要理解图瓦人似乎不需要读那么多的书，只要在他们中间走走就行了，当然最好是随便走动，遇到自己喜欢的事物就停下来与其缠绵一番，待自己觉得心满意足了再离开。由此就深切地理解了蒙古人为什么有那样豪放的性格，而且他们就靠着这种性格维持着自己的生活。天长日久，这种生活就有了马头琴音一般的韵味和内涵。

其实我对行走这一方式在内心有着不同于别人的看法。单纯的走动，极有可能只是到达某些地域，只是用自己单一的目光发现一些东西。或者再好一点，就是将自己融入某个地域的文化和参与到一些特殊际遇中去。如果让自己漫不经心一些，是不是会更好一点呢？去年我已经经受了一次对我来说非常有意义的行走，应云南人民出版社邀请，我又回到了曾经生活过5年的喀什。以前在那里生活时，一切都不知不觉，而那次回去忽然惊觉于一个事实，以前的不知不觉早已像一枚青果悬挂于喀什这棵大树，再次回来的我是一个幸福的收获者。我走到7年前看见老人背影的那个小巷口，就看见一位老人正面向我走来。如此这般犹如7年终于将一条路走完了。我凭着以前被清真寺的邦克在凌晨一次次敲醒的记忆，把往事一件件拾起，之后便有了一次淋漓尽致的写作，15万字的长篇散文《悬崖乐园》伴着乌鲁木齐的大雪被一气呵成。此书出版过程中，我期待的心情与以往任何一本书都不同。

由此，我深信行走如果仅限于个人的话，他面对或者介入的世界极有可能与他等量。上路的时候，我突然想起了孙悟空，他翻如来佛手掌一事可视作中国传统文化影射人命运的最佳范例。该猴头几番挣扎，奈何不得，撒一泡尿了事完毕。从表面上看，这件事似乎有些胡闹，但却无不把人的理想、挣扎、痛苦、愤怒和本能的发泄全部呈现了出来。

我一愣，在这里突然想起了他，有这样一番感慨，大概是与我想让自己变得随意的心情有关，我也想让自己变得像孙行者一样，率性、直接和真诚。

走不多远，立刻感到天地空旷，心虽然在急迫向前的欲望里骤跳，但仍然感到人很渺小。这大概是人在大山中独有的感觉。

一场雨又下了起来。山里的雨已经遇到多次，感受没有多大的变化，这里也不需再费笔墨，但我没有想到这场雨却带来了一个特殊的开始。雨下了一个多小时后停了，我在湿漉漉的草地上坐着歇息，忽然，我听到一种隐隐约约的声音响了起来。我一惊，这是什么声音呢？但在疑虑之间，我还是凝神倾听起来。很快，我就惊奇起来——在一阵风吹过之后，被雨淋湿的草叶悄悄舒展开来，有隐隐约约的声音响起，像是大地在轻轻扭动着肢体，这些声音是从内层暗暗传出来的。

太阳已经变得灼热起来，阳光撒在草地上，草叶迎接上去，迅速舒展着，那些细碎的声音不时地响起。这样的遭遇只需屏声凝气地倾听，不用多想。过了一会儿，四周平静了下来。我像贪婪的孩子，仍坐在原地不动，渴望刚才的声音能够再次响起。

额上有了汗，用手一抹，手也变得湿湿的。草地的湿气早已散去，漫野摊开的绿色重新让它焕发了原来的颜色。我无法准确说出草原在刚才的雨中经历了什么，但草叶发出的细小声音却超越了全部过程，给了我一个极好的答案。学者们已经为“草原学”写了成堆的书，可是他们却从来没有这样仔细地倾听过这些细小的声音。万物皆有灵。我想，在阿尔泰涌现出了那么多动人的故事和好听的歌，是不是都与这块土地的底气有关呢？从意义的角度而言，这是一种生命的互联；从现实的角度而言，这又是多么直接的一种孕育啊！所以，真正的“草原学”应该是一个虚幻的梦才对。

这时，一阵细小的声音又忽然响起。一种浓烈的感觉犹如几座大山猛地挤压过来，我又停下来，用一种享受的心态倾听着这些声音。较之于刚才，现在的声音大了许多，我怀疑这可能是它的高潮期，由于是一种力量使然，在到达一个高度后将跌落。果然，仅仅几分钟时间，四周就寂静下来了。像一曲音乐戛然而止，我既迷陷又惶恐，在这样的场景中，在这奇异的声音结束后，人犹如从梦中走出，一下子清醒过来了。

草场上彻底恢复了平静。在这面大镜子表面，一股股绿浪纠缠着、挣扎着，跌下又起伏，到了远处，便汇集成一团绿色火苗。

我兀立原野，心情异常复杂。我觉得草场是一个泪流满面躺着的汉子，他着急地想站起来，但最终却无能为力。

再次上路，走不多远碰上了一辆勒勒车，我决定坐一坐此车，向驾车的图瓦汉子一招手，他便热情地将车停在了我面前。他虽然不知道我要去的地方在何处，但仍要坚持送我们一程。

坐在车上，心情马上转换成了另外一种。马在图瓦人的生活中充当着重要的角色，历史中的重要事件在这里就不说了，在现实生活中马仍然是人们重要的依靠。曾看过一幅画，一位牧民的羊被飞机惊吓而散，他骑着马追飞机，欲用马鞭将其抽打一番。是马给了他们生活的依靠，久而久之，又给了他们精神上的坚强和自负。

我让图瓦汉子将车速放慢，边走边聊。他告诉了我他的蒙古名字，是用蒙文叫的，只因我对蒙语知之甚少，没有记住。但我却把它汉译的意思一直记到了今天，他的名字用汉语翻译过来就是“宝石头”的意思。现在坐在书桌前满怀虔诚地写这篇文章，我觉得应该称他宝石头大叔，或者直接称他大叔才对。他家牛羊成群，一儿一女，近三年内搬了三次家。说着这些，他脸上露出了满足的神情。我忽然发现了他的这种平静与我们之间的距离，这种平静对他而言是多么自然的一件事啊，但这种东西对于我们这些外来人而言，是满眼的惊喜与猎奇，甚至还要发出一连串的惊叹。昨天去看大峡谷，几位从大城市来的很绅士的家伙对长在一块大石头上的松树赞不绝口，大叹其生命之顽强、之独特，一位牧民在一旁对他们说，树本身倒没有什么，是石头帮助了它。后来我与那位牧民合了影，我觉得他是我在理想中想认识的那种人。

与他说起这件事，他笑着说："草原深处还有比这更绝的事呢！"有一天，他碰到一棵枝干上长石头的大树。那块石头或许是被大风吹到树上去的，几根枝条心领神会地伸过来将它围住，时间长了便成一景，牧民路过时，将经幡系于枝上，风一吹，树上便飘起彩色的波浪。

他不再往深里说，但我知道牧民这样做的原因是什么。有一点是共性，即我们对具备了某种深刻意义的景象都是心领神会的，哪怕只看一眼，都会在以后的生活中受到影响。

一个多小时后，他将我们送到一个小村庄里。刚一说起肚子饿了，他便拨转马头，走到了一户人家门前，被他称作大妹子的阿姨自然也很热情，很快就给我弄好了饭。阿姨一家是蒙古族，搬到这个村子后娶图瓦姑娘当儿媳。问及她一家是如何从别处搬来此地的，她却轻描淡写地说："以前的先人们说来就来了，我们这辈人跟着在这里生活，没啥。"热腾腾的面条端上来后，拿着筷子不敢伸进去，这看似平静的表面一旦揭开，不知有多少激烈的东西在里面。过了一会儿，我还是醒过神来，坐在炕上慢慢吃面。感觉虽然已经平静了下来，但仍觉得这是一个难得的家，应该住上几天才对。但吃毕面条之后，我还是决定离去，我本来就是一个匆匆过客，过于努力未必能让事情变得更好，而适当地放弃一下，或许会激发我更迫切的心念。

向阿姨告别，走出很远，见她仍站在门口望着我。

又向前走出数里，我有些困顿。这时候，那几只羊出现了。最值得一写的是这几只羊。它们本来是在离我很远的地方吃草，在我歇息的时候，它们悄悄地向我移动过来。等我有所觉察时，它们已站在了我对面。它们扬着脑袋一动不动地望着我。它们肯定是见过人的，但不知为什么却一直观望着我。

羊是有灵性的。我想起草原上一个小女孩和羊的故事。那个小女孩不识数，就捡了和自家羊相同数量的石子，每天下午羊归圈一只，她就将一粒石子放进口袋。就这样，她日复一日地放牧着羊，她家的羊群越来越庞大。有一天，她将羊数错了，所有的羊都进圈了，她手里却还有一粒石子，她急得哭了，这时候，有一只羊从圈中走出，在她跟前咩咩了几声，又归入圈内，小女孩破涕为笑，将那粒石子装入口袋。

听完这个故事，顿觉眼前的这几只羊也丰富和深沉了许多。如果这几只羊也具备了刚才故事中的那只羊的灵性的话，它们向我走来，并久久地观望

夕阳，让大地变成了另一副面孔

我，是不是又要发生什么神奇的事情了？它们面前有一条小河，河水不深，有不少嫩绿的野草长于其中。我唤它们过来，一唤不应，二唤便动了，三唤则齐唰唰踏入小河。那些嫩绿的小草吸引了它们，本欲走到我跟前的它们一起停下，低下头去啃草叶。我停住唤声，让它们尽情地吃草，它们吃得悠闲自得，偶尔有一两只抬起头，朝飘远的白云咩咩几声。我静观它们吃草，一丝难得的欣悦感让我觉得浑身的疲惫已不知不觉消失殆尽。在我眼里，这是几只幸福的羊，而观望着它们，我也觉得幸福。

真是难得啊，野云万里无城郭，唯独这静态的美才最让人心旷神怡。

过了一会儿，它们已被草迷住，不再向我张望。我悄悄离去，此时此景已足矣，无需再唤它们走到我面前来。不料，我尚未走远，却被它们发现了。一片咩咩声犹如难舍的悲鸣，又像是相送的祝福。气氛立刻转化成了难舍难分，怎么办，走还是不走？我忍了忍，向它们挥挥手，大声说，再见。它们愣愣地望着我，当我正不知所措时，它们动了——它们默默地望着我，少顷，像是明白了什么似的向我点了点头。

傍晚，我们到达了另一个村庄。一次真正的行走结束了，我疲倦得昏昏欲睡。但我在一丝惋惜里还是挣扎着睁开了眼——我想再次看看被我们抛在身后的山林是什么样子。草原已涌起了长长的绿浪，这种浪花疯狂地蔓延在大地上，像是已完成了一个壮美的祭典。我又向远处看去，忽然发现这股绿浪已在原地凝固了千万年，不管愤怒还是沉静，都一直保持着向前涌动的姿态。

——在它的怀抱里，牧场、村庄、树木和河流都一一成长起来了。

格那斯长大了

未见格那斯之前，人们总是谈起他小时候的事。一位老人感叹着说：“他小时候嘛，就是一匹从套马索中逃出的马，没人能把他收拾住。”

在村中第一次向索伦格说起他时，索伦格告诉我，格那斯是小孩子的时候就非同一般，一身罕见的野气，且对父母有强烈的反叛意识。有一次，他在那里玩，虎虎生气，应索伦格的唤声过来，调皮地看着索伦格，索伦格一逗他，他跳起抓索伦格的耳朵。孩子之举再过分也体现不出恶意，所以经他活灵活现的那双眸子一感染，马上便觉得他可爱之极。

我对反叛的意义早有觉悟，所以我视格那斯的这种东西为天才的素质。《三字经》所谓“窦燕山，有义方，教五子，名俱扬”一说，其实是对孩子的这种天性的极大摧残，它只突出了大人所为的立场和原则的本质。那么具体到格那斯身上，又是些什么情况呢？村里人说格那斯现在已经长大，并已做了父亲。我不知道他身上的那些东西还在不在。我体会到他身上存在着两种可能：一是乱世之为，如果在乱世，他将有大作为；二是顺世之才，他现在已经是大人了，应该是一个有非凡能力的人。不是说，三岁看老吗？一个孩子举起反叛义旗的时候，是多么坦荡和大无畏，而就反叛的本质而言，就需要这种东西，越直接越好，犹如大水，堵东流西，湮南涌北！

就在我以怀念的形式欣赏着格那斯意犹未尽时，有人告诉我，多年前，7岁的格那斯在他面前真真实实地表演了一番顽者无畏的天才。那天不知格那斯做了什么事，被父亲追出了家门，他在坡上狂跑，意欲逃脱父亲，但仍被父亲捉住连打带踢，不料格那斯马上不接受了，像狼一样反扑向父亲，他父亲将他按翻在地，一巴掌落在他屁股上，他挣扎着欲反扑，但却被父亲按牢在地上，他号叫一声，眼里全是反扑不成的痛苦。叫毕，他顺手从地上抓起一块石头，狠狠地砸自己的腿，不知道他疼不疼，但看上去他好像在砸别人一样，他父亲吓得脸发白，赶紧松了手。

告诉我这个故事的那个人在离开时，专门去和格那斯告别。他觉得6岁的格那斯是自己在那一年见到的一个真正的人物，他摸着格那斯的头，对格那斯肃然起敬。

格那斯的家在山坡的最顶端。去格那斯家的路上，别人就给我介绍了他家的狗。不知为什么，格那斯自从长大以后，似乎不适合生存，反正他越过越穷，以至在大家眼里，他过的都不能叫日子。他怕我不相信，就又加重了语气对我说："你想想，一个人天天和狗在一起，他自己的生活能搞好吗？但他不管，一口气养了14只狗，唉，没办法呀，他喜欢养狗，把狗当宝贝。"

我的心被朋友越说越沉重，想想他小时候那么聪明，长大了却搞不好自己的生活，真是让人遗憾。但我还是想看看他的生活——从人们给我讲述的他的童年到现在，不论如何，总是一个连接——我想亲眼看到他的现在，看到了，我似乎就会相信他的过去。

不一会儿，到了格那斯家。格那斯不在家，只有两个孩子和两只狗在屋子里。两个孩子大一点的十六七岁的样子，小一点的十四五岁。他们坐在屋中央望着我们，眼中毫无表情。那两只狗正在屋中央咬来咬去，从我们进门到出门时足足有一个小时，它们始终没有停。我们把钱递给孩子，他们犹豫着不接。朋友说这是大家捐的钱，是帮助你们的，他们还是不接，大家考虑到这两个孩子可能不能处理这样的事情，无法等他爸爸格那斯回来后说清楚，于是决定先在林子里转转，等格那斯回来再说。走出门，听见那两只狗仍发出厮咬声。

在林子里遇到了格那斯，他正在捡柴禾。有许多松树死了以后，村里人就把它们的枝干弄回去烧火做饭，村里人将此称作"捡柴禾"。格那斯个儿高，面部的骨头很硬朗，有点像欧洲某电影明星。朋友问他上哪去了，他嘿嘿一笑说："去垒墙了。"朋友吃惊地问："就你一个？"他又嘿嘿一笑说：“就我一个人。”听他这么一说，我们都有些对他不解，谁不知道垒墙可不是慢慢干的活，必须在两三天内把一面墙垒好。如果你慢了，底下的先干，上面的后干，垒成的墙绝对会走形，过不了多长时间就垮了。但格那斯好像并不怕丢人似的，一下子打开了话匣子：“本来我前面已经垒好了，让一场暴雨给冲垮了。现在我准备再垒一下，把它垒起来。这几天估计又要下雨了，但我还是要垒；如果不下雨，我不就躲过去了吗？”想想他屋内的东西，相比较之下，他的全部财富都在那堵墙上了。

我们把钱给他，没想到他却不要。大家都感到很诧异，我们是一片好意，再说，他的日子过得那么紧张，他为什么反而拒绝别人的帮助呢？朋友有些生气，责问他：“两个孩子那么可怜，你也应该收下！”格那斯仍是嘿嘿一笑：“挺好，年轻人都是这么过来的！”说完，他就走了。大家不再说什么，怏怏而归。走在路上，我想起格那斯说的是蒙古人常说的那句话。

不知怎么的，从那以后，我反而不再担心格那斯的生活了。我想，他的那堵墙可能已经垒起来了吧，还有那两只狗，可能一直在打架。

敖包

明天，就要在坡上祭敖包了。

村子里的夜格外湿润，太阳落山的一刻就有一股凉意拂面而来。内地来的那些人还在山坡上骑马，他们骑得很快，身影倏忽一闪就进入了山谷中。我想仔细看看祭敖包的地方有何与众不同，人们为什么要在这里搞集会。但看了半天，却没有发现这个地方有任何特殊之处，除了一条小河像银色绸带一样环绕在草地中之外，剩下的都是平淡的景色。但远处的小山丘上却密密麻麻长着一些树，树冠硕大，树身细长，像阵容庞大的军队。这才是激烈的阵势啊！我似乎被什么点燃了，浑身有一种难捺的灼烫。

到底是为什么呢？直到晚上，一直涌堵于心头的激烈之气才被一个蒙古族姑娘的一句话化解。她看出了我的激烈情绪，十分认真地说："人们从远处迁到这里时，并没有想着非要在这里落脚，只是当时一眼就被这里的水草，还有这些树吸引住了，于是便在这里留了下来，把这里当成了家。"她说了一些好听的故事，在最后才说出了至关重要的一句话："这里的人嘛，反正还是和以前的人一个活法，但这就是游牧精神吧——走到哪里，哪里就是家！"

"游牧精神"！我忽然感到内心被一下子打开了。多少年了，我一直在游牧者中走动，只有在今天才第一次如此真切，又如此深刻地理解了这一古老生存方式。通常情况下，我们因为远离一些事物而总是对其赋予过多的意义和幻想，而一旦真正相遇了，便就如此这般的简单和直接。回到住处躺下，心里想，就生存而言，游牧者少了些对理想的迫切渴望和奋斗，多了些随遇而安，所以，游牧者的生活才是人对生活的最真实的要求。

清晨五点，我们被叫醒了。山里的夜很短，这会儿已经微露白光，远处的山和草地像是慢慢从黑暗中往外爬着，越来越清晰。人屏住呼吸等待着大地苏醒过来，但大雾却像又一位长纱仙女，把长纱慢慢打开，把大地笼罩了。大雾浓得化不开，而且慢慢向前移动着，不一会儿，刚刚被照亮的村子又被裹入了一层缥缈之中。大雾移动起来真是太缓慢了，像一股浓烈的乳汁，将草地和山丘裹住。而草地和山丘一经被大雾裹住，就像躺入母亲怀抱再也不想动一下的婴儿，陷入一种恬静和舒适之中。以前听人说过，草原的夜无比美好。要让我说，草原的凌晨才是最美的呢！

索伦格的妻子是一位非同一般的女人，行事快人快语。她一夜未睡，给大家协调好了马，临要上坡了，她却挥手向大家道别，一问才知道，妇女是不能祭敖包的。

走在上坡的路上，大家开始议论，歌曲《敖包相会》不就是歌唱爱情的吗？女子不能祭敖包，那么歌儿又是怎么回事呢？蒙古史研究者小柏就此事向大家做了细致的解释。原来，每年祭敖包之后，人们便要在山脚下赛马，姑娘们涌到旁边观看。草原上衡量男人的标准跟马有很大的关系，有时候一

游牧民族的房子

个男人征服了烈马就等于征服了别人的心。姑娘们当然大多是为了寻找自己喜欢的男人而来的，当那些男子们在马背上驰骋时，她们就悄悄地瞄上了中意的一个。赛马会结束，便有一对对青年男女在敖包附近手拉手唱歌。接下来的情景大概就像那首歌中唱的一样，十五的月亮升起，男子在耐心等待，他坚信只要自己耐心等待，心上的人儿就会来到。

爱情是甜蜜的事情，说着这些，大家都很高兴。走在我右侧的小伙子说起他昨天晚上经历的一件事，大家的注意力马上又集中到了他身上。小伙子遇到的事情说起来颇具传奇色彩，昨天晚上他一夜未睡，两点多时，走到村子后面的山坡上坐着想心事。夜很凉，满天的星星犹如他繁乱无序的心情。忽然，他听见身后有什么声音响起，而且正向自己移动过来，他扭头一看，就见坡顶有一个黑影。是狼。他脑子里闪过这个念头的同时，也喊出了这两个字。跑吗？他马上否定了这个念头。黑影已离自己很近，要跑的话绝对跑不过它。就在他这么犹豫着的时候，那团黑影已越来越近，他一着急捡起脚边的一块石头，准备和它拼斗。他凝声屏气等待着它近前。夜风把一丝清凉渡入他额际，他忽然清醒了许多，不远处就是亮着灯光的村子，但他却不能回去，他有些心酸，为什么自己就这么傻呢，跑到山坡上不但没有想明白一个心事，反而被狼害了性命。这么想着，他又有些不服气，紧紧抓住了那块石头。那团黑影终于走到了他跟前，发出一声轻柔的叫唤。是一只狗。他扔下石头，扑过去抱住它就哭了起来，那只狗也许懂了他的心思，紧紧地依靠在他身上。过了一会儿，他擦干眼泪，牵着那只狗走下了山坡。祭敖包的时候快到了，他要和大家一起出发。

他的故事刚讲完，马就到了敖包跟前。已经有很多人聚到了这里，香火也已经点起，空气里有一股浓浓的酥油味。祭敖包由一位长者主持，他一字一顿地念着经，表情凝重，似已入定。人们围着敖包转圈，各自带来的祭物已堆放于敖包旁，几近与敖包同高。

很快，动人的一幕就在眼前发生了。放在一堆食物中的一只羊头忽然掉下，向山坡下滚去，人们大惊失色，共同发出一声呼喊。我虽然不懂蒙语，但仍被他们在一瞬间共同发出的呼喊所震撼。我觉得这才是一个民族在面对着信仰时自然而然发出的心声。下面的人听到这声呼喊，一起伸出双手将羊头接住，恭恭敬敬又放回原处。我注意到，长者在这期间一直闭合着眼睛，当事件平静下来后，他闭着的眼睛才抬了抬。此时再看敖包，一种肃穆感顿时由心底升起。牛皮鼓低沉的声响，人们的祈祷，以及不远处马匹发出的嘶鸣，混合成了一种特殊场地中的音乐，一下一下撩拨着我的心，使我顿时严肃和平静了许多。

人们采来许多青枝插于敖包之上，使敖包在此时显得亲切了许多。也有许多经幡挂于敖包四周，微风吹过，它们便飘动起来。正如人们总希望能够将所有的愿望都实现一样，青枝和经幡应该是向心念迈出的坚实的一步。

任何事情都有缘由，敖包实际上在现实生活中有很重要的意义。最初，草原上没有路，勇于开拓的人走出路之后，为了给后人留个记号，就在路边放一块石头。每个人对后人都有同样的爱心，所以，走的人越来越多，石头便堆积得越多，于是便有了敖包。

我随人们跪下，向我最牵挂的人许了一个心愿。一跪下，心"唰"的一下静了下来，这样的时刻是灵魂出窍的时候，也是人在特殊境遇里能够飞升的时候。

一个多小时后，祭敖包活动结束了，人们向四处散去，山坡上到处是人和马。也许是出于对特殊场地的敬重，人们都不骑马，也由于刚刚祭完敖包，所有人的脸上仍挂着一袭严肃。

天已大亮，到了该回去的时候，但大家看见草场的东边已显露出一丝红色，估计太阳马上要升起来了。于是，大家又决定看看草原的日出。朝阳在大山里仍然是缓慢的，当那丝红色像沸水一样溢动起来，连草地和天空也被染红，变得虚幻起来时，它仍不出来。大家久久盯着那个地方，像等待一个婴儿降生。过了一会儿，太阳终于露了出来。由于草场无遮无拦，它显得十分硕大，那丝红色迅速扩大，向四周漫延而开，草场像是被一股红色汁液涂抹着一般，也慢慢变红了。

静态的景观很快就被动态的东西改变了，一匹马也看见了太阳，它移动着四蹄向前凑去。忽然，一幅令人叹为观止的图像在我面前出现了。初升的红色太阳刚好与它背上的鞍子构成一幅画，犹如它驮起太阳站在了天地之间。太阳的移动是不能觉察的，所以，这幅画一直在我眼前静止着。我甚至已经能够感觉到马背驮着太阳这样一个景致的更深意义。但我又知道，这样的景致必将很快消失，我只能在短暂的一刻尽情享受。来村里这么多天了，只有这个景致是最美的，我将它视作阿尔泰对我的生命奖赏。

过了一会儿，马又开始动了。一幅旷世绝美的图画消失了——马也许受了太阳的诱惑，径直向那股红色走去。那股红色已变得散淡起来，但扩伸的范围却更宽广了，草原被染成了半绿半红，犹如正在经历着一次巨大的阵痛和裂变。马径直向那抹红绿相交的彩色走去，头始终扬得很高，尾巴偶尔颇为舒坦地甩几下，又复归平静。

慢慢地，它被那抹色彩淹没了。

根比树长

真正近距离地去看松树，已是几天以后。

那天坐在那位图瓦汉子的勒勒车上，一扭头就看见了这片松树。当时心里觉得怪异，平坦宽广的草场上怎么忽然就出现了一大片松树呢？我当然对这样的问题不会穷究到底，我的兴趣在于长久地观看它们伫立在草地上的这种美，我还喜欢它们与平静的草场形成的落差。草场是被绿色彻彻底底覆盖了的静止湖泊，任凭风吹雨打，都不会有任何动静。而这片松树却是这种静止中的一个意外，它们像顽皮的孩子一般将地表的绿色刺破，钻出了身子。钻出来之后，又望见了高远的天空，于是急不可待地挺立在了那儿。后来，也许它们后悔了，天空太高，它们使足了力气都无法够着它。但正因为顽皮，它们已别无选择，只好在那里长久地站立着。时间长了，它们便平静了。于是，我们便看见它们平和而又自如的一面。

如果说，树也像人的话，它们的生命经历其实和人如出一辙。从生到死，时间是一个施恩者，也是一个摧毁者。在这个过程中，人和树都一步步完成着，一步步丧失着。人的身体一天天变老，最后彻底停止运动，树迎着季节展枝生叶，在深秋一一凋零。但就是这样，人和树都是知足的，没有哪一棵树因为羡慕人而非要装得像人一样，也没有哪一个人非要像树一样保持沉默，一言不发。所以，人和树就这么相处着。作为树，其实奉献了很多，人也应该向树学习，但人虚伪和爱面子，所以人不学树。

然而，这片松树却有着很多动人的地方。宝石头大叔说草原上没有人敢砍一棵松树，牧民说它们是神树。据说林子深处有五棵同根的树，远远地看上去，五棵树犹如举起的一只手掌，高擎蓝天。要看此树，还得靠缘分，许多人专门寻它们而去，转了好几圈居然不能谋面。这种树有傲骨，只适宜在此处气候中生长，曾有人想将它们移植别处，却无一存活。

神奇的事情总是一连串的，此松树以前是八月结果，十月产籽。有一年阿尔泰在八月间落了一场大雪，那些松果在雪后齐唰唰变红，并不再产籽。现在，向树冠一眼望去，上面犹如有无数燃烧的小火球。再细看，让人惊奇的是此树硕长的根。有一年人们砍倒一棵，欲取其根，挖了整整一天都挖不出来，后来才从老人嘴里得知，松树的根比树身长，就是费尽周折，恐怕也挖不出完整的根来。

一行人涌到树跟前，果然见它们有庞大的根系，而且像弯曲的手指，紧紧抓着大地。树身是挺拔的，直插云天，而树根像是有坚韧不屈的意念，盘旋着向地底下伸去。不用再细究树根到底有多长了，仅此架势，就足以让人深感凝重。

近距离看松树

人们对神奇的东西总是寄予了格外多的愿望，当这些愿望得不到实现时，就演变成传说，传说的最佳功能在于将物人化，让其按人的习性表演生命。所以，传说过多的是人的臆想。这些松树自然也有不少传说，神乎鬼乎，都颇为离奇。但我到了这个年龄已不再对传奇类的东西感兴趣，所以，我挑轻捡重，只对其中的一件复述一下。相传多年前草原并无松树，遍地皆长草，人们的日子过得悠闲自在，忽一日官兵来草原驱逐人们离开，并要将青壮汉子抓去充军（我想，这是不是金世宗为防蒙古族强大，每年将蒙古族青年杀死一批的“灭丁”事件）。他们将汉子们用铁链缚住，准备第二天押走，汉子们痛心疾首，当夜一个个气绝而亡。他们死后倒地的一瞬紧紧抱住大地，官兵们赶来，使再大的力气也无法把他们扯开。之后，他们便变成了松树，树根紧抓大地。

这个传说并无多少意外之处，与大多传说一样借助了现实与超现实的魔幻手法，传达出了人们内心对松树的某些肯定，也通过故事情节的转换，实现了人们心目中的某些愿望。但我总觉得这个传说和草原人的某些性格有关，感觉到传说中的血腥一阵浓似一阵地浸漫过来，本能地用鼻子闻一闻，就感觉这味道是从眼前的哪个汉子身上散发出来的。可以先不去管传说，但现实中的冲突却不容忽视，比如血性的蒙古人，在成吉思汗时代不是早已身体力行地创造出了一个现实中的神话吗？这样便想起宝石头大叔说的一句话，这些树其实还没有长好呢！这话让人听着一惊一乍，但平静下来后，便真的体会到了一种更为宽广的东西。草原向远处延伸而去，那是一种大动荡，而停留于一地的这些松树，也像是受到了影响似的，呈现出一种静态的涌动。

没有再往林子深处去，也再没有细看松树，感觉大于目睹的时候，我知道应该给内心留下更多的回味才对，因为人不可能和树厮守，当人离去时，将它的影子带走，它的影子在人的心里是一棵成长的小树。

不能忘记的是，有一棵死去的松树散发出的香味，它已干枯多时，但仍像活着的树一样笔直地挺立着。我们从它跟前走过，一股浓浓的香味钻入鼻孔，我们用劲闻一闻，发现香味独特而浓烈，犹如美酒的味道。

多么好啊！一棵松树在活着时挺拔俊俏，死后，又散发出了浓浓的香味。

低语

从村子西侧穿过一片小树林，又绕过一座小山，眼前豁然开朗，有几户人家坐落在草地中间。索伦格去喊他的哥们来聚会，我坐在一块石头上抽烟，心里感到懒懒的，不想再走动一步了。

草原仍在前面，但我想在这里停留。草原尽管无比宽广，但人仍然是可以走出草原的。在草原的尽头还有什么，这显然不是我们这一类人要干的事情。这几年我总是随遇而安地让自己生活，哪怕某一种形式不合时宜，致使自己放浪形骸，但只要感觉到自己不一样的心跳，我依然愿意放纵自己。同时，我也相信既然能把自己的心放出去，就可以在一定的时候再收回。心已经变成了一匹马，而世界是一块大草地，不让它飞奔驰骋，又该怎么办呢？

那么，现在是不是又到了将自己的心放出去的时候了？我朝四下里细细观看。看着看着，忽然忍不住笑了起来。看了半天，并没有看到什么让我特别震惊的东西，倒是忽然发现，自己已经像一匹马一样回到故乡。我在前面跑着，后面拖着一个影子。我的跑动是随意而又快乐的，而身后的影子却充满了多余的疑虑。过了一会儿，我站起身向这几户人家走去。有问题就得立即解决，尤其在白哈巴村这样的地方。

这几户人家有很多奇怪的地方。我刚走近，就看见几个蒙古族小伙子背着一大包东西从一户人家出来，与他们刚刚成交了生意的那几个姑娘满目深情地盯着他们的背影，像是忽然有了某种感应，小伙子们一下全都回过了头，一瞬间，双方都幸福地笑了。这一幕在喧闹中本来是微不足道的，但于我而言却已经是十分难得的一个开始。小伙子和姑娘们的微笑就是这个民族的门，在这一刻，经由甜蜜飘忽的心灵气息为我打开了。我正感动着，恍若要把剧情推向高潮的第二幕开始了。一个小伙子大概是骑马路过这里，到了一户人家，向那位长者讨酒喝，他的马鞭子在手中晃来晃去，非常好看。长者的小孙子被马鞭吸引了过去，慢慢地往跟前挪动，伸出手去抚摸。小伙子喝完酒后，才发现小家伙的举动。小伙子伸手去抚摸小家伙的头，长者又顺手拎出一瓶酒打开瓶盖，递给了小伙子。小伙子喝完酒离去，长者拉着孙子的手向着他的背影在挥动。

这就是热闹中的安静啊。

我固执地认为，这种寂静就是一种隐约的低语。

更多的低语在下午才出现。索伦格把他的哥们招呼到一个叫九棵树的地方。这里没有九棵树，我们加在一起也还不到九个人，但这里有很多小树正在成长，另外的人，可能像梁山水泊的好汉一样正在路上走着，迟早会来的。九个木桩子整齐地摆放在各自的位置上，出奇的明亮。

上了年龄的人不多说话，只是为我不停地往碗里加着奶油、羊肉、奶茶。值得一提的是一种蕨类的野菜，在嘴里咬几下咽下肚，一股火立刻腾起，似乎要把人点燃。吃这样的菜如同喝酒，慢慢产生出的醉意，让人不知不觉已沉了进去。

话题慢慢拉开。我猛然间从刚才的醉意中醒来——这些低低的话语是今天巧遇的第二种酒。索伦格的一个哥们没有来，他的妻子来当代表，为了表示丈夫的歉意，她喝了好几杯酒，给大家的酒也倒得特别勤。话题刚拉开，她像是冲锋前的擂鼓者一般，又出去拿了一瓶酒。

喝着酒，说的事情其实还是与酒有关系，情景大致与张承志笔下的黑山羊一样。在草原上，人醉得实在不行了，就抱住一只黑山羊亲吻，人很快就会醒来，而黑山羊则会大醉。要是细细考研，草原上此类情景到处都有，但发生在白哈巴村的故事却把黑山羊本来就已经优美的故事又添了一笔。那一年已到了下雪的时节，但草原上却不见一片雪花，牧民宝力格拿出几瓶酒对着天空喝了起来，大雪是牧民们在冬天的另一种酒，它们迟迟不来，宝力格已难忍隐痛。在那样的情况下喝醉是必然的，喝多是正常的。一位老年人牵来一只黑山羊，让宝力格抱着它的嘴亲。当夜，宝力格醒了，那只黑山羊醉了，一场大雪飘飘扬扬地下了起来。故事的高潮一直到最后才出现。那场雪冻死了好多羊，人们在清算羊只时，发现那只黑山羊不在了，就把它算到了死去的行列，不料几天后传来的消息说，它在另一个牧区出现了，原来它醉了之后，在大雪中一夜狂奔，到了别的牧区。要是在平时，没有人会让羊那样狂奔的，也没有任何一只羊能够跑那么远的路不倒下。

索伦格唏嘘着说："那是我的一位兄弟。"旁边立刻有人加上一句："那只黑山羊也不错。"

这样的事已经发生了，当然要为其喝酒才对，大家把酒举起，犹豫着，似乎在思考什么。少顷，犹如洪水终于决了堤，举起杯一饮而尽。

接下来由年轻人接上话题。同样是与羊有关的事情，但听起来就好像一个人在经历着生命的不同时期，每一段都是一幅画像，每一次都是抗争，又都是一次总结。去年的大雪下疯了，村子变成了雪的世界。牛、羊和马饿得实在不行了，撞开圈门，冲入雪地找吃的。可哪里还有吃的东西呀，露在外面的草已经被牛羊啃了一遍又一遍。那些牛、羊和马在外面闯荡了一天，慢慢平静了下来。后来，牛和马自觉归了圈。在家禽中，它们算大物，可能耐力要强于羊，而那群羊仍在雪地里走动，像不甘心的孩子。下午，它们全都把头深深地拱进雪中，久久不动一下，牧民们赶过来一看，发现它们先是用嘴呵出热气，待冻土被暖化了，才扯出里面的草根。牧民们默默地转身往回走，眼泪在眼眶中打转。

我的眼泪也在打转。

后来的酒是怎样喝的，当大块的手抓肉被端上来后，大家又是怎样沉默的，现在都已经想不起来了，只记得当时像是忽然有一块什么东西堵在胸口，沉闷无比，直到第二天早上才感到好受了一些。

那天，索伦格一再鼓励他的哥们把知道的事情都告诉我，但他们说了两只羊以后，就不再开口了。我在一旁默坐，感到那两只羊一直在我眼前晃动。我示意索伦格适可而止，这样的事不可能发生得很多，于我而言，放慢速度倾听，可能会更好。

今天写到这里，我想说的是，这样的事情发生的时候，一个人和一只羊一样，都不会感到自己的存在。

很快，我便看到像那几只羊一样迷失于事件中的一个小女孩。

我和索伦格在几户人家中乱转，不小心走出很远，肚子饿了的时候，敲开一户牧民的帐篷。不用介绍，也不用提出请求，女主人很快就把帐篷里最好的东西端了上来。

我注意到那个小女孩一直坐在那块石头上一动不动望着天空。我的目光变成一只被吸引的鸟，顺着她目光注视的方向振翅飞高，但天空中什么也没有。我一边喝着奶茶，一边观察着她。闲散的心其实是敏感的，在不动声色观察着事态的发展。我希望这个女孩的心也是闲散的，这样的话，与之相关的事情就会变得轻松。我们喝完了一壶茶，她仍坐在那里一动不动。

男主人归来，没有说上几句话，就把酒瓶打开了，喝着酒，说起去年那达慕节上摔跤的事情。或许在喝酒的时候不能提自己向往的事情，不一会儿，还没有和蒙古人摔过跤的我就喝醉了。男主人唱起了歌，趁着歌兴，我

小女孩知道很多故事

又喝下一大杯。

那一根鹰毛就是在我喝完那杯酒，无意一瞥时看见的。它的羽干笔直，两边的细密羽毛一袭而下，使它像一把剑。也许是帐篷里光线不足的缘故，此时它变得更黑。我盯着它看了好一会儿，感到它有一股阴冷的气息散发了过来。男主人发现了我的神情，高兴地一笑，却又将酒递了过来。等我喝完了，他才说："去年这里只飞来过一只鹰，那天刮大风，还下着冰雹，它在飞过一个山口时，努力了好几十次都飞不过去，但它一直没有放弃，一直在飞，天黑时它终于飞了过去，这根羽毛是从它翅上掉下来的，那个情景刚好被我女儿看见了，她就将这根羽毛捡回来挂在了墙上。"我端起酒杯一饮而尽。扭头看一眼仍坐在那里的小姑娘，感觉刚才的那杯酒是与她碰过的。不用问，她坐在那里等鹰。我们继续喝着酒。那根羽毛犹如一盏灯，越来越近，越来越亮，而那个小女孩犹如被这灯光照亮的书页，虽然一动不动，但一行行的字句却清晰可见。这又是一次低语缓缓的弥漫。傍晚，小女孩向一座小山走去。又是那只鹰努力了几十次才飞过一座山的时刻，是时候了，鹰不再出现，但小女孩起飞了。

我们喝得大醉。离去时，小女孩还没有回来。男主人却很兴奋，挥着手说，鹰从来都不结群，它们长到能飞的时候，就独自去寻找自己喜欢的天空。我和索伦格松开相互搀扶的手，稳住步子，向回走去。

月光落下，感觉大地上到处都是灯盏。

卷六　游牧者的身姿

燃烧的牧道

每年5月，牧民们赶着牛羊进入牧场。牧场离村庄或远或近，近的一两天就可到达，远的则要走十几天。上路的那天，牧民们将牛羊归拢到一起，沿山道缓缓行进，不一会儿，灰尘便被牛羊踩起，在山谷中一团团弥漫，使气氛一下子变得热闹起来。平时，羊在村子里都是与人近距离接触，尽管人们把羊都看得特别重要，但没有感觉到村子里有那么多羊。此时，把它们撒在山谷里，所有的羊汇成一大群，显示着羊在牧区的阵容。

村里上年纪的老人说，人养羊，羊也在养人哩。牧民与羊之间的感情，外人往往难以理解和体会。曾有一位牧民养了500多只羊，在牧区应该算一个富人了，但他仍日出而牧，日暮而归，只是简简单单地放羊，有人给他算了一笔账，一只羊卖200元钱，他的羊群值10万多元呢！有人去向他讨教养羊经验，他说："大羊嘛下小羊，小羊长大再下小羊，小羊再长大，再下小羊，就是这个样子，快得很。"那人诧异，生活在山野里的这个隐形富翁，生财之道原来如此简单。

作为牧民，每年外出放牧为头等大事，家里人早早地就要给去放牧的人备好东西。上路的时候，奶壶、奶桶以及放牧用的东西都系于马背，摇摇晃晃如一座移动的山峰。游牧是人们沿袭了几千年的传统生活方式，走动的羊群带着一个个走动的家，有的牧民带着妻子去放牧，后来孩子便也在牧场上出生，孩子自小耳闻目染父辈们骑马、唱歌、喝酒和放牧，长大了，便又是一个个牧民。

到了牧场，人们选有水有草的地方扎下帐篷，水与草是先祖们在多年前选择生存地时的必要条件。水，可以供人饮用；草，可以供牛羊去啃食。这时候，牧民们各自分开，选一个地方将牛羊分开，让它们在山野里去吃草。今年的草已经全部长出，牛羊们开始了又一次盛宴。

草场都是阔大的天地，牛羊们吃着吃着就走到了远处。牛羊一辈子不论干什么都得靠四条腿，就连吃东西时也闲不下来。不像人，吃东西时已完全是一种享受，是对劳作的一种总结。牧民们对此深有感触，说，那些草也是羊的腿呢，早已经走到了秋天。

放牧的日子，人与羊在山野里相处的时间长了，就会发生野事野趣。这些事情在别处是看不到的，因为它有牧场这样特殊的地理环境在起着推动作用。有一次，一场大雪提前降下，将草全部埋去，羊饿得不行，便选一个陡坡向下跑，快到树跟前了猛地腾起，用嘴咬住或用两个前蹄夹住一根树枝，“啪”的一声，折断的树枝和羊一起摔在地上。羊们扑过来抢吃树叶，头碰在一起，地上的雪被踢得乱飞。羊饿急了都会想出这样的办法。还有一次，一场大雪把几只羊冻坏了，牧民们无法把它们带回，只好将它们杀死。这是他们不得已而为之的办法，如果不把它们杀死，在人走了之后，狼就会闻着它们身上的膻味围拢来将它们咬死。羊落入狼嘴是牧民的耻辱，所以，谁也不想让那样的事情发生。所以在返回时，牧民们生起一堆火，让羊烤暖和站起来，才动刀子。牧民们认为腿是羊身上最尊贵的东西，走了那么长的路，爬过了许多高山，所以必须得让它们站着死。像这样的事情每年在牧场都会发生很多，人们坚持着放牧中人与牛羊的最高生命准则，处理着一件又一件事。没有谁会放弃牛羊，离牧场而去。一群又一群牛羊在牧场上吃草，牧场一年又一年始终生长着碧绿的草。人和牛羊在这偏僻的地域中，用平静和沉迷维持着生存的严峻和执着。

到了秋天，便是返回的日子。人们又像来时一样将牛羊收拢在一起，组成一个庞大的集群。不会有人担心牛羊会混淆，牧民们的眼力都非常好，他们会像认自己的孩子一样一眼就可以认出自家的牛羊。返回的路途依然热闹无比，牛羊们涌入山谷，很快便又踩起灰尘。灰尘慢慢向上升腾，将牛羊映衬得如同滚动的石头。骑马的牧民这时在牛羊群中散开，人高马大，指挥着牛羊前行。有人曾在远处见过牛羊们走过山坡时的情景，它们将整个山坡占据，升腾的灰尘在夕光中呈褐色，如同正在燃烧的火焰。其实，每年牛羊们一去一回的牧道，就是在燃烧，那些升腾而起的灰尘就是一种火焰。

但你仔细看一看那些牛羊，它们一一低着头，只管静静地向前走，不向任何地方张望。牛羊有灵性，一上路就知道要去哪里，所以只顾安静地走路。在这一点上人不如羊，人一辈子都是边走边看，边看边走，随时都有可能改变行程。人的一生就是在改变和被改变中度过的。

羊的路在心里。

羊低着头走路，头几乎挨着大地。

羊多像一个个听话的孩子。

头羊

我来得晚了，今年的牛羊都已经进入牧场，在村子里可以见到零星的牛羊，是因为头数太少，没有能力去牧场的人家的。村子周围的草地就是它们的草场，主人每天把它们赶出去，到了下午它们便自行回来。我看着眼前这可数的一些牛羊，听着人们说着牧场的事情，心里有些着急。来白哈巴村，如果见不到图瓦人放牧，那该是多么遗憾的事情。还是大哥索伦格好，他并没有说要帮我，但暗地里却一直给我寻找着机会。一天，去牧场的机会终于来了，有一辆车要去那仁牧场送菜，有空座，索伦格请司机吃了一盘手抓肉，便谈妥了带我去那仁牧场的事宜。

我简单收拾好东西，登上了那辆212吉普车。司机是个哈萨克族小伙子，一上路便与我聊了起来。慢慢地，我便知道他每年都要跑好几次那仁，收入颇丰。他父亲现在还在放羊，但因为自己开了车，所以放羊在他这一代断了。他的儿子今年8岁，在哈巴河县上小学，以后更不可能再放羊了，但他却不小看放羊的人，他认为放羊不光只是生计的事情，还有好多好多东西在里面呢！村里人一直就是靠放羊过来的，一下子断了，干别的事情肯定不行。他虽然没有细说，但我却知道他这话里面的意思，他实际上说的是，一个民族放羊多少年了，已经形成了某种文化，那种文化已经在人们的生活和精神中起到了很大的作用，一时半会儿是难以改变的。这便也应了那句话，越是民族的，便越是世界的。

通往那仁牧场的路平坦，是专门修出来的简易公路。车子行驶得很快，不一会儿便驶出近10公里。我想，牧民们从村子里出来后，走的可能也就是这条路。向司机一问，才知道并非如此。这尽管是一条宽敞的大路，但却容不下多少羊在上面行走，羊群被赶出来后有时候呈扇面前行，山坡、河谷和树林都不能阻挡它们，它们的行走是自由的，所以到处都有它们的路。司机见我有兴趣，便又告诉我，我们这一会儿走过的十几公里路，是牛羊两天的路程。我有些不解，它们为何走这么慢呢？他笑笑说，有一句老话说得好嘛，进场慢，出场快，长大的牛羊才实在。我请他讲一讲其中缘由。原来，进场的时候，牛羊知道前面有好草在等着自己，就本能地加快了步伐，牧民在这时候就想办法压住它们的速度，不让它们冲进草场一顿猛吃，否则的话，它们长出的肉就不瓷实。至于出牧场的时候，则要让它们快速离去，不要再贪吃，防止丢失。

丰富的牧场，丰富的放牧，不知道还包含着多少让人心醉的故事。

三个多小时后，我们的车子已经接近那仁牧场。不知怎么的，我老觉得我们走得太快，而且乘车的感觉似乎与赶着牛羊行进有着千差万别的不同，如果能跟随一群牛羊共同走过这一段路，那该是多么好啊！正这么想着，前面出现了一群羊，一个人骑在马上，身边还有一头骆驼驮着东西。我问司机："这是去那仁的吗？"

"对。"他回答。

机会来了。我让他立刻停车，我要跟着这一群羊步行到那仁。司机有些不解地说："马上就到那仁了，但你要是跟着羊走的话，可能天黑才能到。再说，我答应索伦格把你送到那仁，你半路下去，我吃了他的手抓肉……"

我说："你放心吧。我会对他说，你把我送到了那仁。"说完，我就跳下了车。

赶羊的是一个小伙子，听了我的想法后，从马上跳下来和我同行。羊群在我们前面走着，踩得沙子发出细碎的声响。这种声响长久地持续着，让人觉得有更多的羊群在前面走动着。羊群很密集，但却不乱，从后面望上去，它们走动着的身子犹如涌动的波浪。我注意到，一只羊始终走在羊群之外，遇坡它先爬坡，遇河它先过河。羊群始终跟着它在行走，它始终在判断着前面的方向和行程。我知道它是一只头羊，正是因为有了它对羊群的引领，羊

羊进入牧场

群才走得如此整齐。而且因为有了它在前面开道，走在后面的主人也就不用再操心了。细看它，也没有什么特别的，和羊群中的任何一只都一模一样。我问小伙子：“什么样的羊才能当头羊？”

他笑了笑说：“任何一只羊都可以当头羊，等一会儿你就知道了。”过了一会儿，那只头羊有了变化，它先是显得有些气力不支，继而就放慢了脚步，羊群随着它的变化也有了变化，显得散乱起来。这时候，羊群中走出一只羊及时接替了它。那只羊又充当起了头羊的重任，领着羊群又往前走去。至此，我才明白，当一只头羊累了的时候，总会有另一只羊及时补上。羊群会一直走向牧场，走在最前面带路的，总是一只和任何一只羊没什么两样的头羊。头羊因为要观察路线和方向，加之还要带羊群前行，所以比别的羊要多耗去些力气，而一旦它累了，就会有另一只羊接过此重任。作为头羊，其实不是权力和身份的象征，而是一种无私的付出。

翻过一座山，下了山坡，再过一条河，就进入了那仁牧场。牧场阔大，一眼望不到边。羊群走到河边一一停住了。走了一天的路，它们也已累了。河中的水不小，它们需稍歇息片刻再趟水过去。小伙子牵马和骆驼饮水，它们将嘴伸入河中长久地吮吸着，发出吱吱的声响。

要过河了，仍然是头羊先下水。它边探边走，试出一条有石头的过河路。羊群站在河边不动，等着它探出一条河中路，它走到中间时突然一下子踩入深水中，水淹至它的头部，它扑腾几下游了出来，但它已没有力气再去探，只好返回。另一只羊马上又进入河中，它巧妙地躲过了刚才的深水，但没走几步，又在一个石头上滑倒了，它奋力站起，但不得不返回。第三只羊及时踏入河中，躲过前面两只羊陷入过的危险区，又向前走了几米，但它还是滑倒了，被冲出很远，才爬上了岸。第四只羊像是憋着一股劲似的，“扑腾”一声跳进河中，绕过使前面几只羊失败的地方，顺利地上了岸。羊群都已看得明明白白，沿着它探出的地方一一过了河。四只羊转瞬间你下我上，用头羊的精神探出了一条过河的路。所有的羊上岸后，最后一次探路的羊当仁不让地当起了头羊。

上了岸，就到了那仁牧场，小伙子吆喝一声，羊群四散而开。天已经黑了，我只觉得它们在我面前白晃晃地一闪，就跑入夜色中去了。羊群到了牧场，就等于到了家。我走向索伦格给我联系好的帐篷，我将在那仁住上几天。我也到家了。

第二天早上睡得正香，被一声羊叫惊醒。我坐起，听见帐篷外有细密的羊蹄声。羊又要开始新的一天的吃草了，此时，它们正往草场走去呢。

刚才发出叫声的，是哪只羊？

那仁牧场

“那仁”这个名字起得好。那仁，就是新疆人经常吃的一种面，将面条盛在一个盆子里，再放上羊肉和葱，吃起来颇为爽口。这种饭在维吾尔和哈萨克人家里很常见，喝完酒后吃上一些那仁，身心顿时舒服无比。我曾在一位写小说的朋友家吃过一次那仁，他的妻子是回族人，她先将水烧开，飞快地拉面。锅中的汤翻滚沸腾，从她手中拉出的面条飞落入锅中，看着让人心欢。那顿饭吃得可口，现在每每想起，仍让人觉得那股香味犹在唇边。

将一个牧场起名为“那仁”，可想而知这个牧场的水草之丰美，地域之辽阔。牧民们喜欢吃那仁，又将这个名字冠以牛羊每年啃食的牧场，也可见人感觉出了它们的幸福。

那仁牧场的水草丰美在阿尔泰是出了名的。每年有十几万头牛羊进入牧场，像石头一样散散乱乱分布在草滩、山坡和河道上。有人骑马在草地上奔驰，引得牛羊抬起头凝望，片刻之后便又低下头去吃草。每天早晨，牛羊们也许是被明媚的阳光感染，不时地发出欢快的叫声。羊有时候很像人，有时候两只长着同样角的羊走到一起，盯着对方看一会儿，便去斗。斗羊是刺激的事情，很快就引得旁边的羊来看，两只羊谁也不服谁，狠狠地用角撞向对方，碰得“啪啪”闷响。有时候，由于它们用力过猛，将角也碰掉了。羊斗起来会没完没了，把吃草忘得一干二净。主人发现后，会骑马过来把它们喝开。两只羊不情愿分开，狠狠地盯着对方。如果它们以后又碰到一起，还会斗一场，对方的样子已经深深地刻在了它们的心里。除了羊，人也会在那仁经常弄出些热闹的事情。有一年，一位牧民发现有兔子到草滩上吃草，他着急地对着兔子大喊一声：干什么。兔子被他的声音吓得窜入了树林。他心痛草地上的草，兔子把草吃了，羊吃什么呢？第二天，他将牛羊赶出去的时候，就对树林子吆喝一声：干什么。也许兔子都被他的喊叫吓住了，再也没有出来一只。这些年人们已养成了一个习惯，每天早上都要叫几声。其实，兔子进入牧场也吃不了多少草，甚至可以说，兔子吃的草比起羊吃的草微乎其微，但牧民们却很认真，哪怕就是一口草，也要让羊吃。

羊也懂得爱草，每天下午吃到一个地方返回，第二天一定又从那个地方开始。羊不挑草，碰上什么吃什么。一群羊在牧场上一直吃到远处去，等到秋初要返回村子了，又要把来时吃过的草地再吃一遍。草每天都在长，它们吃过去后，身后的草又长出很高，所以回头还得再吃一遍。羊如此真诚和质朴，就像一个个在田间劳作的农人一样。多好啊，一个生命直接得益于土地的养育，慢慢地便与土地融到一起，它身上也会呈现出一些和土地相融后的深刻的反应。

人在牧场上慢慢地便也变得质朴起来。因为地处遥远的地域，加之又维持的是一个民族沿袭了几千年的传统游牧生活，所以，这种质朴中暗含着某种真挚和沉着。一位老太太每天都坐在帐篷前望着牧场上的牛和羊，一坐就是一天，人们都出去了，只有她一个人坐在那里，与帐篷一起组成了牧场上一道独特的风景。谁也不知道她在凝望什么，反正她在那儿一坐就是一天。人们骑马走得远了，感觉仍在她目光的注视中，一丝温暖便泛上心头，下午走过她的帐篷前，人们都要向她点头致意。骑马回来的人不管跑得多快，都要在她面前下马，牵着马走回自己的帐篷。时间长了，她似乎变成了牧区文明的一种维系，人们出于对她的尊重，都谨慎地行事，变得彬彬有礼。后来发生的一件事多多少少对她久坐帐篷前凝望是一个解释。有一天，一位牧民要从一群羊中间挑出一只羊，但羊群庞大，怎么也不能把它弄出来。她见状，走到羊群旁边，对着那只羊呼唤了几句，那只羊便从羊群中挤出，走到了她跟前。牧民们都想，她每天凝望着牧场，对一些事情早已烂熟于心，也深知羊的心思。

草场每年都有些变化，牧民们会在进场的第一天注意到哪些地方已与去年不同。有的地方去年还长有厚厚的草，在一冬的大风中有许多沙子堆积过来，形成了一个小沙丘，所以今年就不长草了；有的地方在开春的时候被雪水冲成一条河道，一条小溪在其中悄悄流淌，溪边的草长得好，枝高叶大，是牛羊最喜欢吃的；还有一些地方，去年长的草不好，今年却长出了好草，似乎是对去年的一种补偿。牧民进场后，第一件事就是看草，他们摸一摸草叶，拔一根草看看草根的粗细，便知道今年的草场怎样。看草的那一刻是决定一年放牧收成的时刻，从村子里出来的时候，人们就都为这一时刻心潮澎湃，等拔出一根草的时候，人们的心就为之激奋或失落。一根草平日里在人们的生活中是没有什么意义的，只有在牧场上才显示出了它生命的重大含义。它直接牵连着牛羊，牵连着牧民，甚至牵连着一个个村庄。去年阿尔泰下了大雪，有许多地方甚至遭了雪灾，但牧民们却有了一个好盼头——大雪会滋润草场在第二年长出好草，熬过一个寒冬，就迎来了一个丰收的年成。我们经常会对着深冬的大雪说，瑞雪兆丰年，而牧民们会在大雪天说，幸福已被赐予，大地在沉睡中接受。蒙古族和哈萨克都是富于抒情的民族，他们时时能够从生活中抒发出一种诗意。

一群又一群羊就这样在牧场上长大，长壮实，繁衍出下一代。羊的繁衍是不动声色的，很快，一个牧民就会拥有一大群羊。羊的生活也是一成不变

牧场水草丰美，地域辽阔

的，所以，一个人从放羊到老，都感觉始终在放着印象中最深的那些羊。牧民们都很平静，春天把羊赶到牧场，秋天又赶回去。草场是大地的怀抱，草是上天赐予的，羊就这样在平静和从容中被喂养着，变成了大自然的孩子。

牧场在初春变绿，迎来牛羊，喂养它们，同时也给牧民以殷实的生活。牧场一年绿一次，却绿出了生命的伟大意义，它用自己的生命喂养了更多的生命，印证着万物互相依赖的伟大原则。

但从表面看上去，它多么美啊！一片绿油油，一直蔓延向远处，不论多么高的山，多么深的谷，都不能阻挡绿色前行的脚步。它们每向前迈动一步，就留下一根草，让它扎根，生枝长叶，把牧场装扮得丰盈透彻。

这就是大地的青春。

绝境中的生命

太阳快要落山的时候，那只山羊走进了牧场。当时，西边还有些霞光，将草叶照得像是透明了似的。牧民们都已将牛羊收拢，有几户牧民的帐篷上空已升起炊烟，空气中飘荡着一股奶香和羊肉的香味。这时，一只山羊从山上走了下来，径直向牧民们走来。它长得很高大，通体泛白，被夕阳一照便闪闪发光。

牧民们都很惊讶，一只山羊怎么有敢向人走来的胆子。而它呢，似乎对这些人视而不见，一直将头扬得很高，迈着稳健的四只小蹄走到了一条小河边。牧民们以为它要停住了，而它却一跃而起越过了小河，又继续向人们走去。慢慢地，人们便感觉到了这只山羊的某种态度，它像一个勇敢走向战场的士兵，尽管知道前面有危险存在，但却毫不胆怯地要冲上去奋力一搏。牧民们在内心感觉到了什么，他们今年赶着牛羊进入牧场前，牧场就是山羊、野鹿、野猪等动物的生存之地，人和牛羊进来后，喧闹的声音把它们赶走了。野鹿性情温柔，爬过几座山，越过几条河，就又找到了草场；野猪力气大，随便选一个地方用嘴拱开草地，就可以找到吃的。只有山羊性情高傲，且对饮食的要求极高，不找到好的草场不随便对付自己。牧民们想，这只山羊可能去了很多地方，因对那里的水草均不满意就又回来了。而现在，白花花的羊已撒满山坡和草地，高大壮实的牛更是分布于草场的角角落落，哪里还有它的立足之地。更重要的是，它是山羊，而牛和羊是家畜，它们无法融到一起。但牧民们从它高扬的头和迈得很稳健的步伐上断定，它要“收复失地”。这样一想，人们便觉得如果它与牛羊发生冲突，难免少不了一场流血事件。到时候，死的不是它，就是牧民的牛羊。而目前的事实是，它只是一只孤独的山羊，而牧区有成千上万的牛羊，要是一拥而上，足以将它踩成肉泥。牧民们对牲畜有很深的感情，对山上的动物也厚爱有加，是不情愿让那样的事情发生的。

它越来越近，气氛变得紧张起来。

有人想朝它喊一声，把它吓走，但还没等开口，它却站住了，望着牛羊，眸子里闪着复杂的光。有一只羊朝它咩咩叫了几声，它也回应着叫，声音急躁而又不安。牧民们想，如果它果真冲向羊群的话，就必须在它刚流露出意图的时候把它拦住。牧民们之所以这样想，主要是出于两方面的考虑。一方面是怕它把羊冲乱，使羊群受到惊吓，不好再收拢；另一方面是因为他们出于对牲畜本能的一种怜爱，都是动物，何必互相伤害呢！他们不愿意看到牧场上出现死亡的事情。这样想着，人们便屏声凝气等待着它冲向羊群的一刻，但它却并没有冲向羊群，只是静静地站在那儿，久久地望着羊群出神。牧民们想，它虽然是一只野山羊，但与羊仍是同类，它们之间肯定有共同的感应，说不定它们互相凝望就是一种交流的方式，它们的语言就是此时互相凝望的目光。过了一会儿，紧张的气氛慢慢变得轻松起来，牧民们似乎也感到正身处于一种冥冥的对话之中。这种气氛在阿尔泰会经常出现，牛羊、大树、风、河流等等，时不时地都会给人带来奇妙的感觉。人的心思被这些东西吸引着，变得浪漫起来。这种时候，人便变得更快乐了，牧场便变得更美丽了。牧民们唱歌喝酒，大多都是在这种时候。它望了一会儿牛羊，又望了一会儿牧民和帐篷，突然转身走了。它转身离去的动作像来时一样，稳健、坚决，而且似乎还夹杂着些许高傲。

牧民们无言地望着它离去，牛羊也默不作声。一只山羊只是这样走进了牧场，什么事情也没有发生。所以，所有的牧民和牛羊似乎都没有什么具体的反应。

但一匹马却被它激怒了。刚才，它望了牛羊，也望了人和帐篷，唯独没有望这匹马。这是一匹还没有被骟的儿马，性烈气盛，忍受不了它对自己的漠视，尤其是它离去时流露出的高傲眼神。它长鸣一声，腾起四蹄向那只山羊追去。牧民们大惊，但却已经无法阻挡，只好看着它冲了过去。山羊回头看了一眼马，也倏地腾开四蹄跑了起来。它边跑边回头向后张望，似含有挑衅之意。马更愤怒了，加快速度向山羊追去。牧民们都围了过来，刚才担心牧场上出现死亡事件，看来这会儿真的要发生了。它们跑到牧场边缘，山羊一看马已经接近自己了，便飞速蹿入林子，向山岩上攀去。山岩奇形怪状，但它却闪转腾挪，非常灵巧地在山岩上跳来跳去，不一会儿便爬上了山顶。马只好在林子边停住，望山兴叹。马只能在平地上施展本事，面对山岩，它寸步难行。很快，山羊就在山顶没有了踪影，而马却仍在下面呆望。也许，它在这时候才真正体会到了一些什么。少顷，它默默地转身而回。牧民们和牛羊都望着它，它低着头，像一个战败了的士兵。

牧民们都觉得这只山羊真是聪明，它知道自己不善于长跑，就选择了陡峭之地攀越。这样，一则摆脱了马的追赶，二则将马置于无可奈何之地。

这件事过去好几天后，又有一只鹿像那只山羊一样走进了牧场。在短短的时间内，事情又像那天一样重复着上演了一次。那只鹿也是向牛羊和牧民望了一会儿后便又离去，结果那匹马又追了上去。那匹马也许是想借这头鹿雪耻前几天的屈辱，但它还是被鹿甩在了后面，那头鹿攀越山岩的速度比山羊还快，从几个石头上直接飞跃过去，转眼就不见了。

牧民们都责怪那匹马，说它像村里不懂事的孩子一样。村子里对一个

牧场上的马

人有多大的本事，有严格的衡量方法。比如你长到现在吃了几只羊，骑过什么马，翻过多少座山，都是有多大本事的标志。牧民们说，这匹马明年无论如何得骟了，不然，它老是干傻事。比如追鹿，一般情况下马都不会干这样的事情，鹿的灵活没有哪种动物能比得上。在牧区，人们曾亲眼见过一头鹿将一只狼一蹄子踢死。还有一次，一群狼将一只鹿围住，准备合拢后将它咬死，但它却从狼群头顶如流星一般一跃而过，转眼就跑出了很远，狼群被惊得愣怔半天，才有了反应。

过了几天，那只山羊又走进了牧场。也许是因为前面已经来过一次，加之又战胜了那匹马，它轻松自如地在牧场走动，毫无陌生感，就像羊群中的一只。那匹马也许已彻底服了它，对它也消除了敌意，没有再出现过激行为。慢慢地，它和牛羊变成了朋友，与那匹马更是显得亲近。它每天都从林子里出来，到牧场上吃草，并不时地发出长鸣，那匹马和牛羊只要一听到它的声音便遥相呼应，与它对鸣。顿时，牧场上就会出现非常热闹的嘶鸣声。牧民们看到牧场上出现如此热闹的景象，也颇为高兴，他们觉得一只野山羊慢慢地与一群牛羊融到了一起，是牧业的一种新的生机。

后来，一帮猎人来到了牧场，他们听了那只山羊的故事后对它动了心思。牧民们警告他们，如果谁敢动那只山羊，我们跟他动刀子；谁让那只山羊流血，我们就让他流血，那些猎人不吭气了。但牧民们却没有预料到他们会偷偷地下手。预料不到的事情，往往会直接导致恶劣的后果。那天早晨，那只山羊刚走到牧场中间，那些猎人就把它围住了，它想钻入林子，攀山岩离去，但那些人早已摸清了它的动机，派两个人死死地把守住了它的退路。无奈之下，它只有向另一个方向奔突，挡他的那个人没拦住它，它便冲出了包围圈，那些人在它后面穷追不舍，一直把它赶到了一个悬崖边，它站在崖边悲哀地嘶鸣着，牧场上的牛羊和那匹马都听见了，应和着发出躁动不安的叫声。那些人逼近，用枪瞄准了它。它停住嘶鸣，纵身跳入崖中……

我到牧场的时候，这件事已经过去好多天了，牧民们时不时地仍要提起那只山羊，牧场上的牛羊吃着草，不时地扭头向悬崖那边张望。那帮猎人早已经跑了，牧民们要找他们算账，他们怕流血、怕死，他们没有一只山羊跳入悬崖的勇气。

有一天，我走到了那个悬崖边，悬崖深不见底，黑糊糊的，似有什么鬼魅在游动。正要离去，却见对面的崖壁上有几朵花，红艳艳地开着。崖壁陡峭，不长一树一木，唯这几朵花却择绝地而生，而且开出了鲜红的花朵。想着一只山羊就是从这儿跳下去的，心便沉了。它跳下去的一刻，是不是看到了这几朵花？

羊吃羊的故事

下雨的日子，牛羊出去吃草，人留下来在帐篷里喝酒、聊天，讲一些以前在牧场发生的事情。

在一个雨夜，人们给我讲了一个羊吃羊的故事。故事是这样的，以前有一只羊，长得肥硕壮实，主人很是喜欢它，叫它“一百块”。在牧区，人们一眼就可以看出一只羊值多少钱，被称之为“一百块”的这只羊，羊角值5块，皮子值30块，肉值65块。在那个年代，100块钱是个大数字，所以那只羊就像村子里的能人一样很有地位。后来有一天，它突然在草地上打滚，四条腿不停地抖动。羊群正在吃草，被它的举动吓得四散而去。当时所有的牧民都在别的地方，所以没有人看见它突然变成了这个样子。

过了一会儿，它从地上爬起，向河边跑去。羊纷纷给它让道，它跑到河边跳入水中，但四条腿还是不停地发抖。它又从河中冲出，跑到一只羊跟前狠狠地咬了它一口，那只羊嘶鸣一声跑向别处去了。奇怪的是，它居然不再抖了。它摇摇头，感到浑身舒坦了，便又去吃草。但在第二天的同一时刻，前一天发生的事情又出现了，于是它又打滚、发抖、奔跑。后来它似乎记起了前一天的办法，就又冲到一只羊跟前，狠狠咬了它一口，咬完之后果然又好了。

这样的事情在每天的那个时刻准时出现，那只羊养成了习惯，每次都选一只羊咬一口，才能止住痛苦的抖动。终于有一天，一位牧民看见了它的行为，大惊失色，回去告诉了人们。人们开始议论这只羊。有人说这只羊中邪

哈萨克族老人

了，得除去它，否则它会给牧场带来灾难；也有人说这只羊已经变成了狼，不然，它为什么要咬羊呢？幸亏被咬的那只羊跑得快，否则就被吃掉了。

不久，人们就将它的行为告诉了它的主人。那位牧民听了后大吃一惊，羊吃羊的事情多少年来在牧场上从未发生过，现在大家议论纷纷，他感到责任重大，于是便决定仔细去看看，看它到底怎样去吃别的羊。他不相信一只羊能去吃另一只羊，就像一个人无论如何也不会去吃另一个人一样。第二天，他藏在一块石头后面，到了那只羊每天发作的时候，它果然像人们说的那样开始打滚、发抖，并很快狠狠地去咬另一只羊。他气极了，好一个残忍的家伙，果真与人们说的一模一样。他从腰带上抽出“皮夹克”（刀子），冲上去将它一刀刺死。它尽管值100块，但它如果一天咬死一只羊，没几天他就赔惨了，所以，他毫不犹豫地把它杀死了。事后，他突然想看看那只羊到底是为何要去咬别的羊的，他弄开它的嘴一看，顿时被惊呆了，羊的满口牙都有洞……他默默地把它的嘴合上，扛起它到后山埋了。他没有给任何人讲那只羊是因为虫蛀牙疼痛难忍，才去咬别的羊的。但因为他没有向人们说什么，后来的事情便发生了微妙的反应，牧民们由怀疑那只羊开始，继而又开始怀疑他。慢慢地把羊群和他的羊隔开，到了最后便不与他来往了。他很生气，我把一只100块的羊都杀掉了，而你们却如此对待我。但他还是不向人们解释什么，在一个黑夜赶着他的羊去了另一个地方，从此以后他变成了一个孤独的牧羊人。

几年后的一天，村子里有一个人突然牙疼。疼得实在受不了了便在地上打滚，那个牧民走到他跟前，伸出胳膊说，你咬我一下就好了。那个人不明白他为何要那样，犹豫着没咬，他大声说："快咬，肯定能行。"那个人就咬了，果然不再疼了。事后，那个人要谢他，他指着被咬肿的那个地方，说："没事，你能把我咬肿，我很高兴。"说完，他高兴地笑了起来，人们都不明白他为何那么高兴。

现在想想，人们给我讲着这个故事时，故事的谜底早已被揭开。我觉得这个故事很真实，不是什么传说一类的东西，一只羊的蛀牙是可信的，牙疼起来后去咬什么东西，使之麻木也是可信的。那个牧民因为将一只无辜的羊杀死而保持了沉默，甚至甘愿受人们不公平的待遇，实际上是怀有负罪心理的。这一切也都是真实的。正因为一切都很真实，方使我感到沉重。不知怎么的，自从听了这个故事后，我每天在牧场上走动时，碰见一只羊就心里一紧，感觉它正在吃着鲜嫩的草的时候，蛀牙会使它疼痛难忍。

碰到一个牧民，我便又忍不住想，不知他在生活中忍受了多少不被外人所知的事情？

羊怎样看人

上篇文章中的那只羊就那样被我写死了，我感到心情有点沉重，一只羊遭遇了那样的命运，如果不是在死后被主人发现了满口虫牙，它真的就被冤死了。羊来到这个世界，最终的命运就是被人吃掉，造物主不知出于何意，把羊和人分配成了一者死亡、一者饱餐的这种关系，羊死得似乎天经地义，无怨无悔，让人用自己的肉体果腹。羊显得多么弱小，没有任何可选择命运的余地，人又显得多么霸道，杀羊吃羊，从来都不手软，时间长了，这一切便显得顺理成章，没有谁怀疑这里面有什么不妥。就连人看羊，也已经形成了固定的思维模式，不会从另外的角度去对待羊。羊的生命意义，变成了最终被端上餐桌的几盘肉的简单存在。

但如果换一个角度看羊，会不会看到羊美的一面呢？小说家红柯曾给一本小说集起了“美丽奴羊”这个名字，对羊的精神层面和生命意义作了很好的归结。

牧民看羊时，有着更独特的感受，他们说，人看羊时就是一只羊嘛，就那么个事情，简单得很嘛。但人不知道羊如何看人，人在羊眼里是个啥，人永远都不知道。是啊，人已经养成了这样的习惯，总是喜欢给事物下定论，人似乎觉得对这个世界的一切都了如指掌，其实，人在这个庞大的世界中是多么弱小啊！人无知无畏，所以胆大妄为。人就这样自觉不自觉地把自己摆在了一个虚无的高度上，沾沾自喜，优哉游哉。

相比之下，牧民有时候却能够用一种更朴素的心态来看待事物。比如他们说到羊时，就有比别人更深的感受。他们说，每个人都说是人放羊，其实呢，是羊在放人。羊吃草的时候，吃到哪里，人就得跟到哪里，羊知道哪个地方有好草，它边吃就边往那个地方去了，但人却不知道，所以，人只能跟着羊走；羊还知道哪个地方有水，吃到一定的时候自然而然地就向那个地方走去，它不乱走，也从来不会迷路，聪明和有经验的牧民跟在羊后面，总是能够找到水。

有一位牧民曾说，在阿尔泰牧区有不少人能听懂羊语，羊"咩咩"地叫几声，他们就能听明白那里面是什么意思。在放牧的时候，如果羊走远了，他们就爬到山脊上朝山里喊出一种声音，羊听到后，就会向他跑来。这样的事情往往发生在黄昏，夕阳把余晖晒在草地上，像铺了一层金子似的，羊群就在这层金色的光晕里跑动，浑身闪闪发光。

人懂羊语，可能与游牧生活有关，但人却不懂羊的眼神。有一次，一位牧民正在走路，忽然发现一只羊用一种平时从未见过的眼神在看自己，他走过去，看见它的眼神特别镇定，一动不动静静地注视着自己。他凑到羊跟前，与它对视良久，羊仍是一副镇定自如的神情。他慌了。他不明白一只羊为什么会如此镇定地看一个人。这件事的答案在羊的心里，人永远都不会知道。后来，他又遇上了那只羊。在看见它的一瞬，他想起了它上次注视自己时的神情，他觉得它会认出自己，会像上次一样投过来一双专注的眼神。那一刻，他有些紧张，远远地等着那只羊走到自己跟前来，但那只羊却没有认出他，扬着头从他身边走了过去。他一下子失落到了极点，紧张的期待和意外的失落，使他更是如坠云雾，愣怔半天回不过神来。

为什么一只羊在第一次见他的时候，会那样看他，而隔了不久，再次碰到时居然像不认识似的？

这个问题可能要在那个人心里装一辈子。

多少天了，我听人们说着这些事，觉得羊越来越亲切，隐隐约约能感到它们内心的声音。羊是有灵性的。人与羊相处的时间长了，彼此便有了感应，虽然无法面对面地交流，但却可以在感应中洞悉对方的心理，在对方的表情上感受出他（它）所要传达出的话语。

过了几天，一个去别处放牧的人回到了那仁牧场，同时，他也带回了一个让人十分惊讶的消息。他是为了让羊吃到更好的草才离开大家的，到了另一个牧场后，他发现那里的草果然十分茂盛，羊群从早晨探下头去，一口气吃到了下午才抬头。牧民们放牧时很注意羊抬头的次数，如果羊抬头的次数多了，就说明草不好，羊老是在寻找好草吃；而羊一直低着头，则说明草很好，它们吃得很专心，无暇抬头。放过羊的人都知道这个道理。他很高兴，这么好的草场上只有自己一个人的羊群，吃到转场的时候，它们肯定会长得肥壮，回去后就可以多卖肉，多剪羊毛。在高兴的同时，他又有一点担心，毕竟自己一个人在这么远的地方，万一遇上狼或者什么的，后果将不堪设想。不久，他担心的事情果然出现了，一群狼突然包围了羊群，狼嗥和羊叫响成一片，他站在羊群中间不知道如何是好。但很快羊群就有了变化，它们像是听到了一个无声命令似的，一头挨一头在原地转圈，这样，站在羊群中的他就被保护了起来，但他却还是很着急，虽然自己没什么危险了，但羊群却暴露在狼的眼前，如果狼向它们发起进攻，它们就有危险了。就在他这样担心着的时候，羊群又发生了变化。它们一律头朝里，屁股朝外，又形成了一个保护圈。他马上明白了，狼一般咬羊时都先咬羊的脖子，现在羊把屁股对着它们，使它们无从下口。狼围着羊群打转转，过了一会儿后无可奈何地嗥叫着走了。羊群合力围起的这个保护圈，使它们无力突破，只好撤走。他站在羊群中间，目睹了这一幕，犹如目睹了一次草原上的神话传说。第二天，他收拾好东西，赶着羊群回到了那仁牧场。

晚上，他梦见自己变成了一只羊，醒来后，他哭了。

马鞭子

马鞭子是图瓦人最常用的东西，应该放到“明亮的器皿”一章去写，但我发现人们在村子里骑马时，因为路途太近，让马行驶得缓慢，多不用马鞭子，而在牧场上，人们在每天把牛羊赶出去后，用大量的时间做马鞭子。整个放牧的时间，做马鞭子就变成了一件大事。所以，牧场上有一股浓浓的马鞭子的味道。

做马鞭子是个细活，先将皮子用刀子割成细条，在阳光中暴晒，继而又在水中浸泡，等泡得胀起来了，又暴晒。这样反复数十次，直到泡不胀，晒不软，才可以编。编花纹时需两个人，一个人编花结，一个人压条，以防编好的花纹松散。编花纹是最慢的活，一天也编不了多少。一条马鞭子编好了，又要在阳光下暴晒，在水中浸泡，也得反复数十次。这时候仍重复这项工作，主要是为了巩固花纹。而一条马鞭子经过两次巩固，平时提在手中软软的，使用时一甩，便坚硬无比，抽在马身上，马浑身一抖，便飞奔向前。

远远地看一个牧民做马鞭子，能感到一种平静中的暴力。一条只有一尺多长的马鞭子，蕴含着一匹匹马在山野间的狂奔，维系着整个草场的激越和生机。

马鞭子也维系着牧民的理想，它只要被主人抓在手中，就勃跃着主人的生命，马上开始一场生命的激烈前进。“啪啪啪”，几马鞭子抽下去，马已跑出很远，主人离目标越来越近。

平时，马鞭子就挂在帐篷的正墙上，如不骑马，绝不轻易拿下来把玩。墙上不挂别的东西，只有马鞭子挂在那儿。换句话说，也许只有马鞭子配挂在墙上。

一个又一个马鞭子在牧场做成，然后和马一起回到村庄。马鞭子一响，大多都是要骑马回家了。

整个放牧时节，空气在颤动。

巴特尔

山从大地上长高，最后，把大地分成一块一块的形状。

那仁牧场有两座山。东面的山平缓低矮，有一条通向白哈巴村的路横在上面。村里人每年都赶着羊群从这条路上过来放牧。人往高处走，但被双脚踩出的路却总在一些平缓低矮的地方。还有一些更低处的路，被山沟和树林淹没，一般不显踪迹。西面的山粗砺高大，从草滩上勃然耸起，一副高不可攀的样子。事实上，谁也没有上过这座山，尽管它上面有茂密的树林和碧绿的草地。牧民们看重西面的山，不看重来来回回已走过很多次的东面的山。人就是这样，已经被征服了的东西，往往都不会再重视；没有被征服的，哪怕再也不可能去征服，却总会在心里对其仰视。

但那一年，却有一个人爬上了东山。他叫巴特尔。“巴特尔”的意思是“英雄”。但这个巴特尔却是一个极其平常的人，养的羊群不大，虽然会打枪，但枪法却很一般。但自从他上了一次东山后，人们便把他视为那仁的英雄。事情的起因跟狼有关。牧民们每年进入牧场后，狼闻到羊身上的膻味，便慢慢向牧场围拢来。牧民们最怕刮风的天气，一刮风，羊身上的味道便传出很远，有很多狼就会闻着味道向牧场接近。所以，凡是刮风的日子，牧民们都格外小心地放羊，人人握枪在手，一有动静就开枪打狼。但狼狡猾，总是想着法子避开牧民的眼睛，瞅准一只羊在短时间内扑、咬、抓，闪电般完成，然后悄悄拖走。等牧民们发现，狼已经把羊吃得差不多了。有一段时间，狼甚至与人斗智，它们先是派出几只狼在牧场边上跑动，引得人们过去追赶，而另外几只狼则乘机将羊咬死，拖起遁入树林。

巴特尔的羊接连被咬死三只后，他有些着急了，想来想去，他想了一个办法，每天傍晚在羊圈门口放一枪。他觉得，空气中有火药味，狼闻到后就不敢接近羊圈了。这个办法管用，接连十几天，再没有狼来骚扰他的羊。但时间长了，也许狼明白了他的用意，在一天晚上又摸进了他的羊圈，当时，他正在做一个好梦，梦见自己在要村子里最漂亮的一个女人的身体，突然羊圈里传来羊惊恐的叫声，他被惊醒，冲进羊圈，见一只狼咬住了一只羊的脖子，正使劲往门口拖。

“干什么？”他一着急，喊了这么一句。狼一惊，丢下羊向他蹿来，他双手乱摸，想抓个什么东西打狼，但羊圈里什么也没有。他本能地往旁边一闪，狼冲出了羊圈。许久，他才明白狼并不是要咬自己，而是要逃走。那只羊已被咬死。他抱着羊大骂：“日你妈的狼，欺负我干啥哩？欺负我你不得好死，让毒草毒死你，让哈熊吃了你！”

不得已，他请另外两个牧民给他帮忙，晚上埋伏起来打狼，他觉得不打死一只狼，不足以解恨。他甚至想，把狼打死后，把它的头砍下，皮剥掉，挂在牧场周围的树上，让别的狼看看这就是它们的下场，看它们还敢不敢再来。

晚上，他们潜伏在羊圈旁边，等狼出现，三杆枪都已准备了足够的子弹，但等了很长时间，狼仍没有出现。其中的一位牧民问：“巴特尔，你敢断定狼今天晚上会来。”

“会。”

“万一不来呢。”

“不来？说明它害怕我了。从此以后就再也不敢来了。”

“狼怕你什么呢？”

“狼怕我的……咋说呢，它狗日的狼，我也狼。我变成一只狼，把它狗日的当羊咬。”

“那你会不会吃我们的羊？”

“……”

“问你呢？”

气氛一时变得沉闷起来。巴特尔想，我怎么会变成一只狼呢？如果一个人真的变成一只狼，不知道会是什么样子。

“有动静，”一位牧民低低说了一声。东山的山脚有一个黑影在慢慢移动。是狼。三个人都盯紧了它，举枪对着它，只等它靠近，三枪齐发，非要打死它不可。狼越来越近，而且越来越快，大有闪电般进入羊圈的意图。

“打吧，狗日的来了。”巴特尔对他们说。

“再等等，近了打得准。”

狼越来越近，而且仍然越来越快，巴特尔似乎已经闻到狼喷出的鼻息，有一股令人窒息的臭味。

“打吧，它太快了。”

“再等一下。”

“不行，再等，它一下子就进羊圈了，我又得少一只羊。我打了！”

“啪”的一声，巴特尔开枪了。由于他太急了，没打中。狼转身而回，转瞬便又爬上了东山。东山在黑夜里悄无声息地伫立着，谁也看不清它到底长了多少棵树，树林里隐藏着多少只狼。那两个牧民怏怏离去，巴特尔坐在羊圈门口久久不动，心里面充满对狼的愤恨。后来，困意袭上身来，他扛着枪往帐篷里走去。他边走边想，今天晚上该不会再有狼来了吧，我得睡一个好觉。

果然，一夜无事。

很快，牧区变得不平静了。狼越来越多，已经公开向人挑衅，好几次，它们汇集成庞大的狼群，与牧民们对峙。牧民们都很害怕，狼的头数比他们手里的猎枪多得多，就算每人打死一只狼，还剩那么多狼，会乘他们装火药的时候扑上来。他们使用的都是火药枪，装弹得用10分钟时间。好在狼群只是压住牧民们的阵脚，让另外的狼去叼羊，叼了羊后便快速撤走。有的牧民已经动摇了，想赶着羊回村子里去，年长的牧民制止了他们：“不能回。你一回，狼就跟上了，跟到村子里去，以后的日子怎么过？”

“那怎么办？”

“想办法收拾狼。”

“想啥办法？”

“办法总会有的。”

巴特尔在一旁默不作声，他的三只羊又被狼咬死了，他指望大家能想出个好办法，好好收拾收拾狼。大家都在想办法，但能想到的办法也仅仅只限于牧场的现有条件。牧民们排了哨，两人一班，两小时一换，一天24小时执勤。同时，在东山山脚下安了很多夹子，狼只要一下来，碰上夹环就会被夹死。巴特尔也想了一个办法，宰一只羊，把放了毒药的羊肉放在东山脚下，狼吃了后就会毒死一两只，但他的这个想法遭到了一位年长的牧民的反对：“毒死一两只有什么用？”

“就把狼吓住了呀！”

“怎么能吓住？”

“它们会想，原来羊肉里有毒，就不敢再吃羊了。”

“你简直是胡整，是男人，谁会用投毒的办法。要是用了，回去后，村里人怎样看我们呢？再说，你不知道狼不吃死了的东西吗？”

“我不知道。”

“不知道就不要胡说。”

从此，巴特尔不再在牧民中间轻易开口说话。他想，既然你们有办法，那就看你们的了，大不了，我再搭进去几只羊。然而，还没等人们想出更好的办法，狼群再次袭击了羊。执勤的那两个牧民一看有那么多的狼扑了过来，吓得扔下枪就跑。安在山脚下的夹子也被狼一一踢翻。大家惊呼，我们安夹子的时候，说不定狼就在山上看着哩！现在它们扑下来专踢夹子的背面，夹子便一个个夹空。牧民们向狼群开枪，但狼还是冲进了羊群，又有十几只羊被咬死了。牧民们对狼恨之入骨，但却没办法收拾狼。巴特尔一直想用投毒的办法，但他知道没有人会支持他，就一直无法开口。

一天，有人带来了一个消息，他来牧场的路上，发现一个地方是狼窝。大狼都出去了，剩下几只小狼在窝里躺着。巴特尔决定去除掉那几只小狼。但除掉它们的唯一办法就是投毒，他有点犹豫，投毒这样的事村里人不接受，他想找大家商量一下，但他觉得没有人会支持自己。于是，他决定单干。就在巴特尔犹豫的时候，一天晚上狼又袭击了羊群。狼这次像是有预谋似的，袭击目标很明确，有十几只羊被咬死了。有一只羊被狼撕开了肚子，伤口流出一大摊血。巴特尔看着那摊血，感到自己的心很疼，像是也被狼咬了似的。当晚，巴特尔下了决心，决定向狼投毒。

第二天一大早，巴特尔就上路了。狼似乎早已知道了巴特尔的举动，他走出牧场后不久，便有几只狼冲进了牧场，它们将羊群冲击得四处乱跑，趁乱咬死两只，扯出羊肠子逃窜而去。牧民们气得大骂：“狗日的狼疯了，大白天都敢跑进牧场来咬羊。”但骂归骂，他们终究还是觉得没办法对付狼，狼太聪明了，每次来偷袭的方式都不一样，让人防不胜防。有人想起了巴特尔的猎枪，觉得还是把牧区的几支猎枪组织起来，成立一个猎枪队专门打狼，狗日的狼就是再聪明，但它们毕竟是肉长的，难道还不怕子弹。但因为巴特尔是悄悄走的，所以谁也不知道他去了哪里。于是，关于巴特尔突然不见了便有了三种说法。

第一种说法，巴特尔被狼吓跑了。大家一致认为，因为巴特尔组织几位牧民打了一次狼，虽然没有把狼打死，但狼一定认下了他，一直在找机会报仇呢。现在狼已经疯狂到了敢在大白天出来偷袭羊，巴特尔和他的那支猎枪在它们眼里便不算什么，它们一定想好了对付他的办法，巴特尔害怕了，所以偷偷地跑了。牧民们于是开始骂巴特尔，什么人嘛，叫几只狼给吓跑了，这样的人不配在牧场上混，不配有牛和羊，最后会饿死。有一位牧民以前曾被巴特尔骂过一次，现在他抓住了诋毁巴特尔的机会，他说：“巴特尔平时一本正经，其实他是个软蛋，去年别里思汗的马丢了，大家都去帮忙找，他

狼死了后，人们把狼头骨挂在了树上，以对别的狼起到威慑作用

翻过一个小山包后就躲在一棵树下睡觉，贼得很。”大家都觉得巴特尔不够意思，在关键时候跑了，他这一跑不光少了一个人，而且还少了一支枪，让他们觉得组织猎枪队的事不好办了。

第二种说法，巴特尔去找女人了。来牧场时，他们在半路上看见一家牧民的两个女儿非常漂亮，当时巴特尔盯着她们看了好几眼，他一定在心里惦记她们呢，这会儿说不定已经到了她们家。她们家如果没有马，巴特尔就去当马；他们家如果没有牛，巴特尔就去当牛。总之，为了讨好那两个姑娘，巴特尔当牛做马什么都愿意干。其实好多人都在惦记那两个姑娘，但现在一经大家议论，似乎那两个漂亮姑娘已经属于巴特尔了似的，他们的心里很不是滋味。大家将巴特尔议论了一番后，达成一致意见，巴特尔要是敢回来，大家一起把他打出去，像打狼一样把他打到牧场外面去。一个平时不爱说话的人说了一句话，既然大家有打狼的本事，为啥不去打狼。众人面面相觑，觉得他是一个不会说话的人，便不再理他。

第三种说法，巴特尔去打狼了。这种说法是那个平时不爱说话的人冷不丁说出来的，大家都不同意他的说法，觉得巴特尔那么怕狼，怎么可能去打狼呢？但他却认定巴特尔会去打狼，他的理由是巴特尔把猎枪带走了，如果他去干别的事，带猎枪有什么用？那位对巴特尔记仇的牧民说：“他胆子小，带上猎枪壮胆。”众人对这个话题不感兴趣，议论便不了了之。

巴特尔对身后的议论一无所知，他一门心思想着如何收拾狼，所以不会想到牧场上的人对自己会议论些什么。走到有两个漂亮姑娘的那家牧民帐篷前，妹妹不在，只有姐姐一人在家。他因为有些口渴，便向她要了一碗茶喝。在喝茶的间隙，漂亮的姐姐告诉了他前几天发生的一件事。她妹妹去放牛，牛安安静静地在山坡上吃草，突然就受惊了，在山坡上乱成了一团。她妹妹仔细一看，才发现有一只狼冲进了牛群，正东冲西撞地在寻找可以咬住的牛呢。有一头牛因为恐惧跑出了牛群，这正中狼的下怀，它紧紧追赶过去在牛的一条后腿上咬了一口。牛跑上山冈，顺着山脊又开始奔跑。她妹妹一看情形不妙，大叫一声：“我们家的牛……”狼对牛紧追不舍，牛一头栽倒，像一块石头一样从山上滚了下去，到了山底，浑身抽搐，鼻孔和嘴里流出了血。这正是狼所期待的，牛相对于狼而言是高大畜物，它们一时半会儿没办法把牛咬死，但它们却利用山坡让牛摔下去，这样一来即使不死也只剩下微弱的呼吸了。狼无视她妹妹的存在，把牛的肚子撕开，在牛的惨叫声中扯出了内脏。巴特尔越听越生气，狼已经疯狂到了这种地步，再这样下去还了得，说不定它们也会像对待牛羊一样对待人，那时候人就不是这个世界的主宰了，狼将掌控一切。他安慰了姑娘几句，提上猎枪上路了。

这时候，正是大狼外出觅食的时间，巴特尔按照那个带来消息的人指的路线，穿过一片树林，到了那个狼窝跟前。果然有五只小狼躺在窝中，它们大概出生没几天，久久躺着不动一下。巴特尔很兴奋，心里想，别看这几个小家伙现在并不显眼，但过不了几年就会吃羊，还会咬人，今天不收拾你们，更待何时？他从包中取出放了毒药的羊肉，放到小狼的嘴跟前。小狼一闻到肉味，便翻身而起吃了起来。巴特尔在心里骂，毛驴子下哈的狼，这么小，吃起羊肉就一副凶相。不一会儿，小狼便一个个口吐白沫死了。巴特尔很高兴，这就值了，不管村里人以后怎样说自己，收拾了这几只小狼，值了。

巴特尔快出林子时，突然身后传来一声嘶哑的狼叫，是大狼回来发现小狼全死了，追了过来。想必大狼已悲愤至极，它的叫声听起来犹如有谁从它身上撕下了一块肉似的，一声接一声嗥叫，并且离巴特尔越来越近了。巴特尔停下，趴在一块石头后面举枪等着狼出现，他一点都不害怕。不一会儿，一只狼从林子里出来了，巴特尔牢记上次打狼的失败，静静地等它靠近。终于，狼进入了最佳射程内，他一扣扳机，狼应声倒下。这一枪打得很准，击中了狼的心脏部位。巴特尔上前将狼拎起，见它瘦得皮包骨头，他在心里说，毛驴子下哈的狼的日子也不好过啊！他一摸狼皮，发现可以做一个褥子，便把它往肩上一扛下了山。巴特尔在心里想，不管以后村里人会怎样说自己，又干掉了一只大狼，更值了。

回到牧场上，大家看见巴特尔扛了一只狼回来了，都夸奖他勇敢，敢一个人去打狼，而且还把一只狼打死了，真是了不得。巴特尔说，不是一只，是六只。大家没有看见另外五只，心想他一定送给那两个漂亮姑娘了。为了解心头之恨，有人提议把狼头挂在牧场边的一棵树上，让所有的狼都看看，这就是害人的下场。巴特尔在前些天打狼时也有这样的想法，但现在一只狼已经被打死了，冷冰冰地躺在地上，和一块石头没什么两样，所以他觉得不应该那样做，但他拗不过众人。那颗狼头很快便悬挂在树上了，风一吹左右摇晃，惹得大家哈哈大笑。

一天晚上，有几只狼悄悄接近了那棵树，但树太高，它们无法把那颗狼头弄下来。它们围着树转了几圈，用爪子把树抠出了印痕，最后悄无声息地走了。这是狼唯一一次没有发出嗥叫，也没有得逞的行动。一位牧民躲在暗处目睹了全过程，等狼走了后高兴得哈哈大笑。大家以为他疯了，他连声说，狼来了狼来了。大家问他狼在哪里，他又连声说，狼走了狼走了。大家知道详情后，便都嘲笑狼，说狼就是没本事的东西，关键在于你怎么治它。以前人们骂狼，是因为拿狼没办法，现在嘲笑狼，是因为他们终于发现狼也有不敢吱声的时候。

秋末，牧民们收牧回到了村子里。让巴特尔没想到的是，事情又发生了戏剧性的变化。人们都对巴特尔赞赏不已，自从他把那几个小狼毒死，把一只大狼打死后，狼群再也没有袭击过牧民和羊，但人们不愿意提他把几只小狼毒死的事，因为投毒会遭村里人的讥笑。回到村里后，都说是他把那几只狼打死的，也不特别声明那是几只小狼。事情的真相不但被改变，而且还添加了很多传奇内容。人们说，是巴特尔只身闯进狼窝，一个人干掉了十几只狼，把别的狼都吓跑了。关于他打狼的事慢慢地就变成了一个故事，在故事中，巴特尔被人们说得智勇双全，与他同去放牧的人脸上都沾了光。巴特尔有些羞愧，便告诉人们那几只小狼是被毒死的，但谁也不相信，哪能那么容易得手呢？

后来，县上规定，别的地方的狼不能打，只有牧区的狼可以打，打一只狼奖励一只羊。这些年，不知什么原因，狼越来越少，在牧区几乎见不到一只，谁也没有打狼的机会了。

巴特尔的事由此显得更为神奇，但巴特尔已经年迈，对此毫无反应。这些年，他已无法和人正常说话。

水和草

树是为天空生长的，草是为大地生长的，只有大地上的河流是为自己而流动的。

现在我要写写牧场的水和草。其实，牧场是水草的代名词。一个地方只要有水有草，不管它有多小，都可以成为牧场，甚至陡峭的山坡也可以成为牧场。只要有好草，羊不怕费力气，总会慢慢走过去吃。牧民们说，羊上坡时吃的是抬头草，下坡时吃的是低头草；羊的脖子是活的，没有什么草不能吃上。至于水，流到哪里，哪里就长草。那仁牧场有一条小河从草地中心流过，每天的阳光都把它照亮，远远地看上去恍若一条丝带。这条河的功劳不小，养育得牧场青草茂密，也使伫立于河边的松树长得笔直高大，一排排像守河的士兵。

写这本书之前，我曾在心中暗暗下决心，我要把这本书写成史诗般的一部长东西，在结构上类似长篇小说，单篇各自独立，相互间又有联系，保持内容及文体的连贯一致。我已经厌烦了小说叙述的一致性，那种情节、人物、情绪、故事、形象等等，已经长时间地霸占了我们的视野，使心情无法完全放松下来。反之，散文的这种闲笔和远离主线的视角反而更真实。我觉得这便也是一种小说。我喜欢把富有想象力和接近极度真实的叙事文体都看作是小说。出于这一想法，我让文字尽量接近一些细致的东西，使之有立传的功能。

牧场在牧民心目中的地位是至高的，故首当立传。而牧场的水和草直接起到了维系牛羊生命的作用，故而笔就应该直接落到水和草上。

先说水。

像高原所有的水一样，那仁牧场的这条河也是雪山上流下来的雪水汇成的，河水流量不大，但却冲开了一个很宽的河道。因为河道平坦，故水面显得很平静，就是坐在河边也感觉不到它在流动。河床也很宽，我在远处以为一步可以迈过去，好不容易走到跟前，才发现它有3米多宽。它在人的视野中之所以显得窄，主要是因为被阔大的牧场映衬得小了。

我坐在河边看水。水清澈见底，河底的沙子似乎在随流水移动，但好长时间过去了却并没有移动多远。有几条小鱼从水草中游出，撞入我投在水中的影子里，一惊，便快速逃走。此时四周已安静下来，隐隐约约地，我听到了水声。一条表面上趋于平静的河，发出的水声是隐隐约约的，但却很紧密，似乎有无数双脚正在一个看不见的地方行走。

任何一条河都有它的故事，那仁牧场的这条河也不例外。格尔林告诉我，在很多年前，人们赶着牛羊到处寻觅草场，但都不能找到如意的。有一天，牛羊突然像是听到召唤似的，齐唰唰改变行进的方向，一律钻入一片树林子。人们要把它们拦回，怎么努力都无济于事，只好让它们在松林里穿行。它们像是早已明确方向似的，排一列整整齐齐的长队穿树林而过，又翻过一座山，才站住出神地望着前方。牧民们赶过去一看，眼前是一片广阔无比的草地，有一条小河在中间流淌。

好牧场！牧民们发出了感叹，羊群“咩咩”叫成一片。少顷，羊群从山坡上冲下跑到了河边，牧民们以为羊要饮水，但它们却站在河边不动，望着河水出神。牧民们明白了，是这条小河的流水声把羊引过来了。

羊会听河。

尽管这条小河只发出了隐隐约约的流水声，但羊却会听，隔着一座山、一片树林，羊就听见这个地方有一条小河，并由此判定此处有一个大牧场。所以，它们便自己选择了道路，选择了能维系自己生命的一块牧场。牧民在这种时刻已经失去了管制羊群的权利，只能跟着羊翻山过林。这便应了村里那些上年纪的人说的一句话，羊有时候在牧场上也放牧人哩。这是人们首选那仁牧场的一件重要原因，尽管有些神奇，但却又很深刻，它说明了生命与大自然互融的确切与美丽。

再后来，关于河的故事便越来越多。人们最为惊奇的就是这条河坚持在河道中流淌的故事，牧民们每年春天进入牧场，而春季正是雪山化冰的时期，所以这条河里的水便时大时小。有时候，水突然就大起来，从河道中溢出，顺渐陡的地势漫延。这时候，一条河便变成了几条河，新的河道出现，旧的河道反而没有水了，干干地被弃在那里，像断裂的骨头，看着骇人。有时候，大水在半夜涌下，“哗哗”的水声使羊群变得躁动不安，便“咩咩”乱叫成一片。牧民们说，现在流下来的水是下午的太阳晒化的冰水，上路晚，所以到了晚上才流到了那仁。第二天，草地上就会又出现新的河道，横横竖竖流着大大小小的水。出现新河道的日子，羊都不去远处，只吃近处的草。有羊不小心吃到河边，被水惊吓，猛地转头就跑，似是对水很恐惧。

后来，牧民们发现了一件很有趣的事情。每次雪水流下来后，不论冲出多少新河道，但最终仍要归于老河道。那些水流上几天后，像是终于听到了什么召唤似的，仍回到旧河道去。旧河道很快就又恢复了昔日的神采，在阳光中如一条起伏的丝带。

这是一件很有意思的事情。牧民们就等着每次河水闹腾一番后，又归入旧河道。一次这样，两次这样，最后便次次都这样。慢慢地，牧民们便为河水的这种执着而感动了，他们觉得河水像村子里的一个人，那个人有一年放牧把羊丢了，找了好长时间，别人都以为找不回来了，但他却坚持天天去找，终于将羊全部找了回来。

河水的变化，人在看，羊也在看。任何一种东西，你长时间地去注视它，慢慢地便会被它的某些特征感动，在心灵上有所憣悟。有意思的事后来发生在一只羊身上。那天，雪山上的冰水突然涌下，顷刻间在牧场漫延，将路都淹没了。一只羊在慌乱间被堵在一个死角，无法回到羊群中，水越来越大，眼看着它就要被淹没，牧民们都为它捏了一把汗，但它却很从容，向四处看了看，扬蹄一跃跳入旧河道，它站在水中一动不动，好像在等待着什么，果然，水慢慢地涌入了新的河道中，旧河道中的水始终是那么多。它站在那儿一动不动，等着大水过去。下午，水小了下来，新河道慢慢显出石头和沙地，那只羊从水中出来，又开始吃草。牧民们都很为这只羊而高兴，它在危难来临的一刻，能够从容地选择旧河道保护自己，真是聪明。

再说草。

前面已经说过，那仁牧场的草好，在阿尔泰是出了名的。好草必养好羊，所以，在那仁牧场长大的羊皮毛柔软，肉鲜嫩，而且长得壮实。阿尔泰富饶，被誉为“金山银水”。而阿尔泰又是大牧区，所以有人便戏称阿尔泰的羊走的是黄金大道，吃的是中草药，喝的是矿泉水。牧民们对草的感情很深厚，除了草喂养了牛羊以外，大概还有一种感情在里面。一天，我看见一位牧民蹲在一个地方在用手刨着什么，好半天都不离开。我走过去，见他神情专注，双手小心翼翼地在刨一株草周围的沙子。我问他：“你在干什么呢？”

他说：“我在帮这株草。”

“你怎么帮它？”

“去年的风调皮得很，刮到这里，不光刮来了雪，还刮来了沙子，把好好儿的一株草给埋住了。草的力气小嘛，我帮它一下。”

“它今年能长出来吗？”

“能。能长出来。去年它在嘛，喂了我的羊，今年我们不能不再见面。”

我不再问他什么。一个牧民已经细致到了这一步，外人就不能再打扰他什么了。他知道一株草今年没有长出来，就用手把压住它的土刨去，在他心中，牧场和牛羊一定会有更确切的位置。

细看那仁，几乎是碧草连天。这是一个草的世界。这个世界是一个许多细微物的集合体，庞大由细微完成，伟岸由细致完成，极致由真实完成，美由淳朴完成……一片树林可以具体到一棵树展现出全部，一片草原可以从一株草上呈现出全部生命。所以，世界其实只是一个量的呈现体，它不应该独霸时空和专制。如此这般具体到一棵草，就可以触摸到它的细致和真实。一个生命在细致和真实之处总会有许多感人的地方。

有一年牧场起了一场大火，火势很快就蔓延到了那仁，但只烧了十几米，却奇怪地熄灭了，那场火使其他牧场都遭了灾，牛羊因为没草吃被饿死了很多。人们都惊讶那仁牧场的草为何不着火，便都过来看，出现在眼前的情景使他们惊讶不已：火烧到那个地方后，留下一道齐唰唰的痕迹，像是有谁在那里及时砍了一刀，将火制止了。那道痕迹旁边的草并无什么特别之处，但却没有被烧伤的痕迹，让人目光虚虚的敬畏。从此关于那仁牧场的传说就多了起来。人们说，这个地方有神看着牛羊，牛羊都是上天的神降到人

少年、牧民或骑手

间修炼呢！所以，上天不会不管它们，派另外的神在关照它们呢！在火烧过来的那一刻，神就用大刀将火斩断了。这是一个在中国常见的神话，基本上遵从的仍是神力高于一切事物的规律，突出神力，使故事变得完美。

也有在现实中有意思的事情。一位牧民告诉我，看一只羊有多高，就知道它吃了多少草。我问他怎么个看法。他说："去年嘛，我有20只羊和红梏草一样高，今年和麻黄一样高，明年就和柴胡一样高了。和柴胡一样高的羊，要吃5年那仁牧场的草；和麻黄一样高的羊，要吃4年；和红梏一样高的羊，要吃3年。"我深信他这种计算法的正确性。多少个日子，他就这么盯着羊看，看着看着，便看出了门道。后来，去他的帐篷里喝奶茶，见他帐篷里挂有多种草。他告诉我，他发现了草与羊的身高的关系后，便将这些草一一采来，与每一只羊测量，果然很是准确。于是，他便向外公布了自己这一发明，牧民们往外卖羊时，纷纷采用这一方法与商人谈论价钱，不按这个标准给价，死活不卖。

他成了一个规则的创造者。

多少年后，牧民们也许仍将沿用他发明的这个方法。一只羊，不用再去称，再去用手掂量，瞅一眼就可以知道它吃了几年的草，有多重，值多少钱。

“你是白哈巴村的功臣！”我赞赏他。

他却嘿嘿一笑说：“这是一个简单的事情嘛！草嘛，每年都长着哩；羊嘛，往草那么高长着哩。长到啥草的高度就值啥钱，每个人一下子就会算了嘛。我不是功臣，草场是功臣，是草场给了我们一切嘛。”

当晚，他给我们宰了一只羊，吃手抓肉的时候，他问我：“羊肉怎么样？”

我说：“好吃。”

他感叹一声说：“这只羊也长了一身好吃的肉。前年嘛，它红梏一样高，去年它一下子长得柴胡一样高，直接越过了麻黄，一年长了两年的身子嘛！这么好的羊，我舍不得卖出去，我放羊辛苦嘛，吃个好羊也是对我的回报。”

我停住了刚抓在手里的一块羊肉，不知是吃还是不吃。一只好羊，对我来说应该预示着什么，吃下它的肉，我将怎样在感情中消化它？他发现我走神，一笑说：“羊是吃草长大的嘛！好草喂好羊，你就当自己是一只羊在吃草就行了。”说完，他诡秘地一笑。我不多想，抓起羊肉就吃，人生在世，无不就像一只到处觅草的羊，而能遇到好草，“一年长两年的身子”，实在万幸，我就当自己是一只遇到了好草的羊，放开吃吧。吃罢羊肉，体内燥热，似有火在烧。

入夜，从他的帐篷里出来，见月光洒了一地，草地上光芒一片，明闪闪地有什么在动。多么像一双双眼睛，正躲在细密的草丛中间在看着我。

寂静的河

有的牧民奇怪，到那仁牧场后不与大家同牧，偏偏要一个人找个地方扎下帐篷，独自去放牧。

今年，又有了这样一个人。那天，当那个人做出这个决定时，大家都劝他还是与众人一同前往，因为他的羊群很小，再加上他的身体不好，不宜独处。大家这样劝他，实际上是出于对他的怜悯和担忧，大家都觉得他玩不起个性，还不如随大流好，但他却执意要去，死活听不进大家的话，大家只好随他去。他把自己的羊从大羊群中赶出，孤零零地往左一拐，下到了一个河滩里。众人无奈地离去，他选这个河滩有他的道理，河滩两边的草长得很青嫩，估计他的羊一个牧期够吃了，他平时是一个沉默寡言的人，现在把羊分开，可能倒也过得轻松自如。

大家都扎下帐篷后，他倒成了大家共同的一个观望点。河滩在低处，他的一举一动便都在大家的视野之中，人人每天早上起来，第一件事就是望一望他，看看他在干什么。其实，大家对他仍然放心不下，因为他的生活能力低下，大家实在想象不出他如何维持一日生计。因此，对他的观望一方面出于好奇，一方面仍出于担忧，但他却似乎生活得挺好，每天一大早将羊赶出去，然后帐篷上就升起了炊烟。大家都知道他在烧奶茶喝，那抹炊烟升得弱，想必他也是随意烧了一壶对付了事。喝毕了茶，他便坐在河边一动不动，望远处的山或天上的白云，久了，他便像一块石头。他的羊吃青草，有时候走到他眼前望着他一动不动。一人一羊，久久不动，加之有青色草场和蓝天白云的映衬，如画中景物一般。

有一次，有人在上游用炸药放了一炮，炸死不少鱼，有来不及捞的鱼顺水流到了他面前的一个水潭，明晃晃的很是显眼，他从地上一跃而起，脱去裤子冲进水中去捞鱼。众人远远地见他光着屁股在水里扑腾，不知他要做什么，过了一会儿，见他手抓几条鱼喜滋滋地上了岸。下午，便看见他帐篷上空的炊烟升得笔直而持久，众人便知道他在煮鱼，有一顿好吃的了。这件事之后，他知道河里有鱼，便削尖一根树枝去扎河里的鱼。他有极大的耐心，一直坐在河边等鱼出来，鱼只要一出来，他便一下子扎下那根树枝去，又准又稳，笑呵呵地将鱼从水中提出。从此以后，他每天便有鱼可吃，煮鱼时从帐篷上升起的炊烟变成了人们向往的一道风景。

我听牧民们说他的事，便准备去和他呆上一天，我觉得他从本质上而言是一个更彻底的牧人。但还没等我接近他，他却因为一件事搬到别的地方去了。一天早晨，有几只别人的羊走到了他的河滩里，羊不谙世事，不知道他与众人分开就是要独占这一带的草，它们贪河滩中的草好吃，低着头只是吃，不知道那个人在远处望着它们，等吃到他跟前了，才被他的一声大喊吓了一跳。它们转身就跑，直到跑远了才敢回过头望一眼他。他用手指了一下它们，骂了一句粗话，但没一会儿，那几只羊又偷偷过来吃河滩里的草，羊也许对吃草只有直接攫取的心理，不会考虑更多。他气愤之极，不再骂粗话，顺手操起那根扎鱼的木棍追上去就打。羊受惊，四散而开，急急逃跑。他不管更多的，只顾盯住其中的一只追赶，那几只羊冲上山坡，又下河滩，但就是不能摆脱他，他已经紧紧咬住它们不放，似乎不抽它们几下不足以解气。他一边追，一边将木棍舞得呼呼作响，丝毫没有要停下的意思。最后，那只羊跑进了一堆乱石中，被石头绊住四蹄跑不动了，只好乖乖等打，他冲上去“啪啪啪”几下抽在羊身上，羊打着哆嗦像个罪犯。直到打得解气了，他才提木棍返回。

这一幕被众人看见了。在他刚才追羊的时候，有人向他吆喝，让他停住，但他追得正猛，加之又在火头上，压根没有听进去。下午，他就拆掉帐篷，赶着羊群去了别的地方。人们都习惯每天朝河滩中张望，他走了之后，那里空无一物，但人们却总是改不了向那里张望的习惯，只有两眼空空地望一阵之后，才知道他确实已经离去好多日子了。

过了几天，牧场上起了大风。一位牧民挂在帐篷外的皮条子被风刮走了。（我在《马鞭子》一文中已经说过，牧民将皮子割成细条，在阳光下暴晒，晒好后做马鞭子）他四处寻找，终无下落。后来，他断定那些皮条子被风刮进河里去了，浅水处不可能使它们沉没，只有那个独处的人扎过鱼的深水潭有可能使之沉没。他找来一根长树枝，在潭中使劲捞了整整半天，却没有一根皮条子出来。他想，这个独处的人在这里呆的时间长，知道哪个地方水深，哪个地方水浅，兴许他能捞上来呢。于是便带上1公斤奶酪骑马去找他，找到他后请他来捞，那个人仍执他那根扎鱼的木棍探入水中细细地捞，捞过几遍后，便失望地摇了摇头。

有人劝那位牧民，肯定捞不出来了，那些皮条子有可能被河水冲到喀纳斯湖里去了，也有可能被鱼吃掉了，羊在草地上要吃草，鱼在水里也要吃东西嘛！刚好你的这些东西来了，它们就吃了。那位牧民不甘心，仍要他再捞一次，他不作声，只是摇头。众人见再没有什么热闹可看，便一一离去。

他走到那位牧民跟前说："马条子没有捞出来，下午我把你的奶酪还给你。"

那位牧民已被事情弄得有些伤感了，说："唉，你就留下吃吧。皮条子我丢不起，1公斤奶酪我还拿不出吗？"

牧场上的河

但他在下午还是把那1公斤奶酪还给了那位牧民，他把奶酪端到他的帐篷里，什么也不说，放下就走了。

后来，我去那个河滩坐了一会儿。要离开时，见他在河边走动，我以为他在寻找什么，我觉得他对这个河滩是有感情的，但他却似乎对河滩视而不见，很快就走了过去。

一个在这里生活过的人都没有留下什么，我又能寻找到什么呢？

河水无声而又从容地流向了远方，这是一种强大的无声和从容。

留下河岸，空空如也。

两棵树

一棵树长起来，把头伸向天空，把影子投在大地上。

在远处，我们看见的是树高大的身躯，走近树，我们才被它们巨大的影子笼罩。

牧场上有两棵大树，相距有十多米，从远处看，两棵树似乎是一棵树，硕大的树冠投下大大的影子，占了很大一块地方。牧民们便把这个地方起名为“两棵树”。有时候羊走到树荫下，便站一会儿，羊也许是在树荫下乘凉，也许是感觉到这两棵树高大，在这里站一会儿是荣耀。后来，牧民们也受了羊的影响，走到那棵树下了，也本能地要站一会儿。

多林是这次放牧中年龄最大的牧民，他说：“人呀羊呀，都爱到大树下站一站，是也想变成大树呢！要是人和羊在那里站上几十年，就真的变成大树了。”旁边的一个年轻人说了一句调皮话：“大叔，我们把你放在这里，你当一冬天的大树，明年开春我们再来接你。”多林说：“我这个年龄了，该当树在冬天里站时早已站过了，你年轻，要有这个信心，选一个地方，让自己像一棵树一样站一个冬天。”年轻人觉出多林话中含有什么，便不再说话了。

关于这两棵树的传说颇多。有的牧民说，它是在一个冬天里就长这么高的，那一年人们在秋季离去时，它们还只是低低的两棵小树，等过了一个冬天，人们在春季进场，它们就已经长成了这么高。还有一位牧民说，一次他走过那两棵树，躺在树下歇息了一会儿，他的马鞭子居然从手中脱出飞上了

胡杨树

树。人们跑到树下去看，哪里有马鞭子的影子。他便又说，马鞭子飞上树以后停留了一会儿，又飞上了天。天空高远无比，谁也看不到马鞭子到底飞到哪里去了。

我没有去考察这些传说，我非常能够理解人们把这两棵树说得如此神奇。人都是这样，对于高大完美的东西往往都习惯于幻想，习惯于按自己的思维去设想出它更完美和神秘的一面。说到底，这便是人的一种向往。人是喜欢向往的，人的生活基本上是依据向往而得以维持的。

这两棵树在现实中也发生过一些颇有意思的事情。有一年，不知从何处呼啦啦飞过来一大群乌鸦，遮去了阳光，大地顷刻间幽暗了下来。羊最先有了反应，见乌鸦飞过来扭头就跑，急促而密集的蹄声把大地敲击得一阵阵颤抖。鸦群在空中盘旋几圈，落入那两棵大树，顿时，枝干上便黑乎乎一片，好像两棵大树在瞬间结出了黑色果实。几个年轻人围过去，捡石头打乌鸦，但任凭他们怎么打，乌鸦都不离去，偶尔有一两只被打中，只是在树旁绕飞几圈便又落下，其他的乌鸦则对他们视而不见，只是稳稳站于枝头。几个年轻人愣怔不已，不得不停住，望着乌鸦们出神。

多林把他们叫回，对他们说：“不能打乌鸦，它们飞长路飞累了，在歇息呢！我们走路走累了的时候，也要歇息，如果乌鸦在我们歇息的时候也用石头打我们，我们会怎么想呢？”年轻人说：“它们落在大树上了。那是大树，它们怎么能落呢？”多林说：“它们要飞很远的路，这两棵大树是他们在中途歇息的标志，没什么不好的。”年轻人便不再说什么，一一散去。乌鸦们在树上歇息了一个多小时，便又飞走了。

后来又发生了一件事。到了秋初，别的树上叶还绿着，这两棵树的叶子却已开始发黄并相继落下。它们的叶子有巴掌那么大，从枝上落下时闪闪发光。几天后，树下便落下厚厚一层。牧民们感叹着说，多好的树叶呀，可惜用不到地方。不料没过几天，树叶就发挥出了用处，一只母羊分娩，正值深夜，便独自跑到树下，将树叶哄成一堆钻了进去，小羊羔顺利产下，母子被树叶暖着过了一夜。第二天，牧民们看到了这些，说：“好树叶，好树叶，一切都多么好啊！”

再往后，人们走过两棵大树时，便习惯了，像走过一座山，或者一块小石头，不会再在意它们了。两棵大树，和牧场上所有的事物一样，因为亲切而变得平静，因为平静而显得真实。正是这样一些事物组成了一个牧场，养育着牛羊。从表面上看，它们颇为平静，但却隐含着无可预测的可能。

它们潜藏在岁月深处。

帐篷被风刮走了

一天，一位牧民放羊回来时，发现自己的帐篷不见了。帐篷里的东西散于一地，奶子从倒了的奶桶中流出，在地上白晃晃的刺眼，被子和衣服没剩下一件，几张羊皮沾着尘土，已变了颜色。他的羊也为眼前的情景惊恐，“咩咩”地叫成一片，他被它们叫得心烦，喝一声，它们便跑开了。有人告诉他，他今天出去后，这里刮了一场大风。

是风把帐篷刮走了。

他有些不相信，风怎么能把帐篷刮走呢？进入牧场后，他选了四根粗壮的木头做了桩子，把帐篷的四角牢牢系住。他往下钉那四根木桩子时，感觉就好像在钉四棵树，让它们生根发芽，长大成材。他以为那样扎下的帐篷是牢固无比的，但没想到却被风刮走了。他想象不出那一刻风是怎样把一个帐篷掀走的。那四个桩子还在，而连接四个木桩的绳子却齐唰唰地全断了，好像被刀子割断了似的。

他曾遇到过大风，那是牧民们谈之色变的黑风，但他都安然无恙。他实在不明白，还有什么样的风比黑风还厉害？他有一点生风的气，有本事你直接对着我来嘛，干吗乘我不在使坏呢？他曾放倒过一头牛，如果那场风刮过时他在，他就会和风斗一斗，风虽然是无形的东西，但只要保住帐篷，就等于打败了它。但他却没有碰上风，风因为无形所以显得很厉害，它专挑你不注意时袭击你，说不定它这会儿又躲在什么地方在酝酿袭击你的办法呢！

没有了帐篷，他只好赶着羊群提前返回村子。走到半路时，他在一棵松树上看见了自己的衣服，他在心里骂风：“狗日的劲真大，把我的衣服刮到了这么远。”他爬上树把衣服拿下来，衣服完好无损，但他拿着衣服心里却不是滋味，衣服虽然失而复得，但却不是跟风争斗后得来的，他心里仍充满失败的阴影。

又往前走了不远，他看见地上到处是帐篷的碎片。一顶好好的帐篷，被风撕成了这样。他捡起一片，他的羊也许都已经知道了他的心思，低着头默默往前走着。路多崎岖不平，羊不时地把石头踩响，叮叮咚咚，在山野里响起一片撞击声。

当夜，他宿于一个山谷中。山谷里没有风，他和羊挤在一起互相取暖，一夜倒也平安无事。但天亮时分上路时，他发现两只羊丢了，他不知道它们是怎样丢的，想想他不在时，一场风就把帐篷刮走了，夜宿山谷虽然无声无息，但两只羊却丢了，他觉得这真是咄咄怪事。他一气之下，不去找它们，赶着其他羊快快回到了村子里。

村子里的一位老人知道了他的遭遇后说：“我们放牧的人有时候就是这样，走了很远的路去放牧，一年下来，也不知道一场风是怎么把帐篷刮走的，更不知道一夜之间羊又是怎样全丢了的。”

他想，风刮过来时，谁也看不见它；风刮走时，更是没有谁能够追上它。

风有一双无形的脚。

奔跑的牛

一块草地，因为有了牛羊的到来，就变成了牧场。

牛在牧场上不多，但也属于游牧之列。从村子里出来时，牛走在羊群后面，像压阵的将军，行进的队伍因为有了牛压阵，便显得从容和庄重了许多。到了牧场上，牛和羊便分开。牛喜欢吃山坡上的草，而羊喜欢吃细草，细草都长在河滩里，所以羊很少到山坡上去。

牛和羊就这样分开了。

牛每天不需要收拢，下午吃到哪里便在哪里一卧，到了第二天早上爬起来又去吃草。牧民们对待羊像对待儿女一般，对牛则关心不多，主要因为牛是大动物，整个牧期放在外面也不会有事。有时候，牛吃着草便慢慢地走到主人的帐篷前，像要表什么心意似的朝主人叫几声。主人被它的叫声感动，伸出手去抚摸它，它用身子蹭蹭主人，甩着尾巴高兴地走了。

我到牧场的第二天，一位牧民一大早就来找我，对我说："走，看牛去，有禾木村的牛羊转场正经过这里呢！"我问他："他们的牛有什么特别的吗？"他笑一笑说："你去了就知道了。"我随他到了山口，果然见一大群牛羊正经过山谷。禾木村的牛多，几乎和羊群不相上下。等羊群走过去后，他突然用手一指后面的牛群说："看，那头牛。"我顺着他所指的方向一看，好家伙，牛群中有一头牛整整比别的牛高出了一头，长长的角高扬着，似乎要伸上天去。它行走的姿势更是和别的牛不一样，四蹄迈得很稳健，庞大的身躯似有些沉重，但却不失重心。它的蹄子一下一下稳稳地踩下，似乎把大地踩得在颤抖。

“它是牛王。”那位牧民感叹一声。

我问他：“阿尔泰还有没有像这样大的牛？”他嘿嘿一笑说：“有，但还在它妈妈的肚子里。”后来，他告诉我，这头牛留下了很多好听的故事。有一次，它在外面十几天未回，天突然下雪了，主人正要去找它，却见它飞奔着跑了回来，进了牧场，它并不到牛群中去，而是直接跑到主人跟前。主人见它跑得气喘吁吁，再往它背上一看，有一双绿绿的眼睛——啊，狼！它背上驮着一只狼。狼惊恐地从牛背上跳下，试图逃出牧场，但牧场上人多，很快就把它围住打死了。原来，它在返回牧场的途中遇到了一群狼，一只狼跳上它的背试图咬它的脖子，它撒开四蹄就跑，狼在它快速的奔跑中既不敢跳下，也咬不着它的脖子，只好紧紧趴在它背上，它就把狼一直驮到了牧区。

牧民们觉得它真是厉害，把一只狼驮到了丧命之地。狼在牧区有时候是很厉害的，如果围住了一群羊就呜呜地大声叫，羊群一听到狼叫就惊慌失措，四散而逃，这样便正中狼的下怀，它们一一瞅准羊一扑而上将羊咬死。牧民们也曾想了不少办法，但都不能消灭狼，唯独这头牛聪明，在一只狼跳到自己背上时驮起它就跑，狼其实也是怕死的东西，不敢往下跳，只好在牛背上趴着，最后在牧场上被牧民打死了。

人们将消灭了一只狼的功劳归功于那头牛。国家有规定，在牧区打死一只狼可奖励一只羊，但给牛奖励什么呢？后来人们想了一个办法，把一块布绑到它脖子上去，谁见了便都会知道，它是一头有功的牛，但它却不喜欢那块布，跑到一棵树跟前使劲往下蹭，把布蹭了下去。

人们又去给它挂，它一见就跑，人们再也没有办法接近。

人们在牧区谈论的另一头牛比较普通，在牛群中，毫无特征可辨。如果不是因为有一天它突然奔跑起来追一只狐狸，也许牧民们永远都不会关注它。那天，所有的牛羊都在安安静静地吃草，牧民们坐在帐篷门口懒懒地晒太阳。突然，有人高呼一声：“快看，那头牛干啥哩？”众人看过去，见对面的山坡上有一头牛在追一只红狐狸，有石堆和杂草不时出现在它蹄下，但它却并不躲避，只是飞快地从上面一跃而过，继续向前奔跑。

"是艾尔肯的牛。"

"不是，是格尔林的。"

"更不对，是索林多的。"

牧民们争论不已，但都不能断定它是谁的牛。那个山坡离他们有几百米远，他们只能看见是一头牛在奔跑，无法断定它到底是谁的牛。

它跑下山坡后，人们才看清它是格尔林的。

那只狐狸有红色的尾巴，或者说全身都是红的，跑起来红光一闪一闪，像是有一团火在山坡上滚动。那头牛紧紧地盯着它，不管它跑到哪里都死死不放。牛是大物，跑动时四蹄踩出很大的声响，狐狸疑心它始终就在自己身后，只顾逃跑，连回头张望一下都不敢。也许，它根本不知道是一头牛在跟自己过意不去。

牧民们看得高兴，一头牛和一只狐狸，这两种老死不相往来的动物，今天居然碰在了一起。不知道牛为什么要追它？也许，它吃了牛刚要去吃的一株嫩草；也许，牛卧在什么地方刚要打个盹，是它经过的脚步声惊醒了牛，牛很生气，便要捉住它问罪。狐狸聪明至极，一看情况不妙便跳起身就跑。狐狸以前肯定没有遇到过这样的事情，见身后的那个家伙追个没完，便只有拼命往前跑。

牧民们一边看热闹，一边议论，要是这头牛追上狐狸，一蹄子就可以把它踩死，狐狸皮是好东西，能卖不少钱呢！格尔林这两天不在牧场，如果他回来，就不要告诉他那只狐狸是他的牛踩死的，等狐狸皮卖出去后，大家分钱，凡在场的人都有一份。但事情却并没有出现人们期望的情景，那只狐狸跑到一片草丛跟前红光一闪，顿时没有了踪影。牛失去了追逐目标，在草丛四周着急地打转，却再也找不到那只狐狸。牧民们觉得那只狐狸可能在草丛中躲了起来，便跑过去围堵，但他们把那片草丛翻了个遍，也不见那只狐狸的影子。他们又怀疑它钻入洞穴了，掀开草皮找了一遍，还是没有。他们觉得，狐狸可能会什么变身术，见自己实在跑不过身后的庞然大物，就摇身一变遁去。

牧民们怏怏而归，他们一转身，才发现那头牛不在了。

不知什么时候，它已经走了。

还有一头牛，因为奔跑，把自己伤了。

去年返回牧场的时候，天下了一场大雪，牧民们把羊群收拢到一起，便又去收拢牛。牛群已经吃到很远的地方去了，收拢起来走到下午才到了汇聚地。因为那场雪来得早，人们都聚在了一个山谷中避开了寒风。那群牛从山坡上往下走，夕阳快要落了，雪地上反衬出一片浓浓的夕光，似有暗红色的丝绸铺在地上。有一头牛看见那片夕光时突然站住不动了，它这一停顿让牛群显得有些乱，赶牛的人向它吆喝一声，它突然撒开四蹄跑起来。它先是从牛群中跑出，然后顺着山坡向雪地上的那片夕光跑去。

看见了它的一位牧民惊呼："不好，要出事了。"

它的速度越来越快。本来，它处于下坡的路上，是不宜奔跑的，只要一跑起来就很难收住了。果然，由于惯性的原因，它已经有些失去重心了。它或许也意识到了，想收住身子，但已经收不住了，它像一块石头一样倏地飞落在山坡上，继而又向下滚去，滚到坡底，被它带起的尘土久久没有散去，它挣扎着想爬起，但却没有力气。人们围过去，看见它的眼睛睁得很大，在呼呼地喘着粗气。牧民们把它抬到一个平地，让它卧着，希望它能缓过气来。

一块草地，因为有了牛羊的到来，就变成了牧场

它的主人不在，只有13岁的儿子守着帐篷，发生了这样的事情，他不知道该怎么办，抱着那头牛就哭。大家劝他，它可能卧一会儿后就好了，但他却不信，说："它像石头一样从山上摔下来了，不会好了。上次有一块石头从山上滚下来，摔到山下都摔碎了。我们家的牛，内脏肯定像石头一样摔碎了。"大家见劝不住它，便带话给他父亲，让他赶快回来。

当天晚上又下了一场大雪，那头牛被雪埋住，只露着头在外面，那个13岁的小家伙拿着父亲的羊皮大衣走到它跟前，把它身上的雪扫掉，给它披了上去。雪越下越大，小家伙不停地用手刨着落在它身上的雪。到了后半夜，便哭了起来："我们家的牛要死了，我爸爸回来我怎么办呀，他一定会打我一顿。"到天亮，他父亲仍没有来。他已经哭得满脸挂满泪珠子。

那天，他一直守在那头牛跟前，不停地刨着落在它身上的雪，嘴里呜呜地哭，谁劝都不听。到了下午，夕阳又把雪地照亮，那层夕光在雪地上反射开来，又使大地变得像铺了一层丝绸。那头牛突然从地上一跃而起，飞奔向那片夕光，跑进去后，站在那里一动不动。它看见夕光出现，不知道为什么突然有了力量，从地上一下子一跃而起。

牧民们都很惊讶，看见它站在夕光中，已和往日没什么两样。

那个小家伙终于不再哭了。

高处的窗口

快要转场了，我走到牧场东边的山坡顶，坐在一块石头上鸟瞰那仁牧场。这个位置可以看到牧场的全部——所有的牛羊、树、一条河，以及帐篷、羊圈等等，都尽收眼底。在牧场上不会看到它的全部，而现在却全部看到了——这个山坡顶是那仁牧场在高处的一个窗口。

看着看着，我便觉得那仁牧场像一个人，在这些天以来，我站在它的对面，目睹着它从头至尾完完整整地经历了一件事。是的，在牧场上发生的所有事情相对于牧场而言，其实就是一件事。牧场像一个历经了沧桑岁月的老人一样，随心所欲地让一个季节只发生一件事。从头至尾，它都很从容，似乎早已在内心知道事情将怎样发生，又将怎样结束。牧民们也同样有这种心态，在整整一个季里都显得不慌不忙。多么好啊，让人觉得在牧场上经历一个季节，便犹如度过了一生。如果你这样走到暮年，然后回头张望，便会有一种从未有过的满足感。

我想，对于牧场来说，不论是一个季节，还是一年，或者一生一世，再抑或永久，都只能发生一件事情。它在开始的时候就已进入永恒，所以，从此它便再也没有开始或结束。

这种持之以恒，并一成不变的东西应该被称之为什么呢？

像是神助一般，在牧场的另一个山坡上出现的景象马上使我茅塞顿开——一群提前转场的牛羊列开一个长队，正缓缓从山坡上走过。而我在第一眼看见它们的时候，就想到了一个词：游牧。我觉得在牧场上暗暗游动的气息，以及沉缓持续的节奏，还有所有的事情都被归为一件事的感觉，就是在被游牧这一古老方式带动着，它们其实就是人们在这块土地上赖以生存多年的唯一方式。

牧场像一个人，而在牧场上发生的所有事情，其实只是一件事。多少年了，这件事一直如此持续着，而且经久弥坚。

我看到了游牧精神。

最后一场雨

一场雨像赶时间一样下在了牧场。前几天天气一直很好，牧民们算了算日子，到该下那场返回的雨的时间了。那场雨一下，一年的放牧就宣告结束了。

雨从早晨下起，团团大雾笼罩着牧场，浓密的雨珠好像从大雾中滴下似的，响亮地落在地上，草丛发出窸窸窣窣的声音，像是张开了嘴在痛饮上天赐予的甘露。草啊，好好喝吧，一年的时光将尽，牛羊们都要走了，留下你们，脱去绿衣服，在这里度过一个寒冷的冬天。牛羊们不会忘记你们，人不会忘记你们，明年，人们和牛羊还会再来。

牛和羊都已经有了反应，站在雨中不去吃草，时时望着远处出神。它们在想什么呢？在这几个月时间里，眼前的这个草场喂养了它们，它们虽然每天除了吃草还是吃草，但谁又能知道，它们在内心对草场保持着怎样的感情。

一头牛很快就有了具体的反应。它从牛群中走出，走到一块石头跟前便不动了。人们走过去一看，有几只在草场上叫不出名字的小鸟正在它的腹下避雨。那头牛天天经过那里，知道那几只鸟此时无处可躲，就走了过去。这样的事情在平时可能也有很多，但因为不是牧场上的最后一场雨，所以人们都没有留意。而此时，人和牛羊都变得敏感起来，这样的事情人们一眼就可以发现，内心随之便一波三澜。

中午，雨下得更大了，牛羊们站成一片，在雨中一动不动，它们已经像人一样知道迎接了这场雨，就意味着马上要离去了，所以都静静地等待着什么。

寂静，像一块更宽大的毡子一样，将牧场覆盖了。

秋叶泛出金黄色之际，便是牧民转场的时候

这时候，发生了一件事。一位牧民骑马去赶羊，马也许被雨刺激，在雨丝中狂奔起来，跑着跑着，他突然从地上飞出，像一只鸟一样落了下去。很不巧，他落在一块有尖利棱角的石头上，他的腿伸了伸便不动了。人们跑过去一看，只见雨水从他身上流下后变成了红色。那匹马也惊了，跑出很远了仍停不下来。人们把他抬回帐篷时，他已经咽了气。有人回忆说，几年前有一头牛也摔死在那个地方，“那个石头简直就是刀子嘛，那头牛和他一样，摔下去后也是一动不动地就流出了血，很快就死了。”平时，有人走到那块大石头跟前时都小心翼翼，但这个人怎么就忘了呢？

牧场上出现了难耐的凄冷。这是今年放牧将尽时的一次意外的死亡，那匹马不知为什么要在雨中狂奔，把主人甩在了那块像刀子一样的石头上。人们怨恨这块石头，也怨恨那匹马。那匹马自从主人出事后，就躲得远远的，不走近牛羊，也不接近人。过了几天，危险的事情差点在那里又重复发生，一只羊吃草吃到那块石头跟前，不知怎么的就滑倒了。眼看着它要一头栽到那块尖利的石角上，但它的臀部却甩了过去，碰在了石头的边沿。它险中得幸，没有丢掉性命。一位年长的牧民便给大家讲，看好自己的牛羊，不要接近那块石头，人更是不能接近，要保证转场时不要再发生死亡的事情。那只羊受了惊吓，跑进羊群后不停地乱蹿，把其他羊也吓得骚动起来。雨还在下着，它们把地上的积水踩得溅起，“啪啪”几声像刀子一样飞出。牧民们跑过去将那只羊按住，它才依在一位牧民的怀里，像一位依赖着母亲的孩子。

接下来的几天，牧民们开始收拾东西。雨还在下着，整个牧区都裹着一层阴霾。人们终于变得烦闷起来，加快速度收拾毡房和生活用具。这时候，大家才知道这场雨没有什么罪过，只是人因为返回的心情急切，一切都乱了。秩序一乱，便难免要出事。

“不要着急，不要着急！”一位上了年纪的牧民叫喊着，让大家平静下来。实际上，这时候是没有秩序可言的，秩序只是在牛羊进场后明显一些，但那是少数民族沿袭了几千年的古老游牧方式，到了牧场上，牛羊就开始自由自在地吃草，人不用去多管。但这时候首先是人乱了。人就是这样，忙忙乱乱一生，一忙，必然要乱，无乱不忙，人与许多事物比较起来，其实最没有规律。

终于在一个下午，人们将全部家当收拾停当，闲了下来。牧场上暂时出现了一种平静，但这种平静只是表面化的，从收拾好的东西上就可以看出，人们在极力按捺着要离去的种种躁动，明天一早所有的牛羊就都上路了。那将是一次大规模的转场，山野里会响起牛羊们密集的蹄声，大地将为之颤抖。

那天晚上，牧场上响起一声沉闷的声音，像是石头与石头碰在一起发出的，羊群中一阵骚动，有羊发出几声惊叫，有好多人都听到了那个声音，但没有谁出来看看，很快，牧场上便又平静下来了。

第二天早上，人们发现有一块石头砸在了那块石头的尖角上。不知道是谁砸的。

夜遇阿克哈巴河

怎么说呢，看到阿克哈巴河的那一刻，我的第一个感觉是，它不是一条河。

天已经黑了好一会儿了，夜幕完全拉开的时候，一抬头就看见了挂在天边的月亮。新疆的地大，所以，经常能看见天上一边挂着太阳，一边挂着月亮。在白天，月亮只能悄悄地在天上挂着，不会被轻易发现，而一旦太阳落山，天刚麻麻黑，你总能看见远处的天边先亮了起来，不一会儿，那片光亮越来越大，一直涌到你的眼前。

阿克哈巴河也是从上游被一片月光照白，继而又慢慢向下，顺着河道在移动。我看到在月光的移动中，河水变得更白了。由于月光在动，河水似乎也在向下汹涌，这种汹涌是一团白光的涌动，越来越快，似乎已经倾泻起来。月光顺着河道从我面前移动过去。在越过我的时候，我看见河水的内层被照亮，很深，也很厚重。月光移动过去之后，河面只有一层淡淡的亮光，让人觉得阿克哈巴河仍不是一条河，而是别的什么。

这时候，一位哈萨克牧民骑着马一边往这边走，一边唱着歌。空旷的夜晚因为突然有了他的歌声，一下子便打破了宁静和孤独。他走到我跟前，从马上跳下来，愣愣地望着月光中的阿克哈巴河。我觉得他有点奇怪，怎么突然瞅着阿克哈巴河就发起了呆。过了一会儿，他表情非常复杂地看了我一下，然后转过身去，准备牵马离去。

“哎，佳克斯。”我不知道为什么忽然想和他说几句话，就使用了用来称谓朋友的这句哈萨克语，叫了他一声。他听到我的叫声后停了下来，准备去牵马的那只手在半空中犹豫了一下，还是收了回去。他走到我跟前，也像我一样说了一句："哎，佳克斯。"他的声音很有磁性。

我们两个人都不说话，临河而立，望着月光中的阿克哈巴河，长久地沉默着。此时的阿克哈巴河面仍旧是一片铁青，我仍然感觉不到它是一条河。但在一扭头间，我发现他的右手上有血。再仔细一看，他的那只手正在流血，一滴一滴的鲜血从指缝里流出，滴在了沙土中。此时月光正亮，因而他的那只手掌看上去黑糊糊的，可以肯定已经有大量的血流了出来。

"你的手……"

他把手伸到我跟前。我看见他的手心扎着一根像筷子那么粗的骆驼刺。他把手翻过来，我触目惊心地发现那根骆驼刺刺穿了他的掌心，在手背露出二三寸的一截。我知道紧挨着阿克哈巴河的山坡上到处都长着骆驼刺，骆驼刺较之于其他沙漠植物，似乎有着钢铁铸就的枝叶：其枝坚硬无比，其叶锋利如刃，人和动物一旦碰到骆驼刺上，必然会被划破皮肤；如果碰得重了，则会被刺入肉中。

"你这是怎么回事？"

"刚才，我的马看见阿克哈巴河被月光照亮，就狂跑起来，我不小心跌落在地上，这根骆驼刺就钻到了我手心。"

"疼不疼？"

"有一点点。"

我扭头去看犯下错误的那匹马，它仍然在出神地望着阿克哈巴河。看它的样子，它很想向着阿克哈巴河一跃而入，但拴在它脖子上的那根缰绳却被它的主人紧紧地抓在手中。

"我本来想在河水中把手上的血洗掉，但一看见阿克哈巴河，我发现我从来都没有看见过它在月光中会是这样。我不洗了。"说完，他翻身上马，两腿用力一夹马腹，那匹马就向远处奔腾。不一会儿，远处传来了他的歌声。我知道，此时他跟刚才来到阿克哈巴河边时一样，正高声唱着歌。而那些鲜血伴着歌声，正从他的指缝里一滴一滴地落入沙漠。

文章写到这里，我才记起，当时他面部的颜色和阿克哈巴河一样，都是铁青色的。

回到村庄

牧民们在一个下午回到了村子里。那场雨还没有停，湿漉漉的人和湿漉漉的牛羊只有在走进村子后，才算是卸下了一身疲惫。村里人说，村子里昨天还晴着，今天早上突然就下起了雨。刚回来的这些人便觉得，是自己把一场雨从牧场上带了回来。

村子因为这些人和牛羊的返回，有了些许热闹。人们互相走动，留在村子里的人早已为朋友备好了酒，朋友走进自己的家来，互致问候的同时，就递上了一瓶酒，有些年长的人便互致一些很有意思的问候。我在村西头听两位老人在这样问候：

问：那仁的山没有把你留下吗？

答：我的羊回来了，我的毡房回来了，我的朋友在这里，我的心怎能不回来。

又问：你的羊在哪里，你的毡房在哪里，你的朋友又是谁？

答：我的羊在村子的怀抱里，我的毡房是老婆子的身体，我的朋友——就是要请我喝酒的你。

他们互致问候时，话语颇具旋律美，很有一种吟诵的味道。那位朋友一听哈哈大笑，一拍他的肩，走，到我们家喝酒去。

村里有一位猎手，在早些日子就传出了话，他要打30只野鸡，慰劳一下出去放牧的人。昨天，他已经打到了29只，今天又冒雨出动了，到了黄昏，他仍未归。人们见稠密的雨丝已将天色笼罩于一片黑暗之中，就觉得他今天要空手而回了，因为下雨天野鸡不会出来，他就是守上一天，也未必能打到一只，但就在人们点亮马灯时，他却回来了，他果真打到了一只野鸡，凑够了30只。第二天，凡是出去放牧的人家都可以得到一只野鸡，可以美餐一顿。

他笑着对村子里的女人们说，男人们出去好几个月了，一回来就得忙几个晚上，让他们吃鸡补一补。女人们便害羞地去打他，他躲着跑开。女人们在他身后不住地笑，笑声里有了一些很微妙的东西。见了朋友，他热情地与他们打招呼，朋友们都知道他猎技高，便对他说："猎手迟归，不会空手回。"这是哈萨克族人常说的一句谚语。他接住话题说："猎物要打上，一要善于隐藏，二要穷追不放。"朋友们便都笑了起来。

出去放牧几个月，男人想着女人，女人想着男人，放牧的人回来后，女人们脸上便都挂满欣悦和满足的神情。村里人做过统计，有很多小孩的出生都与放牧归来这个时期有关，人们都知道，羊是那仁哪个牧场上生的，小孩子是哪一年和哪一年放牧回来后怀上的。

处于热恋中的小伙子和大姑娘就显得更为微妙了。多林的妹妹去挑水，母亲等了一个多小时都不见她回来，她和村子里的一个小伙子在谈恋爱，小伙子回来后，天天朝她家门口张望，无奈她手中有活，又因为和小伙子的关系尚未公开，就不好出来。今天，母亲让她去挑水，她出门的脚步有些急促，眼睛急急地往门外瞅，引得母亲感到有些疑惑。她与小伙子在树林里相会，把挑水的事忘得一干二净。她母亲等不到水，便出门去找她，走到林子边，见水桶扔在那里没人管，而林子里影影绰绰有人的影子。母亲没有作声，转身默默而回。女儿在林子里与小伙子缠绵够了，才挑着一担水回家，她怕母亲说她，但母亲却什么也没说，母亲之所以没有作声，也许想起了自己年轻时有过与女儿同样的经历吧。

还有一些彼此对对方钟情，但却没有捅破那层纸的青年男女就显得更微妙了。一个姑娘喜欢一个小伙子，苦苦等到他回来，还想尽一切办法向他靠近，但小伙子却很迟钝，对姑娘的表现没有半点反应。姑娘急了，就对他说："咱们到树林子里去吧，我有话对你说。"

小伙子回答："我不敢去树林里。"

时光缝隙里的小女孩

“为什么？”

“树林里有狼呢，我害怕。”

姑娘哭笑不得，便笑话他说：“你真是一个小羊羔子！”

不料小伙子却不乐意了：“谁是小羊羔子？你叫我去树林子里，我不去，我就成了小羊羔子了？”

姑娘被惹恼了，骂他：“你连树林里都不敢去，不是小羊羔子是什么？像你这样的小羊羔子，早就应该被狼吃掉。”骂完，气呼呼地走了。

小伙子被她骂得愣怔不已，他不明白，她叫自己去树林里干什么呢？

羊和人一样，也有了一些微妙的反应。有的羊走过羊圈时，羊圈里传来极为温柔的咩咩叫声，这种叫声只有母羊能发出，有公羊就为这种叫声停住了，愣一愣便向羊圈门走去。巧得很，主人居然未关圈门，公羊大喜，钻进去就扑向那只发出声音的母羊。羊圈内顿时响起一片咩咩声。羊和人不一样，羊只要干这种事情，就会大叫，它们的叫声似乎是一张大毡子，把自己迅猛抬到天空，又轻轻放回大地。

那只母羊是图尔林的，他将羊圈里发生的事情听得清清楚楚，对妻子说：“我的羊今天晚上结婚了，哈哈！”图尔林当晚去看了几个朋友，喝了一瓶酒，很晚才回来。进了家，他想起自己的一只羊今天晚上结婚了，就有了也要干一件事的冲动，但当他摸到妻子身边时，却发现她早已睡着了。

卷七　大雪飘飘

对一场雪的细致叙述

雪一直在下着。每家每户在门前扫出一条道，以便去泉边挑水，或者去羊圈中给羊喂草。横横竖竖的路便又使雪中的村庄变得有了活力。平时，我们踏着路去四面八方，但始终没有感觉到路的重要，只有路被雪覆盖，又被人们从雪中清理出来后，我们才感觉到路的亲切。路，原本就是使人维持正常生活的根本所在。

在这偏僻的小村庄里，人们已经把马从圈中牵出，把爬犁立在栅栏上。一个冬天，不光有雪一层一层地积厚，还有这些雪天中的生活，一天一天地过着，使时间变得丰盈。

索伦格的爬犁需要维修，他双手抓着拉绳，像一匹马一样拉着爬犁去另一位牧民家里，那位牧民是修爬犁的好手。他临走时给我把炉子烧旺，嘱我在家好好呆着，没事可以想想心事，可以看看雪。

我坐在窗户前，看着外面的雪。看着看着，便不时地感到雪冥冥然起了一些变化，似乎有一些话语悄悄传了过来——

上午的雪来得猛烈，一层又一层落在树上、地上和石头上，树变得粗壮了，大地浑然不见踪迹，石头再也没有了往日的硬朗之状，只有一个模模糊糊的形状而已，就连村中央的那条小河，也没有了往日的喧响，在被雪覆盖的冰下面悄悄流淌。

噢，一场冬天的雪，就使大地改变了模样，失去了声音。雪是一种强大的东西啊！它等待了很长时间，终于等来了分娩的时候。而它只要一获得降临的机会，就会在一夜之间占领整个大地。它占领的本事极大，几乎不留一寸空隙之地，直到把大地变成它的世界。阿尔泰的冬天是一位体态丰满的华丽女人，而像白哈巴村这样的地方，就变成了在宁静中久坐不动的少女。而大地呢，也似乎极愿意被大雪改变，让这些洁白的裸体女人躺在自己身上，静静地享受着它自己想要的幸福。

…………

我喝过一碗奶茶后，发现雪下得更大了。天色暗了下来。一场大雪，难道也可以使天为之变化吗？

我突然觉得这场雪是为我而下的，这些雪花实际上就是跋涉的士兵，它们从一个非常高的地方开始上路，向着大地降下，经过云层、冷风和别的雪花的击打，一直走到了我面前。它们多么勇敢啊，选择一个高度往低处走。这是一种多么难得的精神上升。最后，它们在我面前开始诉说，让我倾听一些神秘的话语。

我觉得这种感念是确切的。那一片一片落下的雪花，将大地一层层包裹起来，使一种事物改变另一种事物的事实变得淋漓尽致；使二者的结合变得寂静而又从容；使一个世界变成另一个世界，从容不迫，美丽而富有生机；使天空和大地的交谈对答如流。

因为这是一个早晨，我便感到我与一场雪还有着更多的感应，它有更多的诉说，我有更多的倾听……我倾听着一场大雪冥冥中的诉说，感到自己已被雪带走，处在岁月之外。就这样在雪中冥想，感到雪已经有了生命，它掠夺了大地，开始了自己的生命，就像等待已久的琴弦，终于发出了声音。这时候再看看村庄，它已经完全被一种寂静笼罩，像我一样在静静地倾听。

这样想着，突然觉得我蜗居的这个小木屋，因无边无际的大雪，而变得辽远起来。

中午的时候，起风了，飘下的大雪被风吹动，变成了飞雪。飞雪是大雪的一种剧烈运动。也许，它们意识到即将落入大地，而浑身的力气还没有用完，就借助大风在天空中奔跑一次。飞雪在天空中也是密集的，仿佛一群鱼游动在海洋里，而在游动的过程中，不停地产下鱼崽。

这时候，不知谁的一匹马跑了出来，看见飞雪便奔跑起来。马总是难耐天性，看见猛烈的东西总要去追一追、比一比。所以，马总是处于激奋和猛烈之中。有一位牧民曾经告诉我，在牧场上放牧时，马总是要在每天选一个时间奔跑。想必在那个时候，它不奔跑，身体里便痒痛难忍。

这匹马跑得很快，可以看得出它是一匹好马。它的头高扬着，似乎盯准了天空中的哪一片飞雪，要把它追下来。但很快它就发现自己的追赶显得很是徒劳，雪飞到村西头的那个小山上空时，毫不费力地就飞过去了，而它却无法从山上一跃而过。它不得不停住，低着头返回。

想想马的秉性，我便又觉得，说不定这些密集的飞雪，从此便进入了这匹马的梦里。这个想法让我兴奋——我想象着那些死去的人都变成了雪花，在天空中飞舞。有很多生命像这匹马一样都看见了它们，看见它们后，能奔跑的就奔跑了起来，不能奔跑的便久久地出神凝望，比如庄稼、森林和河流。

这个想法是笨拙的，但却使我变得很兴奋，让我觉得自己的身体里也有很多雪花在飞翔。

下午的时候，雪下得平静了许多。天空也变得愈加宁静，天地沐浴在空

大雪改变了世界

濛的落雪中。这时候，大地上许多东西才显出了自己的站姿。树已被装扮一新，静静站着，似有悟性；山像是坐了下来，变得矮矮的，似乎永远不打算再站起来了。细看积雪的山，它们因为有了坐姿而充满禅意。

真想在这样的大雪中像一棵树一样站着，像一座山一样坐下，让大雪把自己覆盖，变成另外一个自己，然后置身于诸多无言的事物中间，迎住一场大雪，让自己的心灵裸露，然后接受一次彻彻底底的覆盖。再然后呢？当一场雪停住后，就变得平和而又从容。大自然的万物都是在沉默中裸露着心灵的，而人要走路，要说话，所以必须将心灵珍藏于内心深处，使行为变得执着而又冷峻。

这样便又想起了一件事。是我刚来村子里时，见一群羊和一辆汽车在村子里相遇，汽车司机怎么按喇叭，有几只羊就是不让道，站在那里挡着汽车，让另外的羊从村道上穿过，直到所有的羊都走过去了，它们才离开。牛羊的这种坚执精神在新疆的很多地方都可以碰见，你坐在汽车上从一群羊身边经过，它们便不服气汽车超过了它，跑起来要和汽车赛跑，窄窄的山道上就会上演车羊赛跑的一幕，直到最后，羊见汽车顺山而下，或穿过河流，才会把四蹄停住。之后，它们便又变得平和、从容起来。还有这个村庄，在这场大雪的围裹中也像正站立的一棵树，或坐着的一座山，更像一个停歇下来的人。这就是这个村庄的神韵，在它沉迷而冷峻的外表的遮掩下，内层却蕴含着浓稠的律动。揭开它，你就会为它有着那么多细致而深沉的东西而感动。

我打算写这个处于边缘，有点类似于部落的小村庄的时候，有人说，就那么个小村庄，怎么能写一部长篇散文呢，最多写一篇一两千字的游记式散文就不错了。我没有和那个人再交谈。我知道一个部落是由无数个美妙的细节构成的，这是它的至高审美规律。而对于钟情于细节的我来说，无疑会使我如鱼得水。写到三千多字的时候，我觉得我触摸到了这个部落式的村庄的灵魂，我很兴奋。我知道自己又会像写《悬崖乐园》一样，为一个小地方写一部长东西。福克纳说，他一辈子都在写一个邮票大的地方。大师就是大师，我觉得他的这句话是一句最好的评论语言。

这部书写得很快。我一直被我笔下的文字感动着，这种感动从那三千多字处开始，一直持续到了现在。

就像这场雪，在沉迷中将自己一层又一层覆盖。

雪崩之美

一些雪落在一座山上，使一座山变成了雪山，因此它们也失去了到达大地的机会。

一座雪山在发生雪崩的时候，让那雪用狂奔的方式到达了大地，它们由此变成了另外一种雪。

在村子里一抬头，就可以看见照射在雪山上的阳光像一把把刀子，正隐隐约约在动。凝眸仔细一看，雪山仍透着阴冷和坚硬，是阳光反射出来，让雪山隐隐约约有了动感。但下雪的日子在大多时候是寂静的啊！落雪一层层积着，使山脉变得臃肿起来，而太阳在每天早上升起时，那些笔直的、尖锐的阳光仍像热情的小伙子一样迅猛地扑到积雪上去，也许它们用力太猛，在扎入雪中后有些后悔——这高处的雪积在一起，着实是太冷了，但却已经来不及了，它们被积雪把扎入的部分吸住了、凝固了，再也不可能出来了。露在外面的一半目睹里面的一半的遭遇，便急忙要离去，无奈生为同一身躯，再也无法脱开。于是，人们便看见积雪上面的阳光隐隐约约在动，似要脱离而去，却总是不能成功。积雪这时候才发现很热情而且很迅猛地扑向自己的这些阳光原来是虚假的，一生气，便从深层调动来千百年由寒冰孕育成的冷气，将扎入自己内部的阳光冻得更牢固了。

以上的情景是我凝望着雪山时在脑子里出现的莫名其妙的念头。我已经是30多岁的男人了，经常会情不自禁地在脑子里出现这样的幻想。我喜欢独处。独处时，脑子里一出现这些东西，我便觉得要比和很多人在一起更有意思。前几天，我看见鄂荣发现一头公牛爬上一头母牛的身体后把头转了过去，我就让几个小家伙把那两头牛赶到他面前去。在《甩鞭》一文中我已经说过，鄂荣的妻子被另一个放羊的人拐跑了，从此以后，他似乎断了近女人的念头。我想劝劝他，何必那么在乎呢，再找一个女人不就行了吗？村里人一到冬天天天吃羊肉，雄性的某些激素便被激活，万一他突然想女人，而且一想就再也没办法控制自己了该怎么办呢？在这大山深处，又没有别的什么可作为活教材，就只好让他看看两头缠绵在一起的牛了。他看着看着，脸上出现痴迷的神情。火候已到，我走到他跟前告诉他："村子里有好几个女人对你有意思呢！"他不假思索地问："谁？"我一一告诉他那几个女人的名字，他有几分疑惑，又有几分欣喜。和他告别往回走的路上，我边走边喃喃自语，大概是为鄂荣高兴吧。索伦格从我对面走来，我居然没有发觉，他拍我一下："你这人，怎么自己给自己说话呢？"我一惊，像是突然认识了自己似的，我怎么自己给自己说话呢？

自己给自己说话。

我想大概是由于心中意念太强烈，用嘴说着，便似乎真的已经到达了心中意念想要达到的情景一样。

一个人，只要他是一个正常人，他在按捺不住喃喃自语的时候，他内心的渴望是强烈而又纯洁的，以至于使他觉得叙述就是一种非常好的过程。他在这种过程中享受到了幸福。只是所有的这些，仅仅是我一个人的感觉，也许只有我能体会到个中滋味。

呆呆地看了几个小时的雪山，脖子有些酸了，正要离去，雪山上却发生了一件事。我已经望雪山无数次了，只有这次发生了我意想不到的事情。所以，必须要用专门用于写字的这支笔记一记——

起初，似乎有一道暗暗的光芒在半山腰一闪，便转瞬即逝。但很快，山顶上的雪像是被什么从背后推了一下似的，突然裂开一条缝，成团成团的雪向下开始滚动。它们越滚越大，很快就形成了雪块。它们有的垂直向下落着，有的被山坡上的什么东西碰得飞起，斜甩向空中。它们被碰撞的那一刻大概受了重力，甩到空中后一一散开，空中便布满细密的小雪块。

明亮安静的雪山突然被这一道雪崩划出了动感。向下的雪块不停地将四处的雪推动起来，雪块越来越大，向下滑动的速度越来越快。很快，所有的雪块便堆积在一起，像一只大手一样从高处向下抹来。

要发生雪崩了！村里到这时才有了反应。人们都跑出来，为雪山上移动的大手惊愕不已。大概好多年都没有发生这样的事情了，对于好多人来说，从出生到现在大概都没有见过这样的事情。雪在平时只是一场又一场地落着，人们对它见惯不惊，说不出什么与雪有关的事情。人们只是知道，第一场雪开始下的时候，冬天就来了；最后一点雪化掉的时候，冬天就过去了。而又由于雪在冬天也充当着寒冷的角色，所以人们一向都像对待冬天一样冷漠地对待雪。现在，雪在向下狂奔，它们像是突然汇成了一个宏大的集群，在内心响应着统一的号角向山下冲来。山坡对于此时此刻的它们而言，是一个非常有地理优势的战场，那些陡坡，一如等待已久的骏马，在它们涌到的那一刻，便驮起它们，让它们飞腾。

渐渐地，山上的这只大手显示出了一种美感。它向下移动过后，雪山上留下一道深深的痕迹，像一把刀在那儿划过了一样。有几只乌鸦被惊起，惊惶地飞过山顶，很快就没有了踪影。也许，它们看见那道痕迹太骇然，怕掉进去丧了命。就在乌鸦飞过山顶后，突然一声巨响，向下滑动的雪块冲起整

雪线，像画笔抹出的图像

整一面山坡上的雪，腾空而起，向山下冲来。这才是真正的雪崩。顷刻间，成团的雪雾弥起，向下落的雪就像一个大脑袋的怪兽，后面的雪雾则像这个怪兽的一条长长的尾巴。很快，这个怪兽便从山坡上冲下，一头扎入村庄后面的松林里。松林倏然被掀动了起来，齐唰唰向一边摆动着。落在松树上的雪全落了下去，松树又露出了枝条。

四周又平静下来了。

雪崩这个怪兽，大概是初生成的缘故，不识路，不思量，看见前面有松林，只顾一头撞上去，结果把自己撞了个粉碎，散于一地再也不能复活了。

一场惊心动魄的雪之狂奔啊！

就像一个人，不顾死活了，只想快活一下，一旦快活了，死，便也死得痛快。

我痴迷雪崩真正成形的那一刻的情景。那个有着大脑袋的怪兽的奔突，多么像一个人奋力一搏。那是激情的极致，是生命的飞扬。在那一刻，由于内心的果决，它的身形已经幻化出了一种决绝的美。在生与死的交接片刻，它变成了另外一个自己——现实中的自己义无反顾地走向死亡，完成死亡，另一个自己进入美中，与天地共存。

一个人要是能够这样，该是多么好啊！

雪崩后的下午，我才发现村子里的牛羊居然对此都毫无反应。我有点不太相信它们会是这样，来白哈巴村这么长时间了，我深知它们的灵异比人要强得多。我曾听说过羚羊跳涧的故事。母亲带着小羚羊走到涧边，因无力跳跃过去而着急。过了一会儿，母羚羊和小羚羊一起跃向涧对面，到了中间，小羚羊在母羚羊背上一点四蹄，再次起跳，落到对面的山坡上，而涧底传来母羚羊的一声惨叫……

羊居然会这样所思所想，怎么会对一场雪崩无动于衷呢？我走近羊圈去仔细看羊，这时我才发现它们其实都已经感觉到了，或者目睹到了刚才发生的一场雪崩，但它们的眼里却布满了冷漠。雪崩使许多雪块在松林里仍疾行了很远，有的甚至已经滚到了羊圈跟前，但所有的羊对此却很冷漠，似乎这样凶猛的东西与它们无关。要是雪崩再凶猛一些，就将羊圈淹没了，还有可能进入村庄。但羊却对此毫无表情，似乎有一种瞧不起雪崩的意思。

我想，如果让这些羊置身于一场风暴中，让风暴吞没它们，或者让它们不停地与风暴纠缠，时而激烈，时而沉闷，它们或许都是这样的表情。羊的冷漠是一种忍受，也是一种拒绝。

下午，格尔林将他的羊圈打开，让羊到村中的那条小溪中去喝水。所有的羊都因为太渴而迫不及待地奔向小河边，只有一只小羊羔贪玩，扭头跑向雪崩带下来的雪块，一会儿用嘴去舔，一会儿跳上跳下，很是高兴。有喝完水的羊扭过头看着它，眼神空洞，久久没有反应。只有一只不懂事的小羊羔，觉得一场雪崩好玩。它不会想到那其实是一场近在咫尺的灾难，如果没有松树阻挡，很有可能就会使它们丧命。

小羊羔玩够了，便向羊圈走去，它没有发现那些大羊的反应，像是什么事情都没有发生似的。它甚至非常高兴，与这些目光沉静的大羊呆在一起，也许使它感到很压抑。反正只要发生一些事情，不管是好事坏事，都会使它高兴。

在一只快乐自由的小羊羔眼里，世界似乎什么事情都不会发生。

多少天过去了，现在我写着这场雪崩，以及大羊的冷漠和小羊羔的欢乐，我觉得我已经幻化了，一会儿是雪崩发生时迅猛向前奔突的怪兽，在死亡的一刻到达生命的极乐；一会儿又是一些面对着灾难表示出冷漠的羊，在现实生活中，我们每一个人无不都是这样啊！一会儿，我又是那只在快乐和自由中忘却一切的小羊羔了。

有意思吧？在这个小村庄里，看到的比经历的多，比经历似乎还要更深刻，而且时时让我沉迷，让我在苏醒的一刻变得更为冷峻。

就连我的这支笔，也时时受到挽救。

谶言

多林走到我面前说："我走了很远的路才走到了你跟前，你是我今天看到的第一个人，我要把一些事情告诉你——过两天，我的三只羊要死，到时候你过来帮我把它们埋掉，你不是想多看一些白哈巴村的事情吗？"看他轻描淡写地说着这些，我有些纳闷，三只羊对他来说可不是小事，他为何如此不在乎。同时，我也有些吃惊，他何以知道自己的三只羊在两天后会死呢？

我问他："那三只羊得病了吗？"

他说："没有，好着哩，像山坡上的松树一样。"

"那你怎么知道它们会死呢？"

"我做梦梦见它们过两天要死。"

"梦灵验吗？"

"灵验。以前有不少人做过这样的梦，过了几天就灵验了。"

"三只羊要死了，你……"

"没关系，上天派它们到我这儿来，到时间了，它们要回去。"

"是吧。噢……"我似信非信，还是有些不明白。以前我也听不少人说过梦的灵验，但我却从没有亲自体验过。所以，我还是不能相信。不过，这样的事情让我碰上了，我倒要看看到底会有一个什么结果。

晚上，向索伦格说起这件事。他说："这样的事情确实发生过。有一个人有一天梦见自己三天后要死，就骑马去找他的兄弟朋友，告诉他们，自己三天以后将离开人世，在走之前有几件事拜托朋友们办一下。第一件，开春的时候那匹青马该骟了；第二件，进牧场后最好让羊群去吃东面山坡上的草；第三件，他将死在一块石头旁，就把自己埋在那里。朋友们都不相信他的话，认为他在说胡话。但到了第三天，他果然死了。他骑马走在路上，在一块石头旁突然身子一软，就栽下去死了。他的大哥在前几天听他说自己三天后要死时，说了他几句，不让他胡说。但当人们告诉他，弟弟确实已经死了后，他跑到那块石头旁吃惊得半天说不出一句话来。他从早上一直坐到太阳下山，看着朋友们把弟弟埋掉。天黑后，他尽管有些不想离去，但还是被众人拉回了村里。哈萨克人在没有太阳的时候是不会去麻扎旁的。”索伦格为了强调这件事的真实性，又说：“这件事从头至尾我都看见了，像天上有太阳一样，真得很。”我觉得这些事都是真的。我甚至有些按捺不住急切的心情，希望多林的三只羊真的死掉。这样，我就会相信，在白哈巴村发生的一些言中自己生死的事情是真的，而且这也多少符合我对这个村庄的感觉。尽管像死人和死羊这样的事情是悲哀的，但在这个村子里却是一些神秘的事情，让人觉得正是这些神秘的事让这个村庄变得美丽和深刻了起来。

与索伦格聊到深夜，才上床休息。索伦格给我铺了那张狼皮褥子，刚躺下不一会儿便感到暖意浸遍全身。索伦格的这张狼皮褥子真是好，来白哈巴村的第一天，我就在它上面躺了一夜，次日起来，感到连日来的疲惫已消失殆尽。快天亮时，一声动物的吠叫将我惊醒。由于这一声吠叫太短促，我尚未听清是羊叫还是狼叫，但这一声叫却使我再也睡不着了。一只动物在天快亮的时候发出吠叫，又是在预示什么呢？

过了两天，村中果然传出消息，多林的三只羊死了。我正在索伦格的房子里喝奶茶，有人在门外大声喊叫：“多林的三只羊死了。”索伦格刚端起一碗茶，听到这声喊叫时手明显地抖了一下。我说：“果真灵验了。”他嘴里咝咝地抽着气，似有一些恐惧。我问他：“你不相信吗？事情都已经发生了。”他喃喃地说：“怎么能不相信呢，事情确实已经发生了，已经发生了！”

过了一会儿，多林让人来叫我和他一起去埋羊。村里人不吃死了的牲畜，一般都将其挖坑埋葬。

走在路上，雪下得更大了。昨天晚上又是一场大雪，没有什么从村中

落雪是一种述说

走过，雪仍积得很厚，所以每一脚踩下去都是一个深深的脚印。走到鄂荣家门口时，大概村里有许多人看见我们了，都走出大门向我们张望。我想，人们可能都已经知道多林的羊死了，而且知道我要和他一起去埋羊，就要看个仔细。村里人在很多时候都觉得我这个人很奇怪，对村里的什么事情都感兴趣。有一次，础鲁喝醉了酒后对我说："有一件事我要告诉你。"我问他是什么事情，他用手一指一家人的木房子说："他们家的女儿今年18岁了，你为什么晚上不去找她？"我训斥他："胡说，我对这个村庄是有感情的，怎么能干那样的事情。"他哈哈笑着说："你们城里人，唉唉真是傻！我提醒你以后可千万不要去她家，弄不好你会挨骂的。"我不解，我好端端的挨什么骂？他哈哈笑着，不再对我说什么。我被他弄得云里雾里的，但却不好意思再细问。我从一个很低的地方走到这个有高度的村子里来，每走一步，都感到在向高处行进。这是我对整个村子的感觉。但我当时实在是不明白，我没有在晚上去一个已经18岁姑娘的房子里，为什么会挨骂呢？现在我知道了其中的缘由，原来一个男人辜负一个女孩的等待就是一种罪过，但我写文章的这个地方已离白哈巴村将近1000公里。唉，一切都远了，晚了！

边走边想着这些，一阵风将落雪吹得迷茫，天地之间变得暗淡了许多，思绪也更乱了。大雪啊，你一场又一场落下，我只看见你迷濛而又汹涌的飘落，但却看不见有多少事物已被你遮盖。在这个冬天，一切都被你覆盖，只有等到开春才会显露出面容。于是，春天又开花结果，但已不是上一个春天的景象。我已经推迟了离开村庄的日子，我总觉得这个村庄在冬天应该更具神韵，我应该留下来，好好地看一看这个村庄。这个村庄的一半是属于冬天的，村里人经常说这个村庄时，会说："六个月冬天，六个月夏天。"每年从11月份开始，阿尔泰就落雪了，也就进入冬天了，直到来年4月份才化冻。漫长的冬天，大雪将房屋覆盖得只留下一个大致的形状，人和牲畜都很少走动。这时候，村子便变成了一个"雪海孤岛"，一切都变得寂静无声。但往往在寂静中反而会生发出一些热闹的事情。前两天，一头牛在雪地上慢慢地走着，一低头看见了雪地上自己的影子。它可能是平生第一次在雪地上看见自己的影子，就用蹄子去踢，不料它踢一下，影子似乎也要踢它一下。它恼了，用劲去踢，却总是对影子无奈。最后，它在地上打滚，翻来翻去把地上的雪弄得坑坑洼洼。它身上沾满了雪，白花花的像披了一件什么衣服。它为了抖掉身上的雪，撒开四蹄向村中跑去。也许是因为受了刺激，到了晚上仍然不能安宁，在圈中乱踢乱叫，似乎满地都有它的影子。后来，不光那个圈中的牛受到了惊吓，就连附近几家人的牛也变得烦躁不安。人们去揪它，要把它和其他牛分开，但它扬着一对尖尖的角向揪它的那个人猛戳过去，吓得他赶紧跑了。没办法，大家只好去找它的主人，主人的老婆说他下午出去未归，大家便又去别人家找，结果在一个女人的被窝里找到了他。大家似有些生气，又似有些嘲弄他，你小子，你的牛要吃人了，你还在这里吃野奶。村里人把偷别人的女人叫吃野奶。他匆匆赶往牛圈，对那头牛怒吼一声，它乖乖地卧下不动了。他见众人已知道了自己的事情，就向大家讨好，"打扰了，打扰了，改天我杀一只羊，请大家吃羊肉。"有人等着吃他的羊肉，没有将他的事情说出去，有人管不住自己的嘴，便将事情说了出去了，他老婆一气之下差点点火烧了房子。这几天，他已经在村子里臭名了，与他相好的那个女人也生他的气，不再理他了。听索伦格说，昨天他把那头牛牵到后山去，用一根粗粗的树枝抽打了一顿。打完了，他突然想起，前几天他和那个女人在一起时，她问他："以后要是你对我不好怎么办？"当时他说："我要是对你不好，让全村人都看不起我，在春天我没有草场，在冬天没有柴禾，一把火把我的房子烧个一干二净。"想想前前后后，他觉得事情怎么像自己说的一样如实发生了。老婆点起火要烧房子，要不是拉得快，恐怕自己现在连个去处都没有。

这两天我没有看到那个人，所以无从知道他姓甚名谁。他大概不想见外人，尤其是像我这样的外人，更是要躲远一点。想想这几天老是被多林梦见羊要死的事情缠绕着，便觉得他和牛的事情因为先有预见，便无可避免地要发生。

多林已选好了埋羊的地方。

三个大坑，在白茫茫的雪地里显得醒目骇然。三只羊的身子已经僵硬了，被扔在里面，等着用土去埋。

"你来吧。"多林递给我一把铁锨。我看了看他，见他表情平静，便挥锨往坑里填起了土，三只羊转眼就被土埋住了。这三只羊，不知道在几天前就有不少人知道它们要死，但谁也没有办法将它们挽救。如果它们生病了，可以给它们吃兽药；如果它们受冻了，可以把它们弄到暖和的房子里。但唯独它们是被人梦见要死的，人拿梦没办法，而且人们又都很相信这样的梦，所以，谁也不说什么。反之，还有一种期待的心理，希望这样的事情一定要发生。如果事情不按梦里的情景发生，反而就让人失望了。

埋完了羊，我们无比平静地返回。我想，这样的事情应该有个什么仪式才对，但没有想到多林只是完全被事情牵引着，草草将羊埋掉了事。我想，之所以显得平静，其实是大家对这样的事情都云里雾里的，理不出个头绪来，所以便都不愿把这平静打破。这样的事情以前在村子里没有发生过，所以就不能形成举行仪式的习惯。走到村口，多林与我分别。不知为何，我们俩不约而同地伸出了手，紧紧地握在了一起。这一握，有多少话语尽在用了很大力气的手中啊！

松开手时，我看见多林眼里有了泪水。

这是一个牧民的泪水，到现在才流出来。

死亡背后

一个人死了，大地上有一个地方在等着他。

他躺进去，阳光仍然照着那个地方，雪花也会一层一层落下，他会无比沉静地安眠，从此不再发出任何声响。

别里思汗在一场大雪中死了。

别里思汗骑马去村后的林子里布下套兔子的铁夹子，由于天太冷，返回时他被冻得唇上挂满鼻涕。前几天的一场大雪已使气温骤降，人们很少出门，连多林死了三只羊的事情也不知道。村里人在这样的天气里一切从简，村中显得空空荡荡，偶尔有人走出房门，也是急急到羊圈马圈旁，用木杈挑起一些马草给它们甩进去。马和羊探出头悄悄吃着，冷硬的空气中没有一丝声响。过一会儿，有几户人家的房顶上会升起炊烟，人们在房子里烧奶茶喝，谁也不出门。有一年，一位上了年纪的老汉在房子里喝奶茶，也许是因为闲着没事，喝着喝着便喝多了，推开门出去撒尿，不料冷空气居然将尿转瞬间冻成了冰棍，弄得他没办法收拾。我听索伦格给我说这件事时，忍不住笑出了声。我想象着他那样的情景，如果被哪个女人看见才热闹呢！

别里思汗在这么冷的天气里本来是不出门的，但今天早上妻子说的几句话使他生气，他提着铁夹子就出门了。早上，他想出去找鄂荣他们几个人喝酒，妻子不让去。他生气了，就说："不去喝酒我呆在家里干什么呢？天天在你身上骑马，骑了好几年了，你的肚子平得还像草场一样。"别里思汗把他和妻子之间的情欲之事叫骑马。他妻子一听顿时也生气了："是你不行，还怪我，不信的话，让鄂荣来骑我一下试试看，一试什么就都证实了。"别里思汗似乎有些心虚，但嘴却不软："放你娘的母驴屁，鄂荣很长时间没骑马了，想找他是不是？告诉你，鄂荣的老婆被人弄跑后，他发誓再不骑马了。"两个人就这样斗着嘴，斗着斗着便觉得没意思了。别里思汗顺手提起铁夹子出了门，妻子在后面又骂开了："也不看看，天天吃兔子，自己都变成兔子了，还有本事骑马。"别里思汗不理她，她便又在后面骂："你去，你去，你一走我就去找别人骑我。"别里思汗仍不理她，她更生气了，便咒他："你去，在山上摔死你，冻死你。"

她没有想到，她这一咒，居然都灵验了。别里思汗在山上下完铁夹，便骑马往回走。天太冷了，他想赶快回去喝一碗热奶茶。他知道回去后妻子肯定还骂自己，肯定没有一碗热茶等着自己，但那是家，还得回。同时，他也知道，尽管妻子的肚子像草场一样平，但还得不停地去骑，说不定哪天就把事情弄成了。这样想着，他便打马快速向前奔驰。地上的雪太厚，马似乎有些迟疑，但经不住他的抽打，于是还是加快了速度。正跑着，别里思汗觉得身子飘着向下跌去。山坡上有个坑，马踩进去后一个闪失，失去了平衡。

牧民骑马走过雪野

别里思汗一声惊叫，马一用力又跳了起来，但因为马用力过猛，他被甩了出去，一头撞在一块石头上，很快便什么都不知道了。那匹马再次受到惊吓，嘶鸣一声向村里跑去了。

别里思汗躺在雪地里再没有起来，也再没有醒来。

直到下午，有一个人去后山收他布下的铁夹，才发现了别里思汗。他已被冻得浑身僵硬，流出的血在脸上结成了黑黑的壳。那个人把别里思汗放到马背上驮回了村里。别里思汗的妻子一看别里思汗已经僵硬，一声大哭便坐在了地上。人们都围到别里思汗的尸体旁观看。出了这样大的事情，人们再也顾不上冷了。别里思汗的母亲趴在儿子身上哭，哭着哭着，突然扑向别里思汗的妻子，用手去抓她，并大骂："你这个没用的草场，这么冷的天让他出门干什么，干什么？"人们去拉她的手，劝她不要怪怨别里思汗的妻子，这样的事情怎么能怨别里思汗的妻子呢！人们一边劝着她，一边感叹，别里思汗真是好小伙子，吹得一手好笛子，平时对人也好，虽然结婚六年了没有生一个孩子，但却养了一大群羊，是个好牧民呢！人们就这样尽量说着别里思汗的好处，劝他母亲不要伤心。但老太太能不伤心吗？因为没有孙子，儿子也许在她心里仍是个孩子呢！她抱住别里思汗哭个不停，人们都被冻得浑身发抖，但却不好意思进屋去，直到老太太停住了哭，才把别里思汗的尸体抬到一个空屋去。

因为天冷，加上又死了人，村子里的气氛一下子变得悲凉起来。

第二天，村中传开了一件事，是关于别里思汗的那匹马的。别里思汗被摔在雪中后，它是飞奔向村中的，但它却没有跑回别里思汗家去，而是在另一家人的马圈跟前停下，去偷吃了别人的马草。它吃饱了后居然也没有回去，而是卧在了那家人的马圈中。如果它从山上直接跑回别里思汗家中去，别里思汗的妻子就会知道别里思汗出事了，她喊上村里人顺着马蹄印上山，就可以找到别里思汗。如果及时赶到，说不定别里思汗不会死，还可以救过来呢？

这个畜生，害了别里思汗。

那家人也许恨它误了事，也许怨它偷吃自己的马草，拿一根木棍狠狠地打了它几下，将它赶出了马圈。

村里上了年龄的几个老人这时候又站出来说话了，你们不能这样对待一匹马，它怎么能知道一件事情的全部呢！别里思汗命中注定要在今年的大雪中走，是什么也拦不住的。村里的这几个老人有很高的发言权，好多事情经他们一说，人们便马上明白了其中的道理。他们在这个村庄里面生活了几十年，经历了许许多多的事情，深知该怎样对待每一件事。这个处在边缘，有些类似于小部落的村庄，在这些长者经历的几十年中，有些东西已经悄悄发生了变化，有些东西却从未改变。在时间中，变与不变，都是一些语言，时时让人去思考，去面对一些事情，去总结一些经验。不到他们这个年龄的人，因为没有经历他们经历的那么多的事情，所以，对他们便信服和尊敬有加。因此，他们在村中便有了地位，在很多时候，都得他们出来说话。

我与索伦格说起这些。我对他说："现代文明的东西已经传入白哈巴村不少，你在县城当过教育局副局长，以后你就是这个村里说话的人了。"

他嘿嘿一笑说："我说啥呢？"

我说："外面和村子里的事情你都得说。"

他若有所思地说："是啊，这几年，外面的事情在往村子里走，村子也在往外走，有好多东西都在变啊！"

安葬了别里思汗，人们去安慰他的妻子。几天来，她已经身心交瘁，没有人样了。人们越是劝她，她越是说："是我咒的，是我咒的。"

索伦格的弟媳妇能说会道，一个劲地劝她："你不能这样认为，两口子谁还不骂谁呢，别里思汗在今年的大雪中走了，其实也好呢！"

众人一惊，她何以说出这样的话？

她看见众人的目光都投向了自己，便觉得自己话里的绳子把众人牵住了，于是便把"那根绳子"开始往自己跟前拉："你想一想，别里思汗这一世真是好哩，吃羊肉吃的都是没有结过婚的羊，放牧放的都是身强力壮的牛羊，干啥都不挣扎着去干。虽然他在你身上骑马……"说到这儿她顿了顿，马上话题一转，又说，"你们没有孩子，多好啊，你还可以再嫁人，别人还要你哩。你说，别里思汗这个年龄，再往下，就是牙一天天老了，再没结过婚的羊也咬不动了；腿一点点木了，没办法再上山了；眼睛一点点花了，不管春夏秋冬都看不出个名堂了。他现在走多好啊，享的都是人最好的福。再往后，就啥意思也没有了。你再嫁个人，也好呢！别里思汗给你留下了这么多的羊，以后你富着呢！你嫁了人，生个孩子，一切就都重新开始了。"

“开始不了，”有一个人在我旁边悄悄嘀咕了这么一句。我捅了他一下，他便住了口。出了门，他告诉我：“她开始个啥，我和别里思汗是好朋友，知道她除了别里思汗外，还让几个男人骑过，但肚子一直是平平的草场嘛。”

我对他说，看在已死去的别里思汗的份上，不要把这话传出去。

他点了点头，答应了我。

有关雪鸡的故事

人的家在温暖的地方。

雪鸡的家在寒冷的地方。

雪鸡现在已经很少了，别说吃雪鸡补身子，就是见上一面也难得。索伦格说，他小时候天天吃雪鸡，那时候雪鸡真是多啊，在雪地里走不了几步就一脚踩到一窝两窝！索伦格现在身体好，自认为是小时候吃雪鸡打下了好基础。入冬以后，他曾许诺要给我吃一顿雪鸡，但数次到雪中去找都空手而归，我只好劝他别再去了。我和他开玩笑说："雪鸡可能知道有人想吃它们的肉，早跑远了。"

到了晚上，我们俩难耐寂寞，便聊起雪鸡。索伦格给我讲了一个和雪鸡有关的故事。故事说，以前村里有一个女人很是勤劳能干，将家里家外操持得像模像样。一天，她正挑两桶水踏着雪往家走，忽听得家里传出一声类似于鸟叫一类的声音，旁边的人都没有听清是鸟叫还是什么声音，但她却似乎听得很清楚，扔下水桶，就赶紧往回跑。那两桶水全流在了空地上，但她并不管，急匆匆跑回家去了。过了一会儿，她才返回重新挑两桶水往家走。旁边的人问她刚才是怎么回事，她笑了笑说："没事。"说着，挑着水就急急忙忙走了。

在第二天，同样的事情又出现了。她丈夫在村子前面的草场上遛马，她去给他送东西。刚出门，身后又传来那个声音，她像是听到召唤似的，赶紧又往回跑，过了一会儿，她才神情安定地出来。

后来这样的事情便经常出现，她只要听到那个声音便要急急跑回去。原来她给大家留下的印象是庄重勤劳，但现在大家都觉得她很奇怪，于是便纷纷议论她家里有什么奇怪的事情。不知道是谁一说到男女之事，大家一下子便说到了鄂荣的老婆。大家说："你看，她跟鄂荣的老婆有些像，胸脯高，屁股大，肯定跟哪个男人有一腿呢。"说这些话的都是些男人，越说便越起劲，他们甚至将一些猜测说得很细致，似乎自己是其中的一个人似的。这些话很快就传到她丈夫耳朵里。起初，他并未在意这样的事情，后来传言越来越多，甚至有人已经能够说出他老婆跟谁谁谁有这样那样的关系，他便不得不重视起来。一天，他老婆听到那个声音后又急急往家赶。他躲在暗处，一见她这样便跟在身后，快到家门口时，刚好村里的一个男人向他家的方向走来。果然跟别的男人有一腿！他怒火冲天，大吼一声冲上去将她暴打一顿，妻子被打痛了，挣脱他的手跑了。他快快地回家，却听见一个角落不停地发出一种声音，他拨开那些杂物，发现有几只雪鸡卧在里面。他一惊，莫非妻子在喂养它们，听到它们的叫声后，每天便要急急跑回。他又仔细看了看雪鸡卧着的地方，发现有备好的食粮。除了妻子外，有谁能干这些呢！他后悔了，自己一时听信谣言竟冤枉了妻子。他出门去找妻子，找了许多地方都不见她的影子。

第二天，一个人外出放马，在一个雪窝子里发现了她。她已经被冻死了。那个雪窝子很深，她伤心至极，一不小心滑落进去，被雪盖住，爬不上去，呼不出声，很快就窒息了。她养几只雪鸡，肯定是准备给丈夫吃的。雪鸡是壮阳的好东西。人们都愧疚自己曾经散布过谣言，纷纷躲得远远的，不再说什么。她丈夫陷入巨大的悲痛之中。他知道是谣言害了自己的妻子，但这样的事情又怎能去向别人兴师问罪呢？

他想把那几只雪鸡喂好，但它们却不知什么时候早已离去，只留下一个空空的窝让他看着心酸。

他发誓，此生绝不吃一口雪鸡肉。

听索伦格说完这个故事，我有些不明白，雪鸡本是生于严寒之中的，为何会跑到人家去？那个女人在它们每天发出声音时，急急回去给它们喂食，直到后来无端地被人造出谣言，遭丈夫暴打，一气之下出走，被冻死在雪窝子里，这样的事情都不离奇，在现实中处处可见。唯独这几只雪鸡显得有些奇怪，它们为何要离开适于生存的寒冷之地，而选择一家人呢？索伦格见我不解，便推测那几只雪鸡是那个女人捉回来的，她的心思很明确，就是要等着喂它们长大给丈夫补身子。

雪鸡来到一户人家中，又离开这户人，它们是否知道这户人家发生了什么事？

人死了，雪鸡走了，一场大雪还没有停。

大雪飘飘

他万万没有想到，在这个大雪天会与那只熊相遇。入冬以来，阿尔泰的天像疯了似的一场又一场地下着大雪。下到最后，就没有了要停住的意思。他记得现在的这场雪是十天前开始下的，在这十天里，满天飘飞的雪像刀子似的刺向牧场，已经有几十头牛和三百多只羊被冻死了。牧民们不吃死了的牲口，把它们堆在牧场的后山里，没想到一夜大雪就把它们淹没了。牧民们望着与房齐高的雪堆欲哭无泪，欲喊无声。而雪地仍然泛着白色的光芒，看上去干干净净，像是什么都没有发生过一样。

今天早晨，他在梦中被一把剑刺了一下。他梦见自己很疼，在疼痛中还夹杂一些恐惧。他之所以恐惧，是因为那把剑是一直藏在他身体里的，它忽然像是被什么抽了出来，将自己刺了一下。于是，他疼醒了。睁开眼睛的一瞬，他发现窗户的缝隙里透进来了一丝光，照在了自己的眼睛上。他爬起来，那束光便落在了羊毛毡上。他感到左眼眶很疼，用手揉揉，感到像刚才在梦中被那把剑刺了一样疼。

他的左眼是空的，只有一只右眼。

穿好衣服，他慢腾腾地走出屋子。雪已经停了，阴了一两个月的天终于晴了。在雪中走走吧。他这么想着，就返回屋背上猎枪，向牧场后面的山坡上走去。山坡上的雪落得薄一些，所以，他很轻松地就走到了坡顶上。这时候，太阳已经升了起来，整个阿尔泰大山像穿了一件白衣服的孕妇。这个孕妇无疑是臃肿的，已经无法再迈开脚步，所以，只能静静地躺着。而太阳在

人从积雪中走过，留下深深的脚印

这时是一个下流的男人，慢慢升高的阳光就像一只贪婪的手，在抚摸着这位孕妇已经变形的部位。忽然，他发现前面的树林里有一道白光一闪，就像他刚才在梦中遇到的那把剑刺来的一瞬。他马上兴奋起来，把猎枪提在手中向树林跑去。雪很厚，有几次他差点跌倒，他将猎枪当拐杖拄着，向树林里快速跑去。他想看看这道白光到底是什么。

然而，当他跑进树林时却被惊呆了。一头身躯庞大的熊居高临下地站在一块石头上，正怒睁着双目在盯着自己。由于他没有发现它，所以，在他停住的时候几乎已经撞到它的两只前爪上。哈熊的两只掌很肥厚，很黑，但尖尖的指甲却很白，瞄一眼就让人心寒。他退后几步，见熊仍无动静，便又后退几步，依着一棵大树站住了。他知道自己不能再退了，再退的话可能就会激怒熊，它要是一跃而起追过来，自己又怎能跑过它呢？

平静了一会儿，他开始与熊对视。忽然，他的呼吸变得粗重起来，右眼像是要喷出火似的，愤怒地睁圆了。他认出挖了自己左眼的熊就是眼前的这个家伙。他对它的模样早已熟烂于心，这是他今生痛恨至极的仇敌，多少个日日夜夜他发誓要把它打死。而为了实现这一目的，他苦练枪法，现在已达到弹无虚发的地步。他紧盯着哈熊，握枪的手指头已经在“叭叭”作响。今天冤家相遇，不是我打死他，就是它咬死我。他已经看见了哈熊前胸的那个小白圈，那是它的心脏部位，他只需一抬手就可以一枪击中。

这时，熊忽然叫了一声。它的叫声很奇怪，一改往日嘶哑的声音，而且声音里已完全没有了因饥饿而引起的烦躁，也没有愤怒和进攻前的激奋。它此时的声音显得很温柔，像是在对他传递着某种友善，又像是对他手中的枪表示出不屑。

他犹豫了一下，没有把枪举起。

熊已经很专注地在看着他。树枝上的一团雪落下，刚好落在它的头上，因而它黑糊糊的脑袋变得像一个圣诞老人，显得有些可爱。他发现熊的目光很复杂地盯着自己，似乎有什么要表达，但却总是表达不出来。他想起上次它装死挖了自己的左眼，就又谨慎起来。这是一只狡猾的熊，也许它已经认出了自己，正在琢磨对付自己的计谋呢！再说，这只熊肯定在这场雪灾中没东西可吃，现在碰上自己了难道不打主意？想到这里，他又抓紧了手中的枪。

熊又温柔地叫了一声。

他犹豫着，但食指却悄悄地钩住了枪的扳机。他想，如果熊忽然袭击，自己在举起枪的一瞬就可以开枪。

这时，林子里传来一声马的嘶鸣。熊像是听到了召唤似的从石头上慢慢走下，向马发出声音的地方走去。熊好像忘记了他和他手中的枪，轻松自如地从他面前走过。有几次他都忍不住要向它开枪了。但他又一直在等待。他要等着熊向自己扑过来的一瞬，一枪击中它的心脏，只有这样他才解恨。

但熊却一直向林子深处走去。

他转过身，看见一匹小马正在用嘴啃树皮。大雪已淹没了所有的野草，这匹小马饿得实在不行了只好啃树皮。但它显然还没有把树皮啃下的能力，尽管使了很大的劲，但仍然无济于事。一急之下，它便像孩子似的又叫了起来。熊走到它跟前，仍用注视过他的复杂表情注视着小马。按说，熊和马在平时都是不能打照面的，但这会儿在相互注视下却变得都平和起来了。熊走到树跟前，小马为它让开了位置，熊举起一只前掌一下一下地把树皮拔拉下来，小马把嘴凑上去开始咀嚼那些树皮，熊不时地看一眼小马，表情仍然很复杂。

他远远地看着这一幕，抓枪的手慢慢松开了。他这时才想起，这场雪灾几乎淹没了所有的草场，牧民们尽管为牲畜们准备了大量的冬草，但还是有那么多的牛和羊被饿死了。眼前的这只小马肯定是忍受不了饥饿才跑出来找吃的，但这白茫茫的雪地里哪里还有一两株野草啊，就连这些树也已经被埋到半腰。小马实在饿得不行了，才就近择食啃起了树皮，但要是没有这只熊帮忙，它又怎么能把树皮啃下来呢？

熊仍在用力为小马抓着树皮。不一会儿，它便喘起了粗气，每抓一下都显得很吃力，终于，熊不行了，像一座大山一样轰然倒塌在地，小马嘶鸣一声用嘴去碰熊的嘴，想让它爬起。他惊叫一声扑过去，见熊口吐白沫，浑身发抖，眼睛慢慢地闭上了。熊在这场大雪中可能从没有吃上东西，刚才又为小马抓树皮耗去了最后的力气，它累死了。他和小马站在熊的尸体旁，久久不知所措。

下午，大雪又下了起来。林子里传出一声枪响，然后就听见枪支被抛入雪地的声音。过了一会儿，他牵着那匹小马从林子里出来，向牧场走去。

大雪压断了树枝

离开的日子一天天逼近，心情便变得忐忑起来。来这个村庄这么长时间，加上以前来过的几次，在白哈巴村我大概住了有半年时间。从第一次来这里，到后来的这几年，慢慢地便感觉自己也是一个图瓦人，好像就是在这里出生并长大的，对村里的每一个人，每一件事，都一清二楚。但这时候，心里却突然冒出一个念头——该离开了。

真的该离开了。在这时候离开其实是最好的。这些年，我忝为作家，写了不少东西，但慢慢地便发现，自己其实很愿意融入到比写作体验更真实的东西中去。就拿现在来说，让我在这时候离开这个地方，让我觉得我与这个小村庄又保持了距离，让我仍把一个梦持续下去。

索伦格已经为我准备好了爬犁，并挑选出了最好的马。他将亲自护送我下山。有他在，我对一切就都放心了。村里人对我的离去也有了些许反应。有人给我送来了奶酪，有人送上一些纪念品。我一一收下，却无法道谢。我似乎有很多话，但却不知从何说起。我已经一一记住了他们，今生今世将永远都不会忘记，他们的生活已经变得有点像我的生活，我也已经变成了他们中的一员。在这几个月时间里，我变成了一个幸福的观望者，也变成了一个沉迷的倾听者。在图瓦人中间发生的故事通过人们的讲述，被我记录下来。我很钟情这种记录，我觉得通过记录使它们复活了。

所有的这些，将使我完成一部长篇散文，我要通过文字把图瓦人留在时间中。以后，他们在放羊或者长行的路途上掏出写他们的一本书翻一翻。他

大雪压断了树枝，仍纷纷扬扬在向大地飘降

们会高兴地说，这是写我们的书。他们会想起为了写这部书，三番五次到村子里找他们的我，而我在离开村子后，也会因为不断地得到他们的消息而心存感激，这个村庄已经变成了我的一种精神需求。

我要回去了。从这里往回走，像是完成使命回归一样，我充满了激奋。此次回去，我将脱下穿了12年的军装，了结自己作为部队专业作家的身份。12年是一个轮回，在这个时候离开部队，对我来说不多也不少，刚好是一个完成。我必须毅然决然，放弃所有，方能使后路更加统一。这样做为了什么呢？不是别的，只是为了那一份我渴望已久的自由。

离开是在一个早晨，人们都起个大早送我。我原以为，大家可能向我道一些珍重的话语，但却没有一个人说话，只是和我热情地拥抱。长了这么大，除了和我心爱的人拥抱外，在这一刻，我深刻地体会到了拥抱给我带来的那种欣悦感，以及我要向别人交付出去的忠诚。

村庄在这一刻突然变得模糊起来。我甚至有些不堪重负。看来，几天前突然间产生的离开感觉，是不无道理的，我在这里多呆一天，原本就不会停止行进的脚步，冥冥间似乎有一位热情的引路人，在不停地把我引向这个村庄的纵深处。如不走，我怎么能有丝毫的闲适心情呢？

走，必须得走。

坐上马拉爬犁，索伦格吆喝一声，爬犁很快就驰出了村庄。上一个坡时，我想回头再看一眼村庄。但就在转过头的一瞬，身边的一棵树由于积雪太多，树枝“咔嚓”一声被压断了。大雪压断了树枝，仍纷纷扬扬在向大地飘降。这无尽的大雪，多么像一种热情的拥抱，它似乎用尽了全身的力量，要把所有的一切为之一拥。

我无法举起向白哈巴村挥别的手。